ブロム
かつてジークヴァルトと王座を争った竜人で、先王の実子。
ロヴィーサ
兎獣人の美女。ジークヴァルトの番疑惑があるが……？
トールヴァルド
ジークヴァルトの腹心の腹黒宰相。竜人。
ケヴィン
ジークヴァルトの腹心で、外交担当。
ラウラ
エリサと共に暮らしていた侍女。エリサの唯一の理解者。

「お前とラルセンの王との縁談がまとまった」

何か月……いえ、もう一年ぶりくらいでしょうか？　生物学上の父である国王陛下に呼び出された私は、部屋に入った途端、前置きも何もなくいきなりそう告げられました。久しぶりにお会いしましたが……陛下、また横に成長されたようです。お元気そうで何より……？

いえ、今はそれどころじゃありませんわね。物凄く重要なことを言われた気がします……縁談、とか？　しかも……

「ラルセン……王国ですか？」

「そうだ。お前も知っておろう。忌々《いまいま》しい獣人の国だ。不本意ではあるが、奴らと同盟を結ぶことになった。その証《あかし》として婚姻を結ぶことになったのだ」

「……そうでございますか。ですが、ラルセンの国王陛下は……」

「ああ、竜の獣人だ」

「竜の……」

まさかと思いましたが、間違いなかったようです。私は何とも言い難い気分に襲われました。急に顔も知らない相手に嫁《とつ》げと言われるのも問題ですが、そこは百歩譲ってよしとしましょう。王女たるもの、政略結婚は当然ですし、顔合わせなしでの婚姻も前例がないわけではありません。お相手が、寿命が尽きそうなくらい高齢だったり、逆にまだ幼児だったり、なんてことも過去にはありますす。国のための結婚ですから、そういうものなのですが……

「それは、婚姻にはならないのではありませんか？　竜人に政略結婚は……」

この世界には私たちのような人族と、獣の特性を持つ獣人と呼ばれる種族が存在しています。我がマルダーン王国は人族の国ですが、ラルセン王国は獣人たちの国です。

竜人は獣人の一種で、彼らは私たち人族とは違う習性を持ち……その最たるものが「番《つがい》」と呼ばれるものです。番《つがい》とは早い話が伴侶のことで、獣人の種類にもよりますが、竜人は番《つがい》しか愛せないと言われています。そのため、政略結婚はあり得ないのですが——

「同盟の証《あかし》としての婚姻だ。向こうの都合など知ったことか」

「しかし……」

「この同盟は向こうから申し入れてきたものだ。仕方なく同盟を結んでやったのだから、それ相応の対応をするに決まっている」

「……」

お父様、目が泳いでいますわ。それに、向こうから同盟を申し出たというのもいささか疑問です。今や国力は向こうの方が上だと聞きますし、番《つがい》至上主義の竜人が、政略結婚を申し出ることなどあり得ないと思いますが……これ、絶対に何か隠していますわね。

「とにかく、この婚姻は既に決定事項だ。数日中にはラルセンに向かえ。話は以上だ」

そう言うと、お父様はまるで犬にでもするように手を振って私を追いやる仕草をしたため、私は護衛騎士にさっさと部屋の外へと追い出されてしまいました。全く、私も実の娘だというのに……いいえ、あんな男の娘だということは、私にとって人生最大の汚点なので冷たくされようと構わないのですが……


「まぁ、変な臭いがすると思ったら……」

「本当に。いやだわ」

「あら、あの阿婆擦《あばずれ》れの小娘ではないの。こんなところで何をしているのです？」

さっさと自分の部屋に戻ろうとした私でしたが、厄介な連中に捕まってしまいました。華やかな装《よそお》いの二人は私の義母にあたる王妃と、その娘で義姉のカミラでした。側妃の娘である私にとっては最大の天敵でもあります。

「これは王妃様と王女様。ごきげんよう」

無視したかったのですが、そうすればどんな目にあわされるかわかったものではないので、私は渋々ながらも頭を下げて礼を取りました。ちなみに……この人たちは私を王家の一員とは認めていないため、母や姉と呼ぶのは禁じられています。まぁ、私も呼びたくなんかないので好都合なのですが。

「質問に答えなさい。こんな場所で何をしているのです？」

ニヤニヤしてそう問い直す王妃と、底意地の悪い笑みを浮かべる異母姉。わかって聞いているのは明白ですわね。どうせ隣国に嫁《とつ》げと言われた私を嘲笑《あざわら》いに来たのでしょう。暇なことです。

「はい。国王陛下の命で参りました」

「まぁ、陛下が？　お前なぞに何の用だというのです？」

「ラルセン国の王に嫁《とつ》げと命じられました」

「まぁ、ラルセンですって！」

「あんな野蛮人に嫁《とつ》ぐですって!?」

揃って驚きを現しましたが、大げさすぎてこれでは知っていたと言っているも同然です。知っていてわざと聞いてくるなんて、あまりにも芸がなくてつまらないくらいです。王妃様、口の端が上がっていますわよ？　それに、煌《きら》びやかに装《よそお》っていても底意地の悪い表情では台無しです。

「ふっ。ラルセンの王は竜の獣人だとか。竜人は番《つがい》しか愛さないのでしょう？　政略とはいえ、最初からお飾りの妻だなんて、お前にはぴったりね」

「本当に。でもまぁ、あの女の娘なのですもの。男を誑《たぶら》かすのは上手いのでは？」

「そうね。獣相手には有効かもしれないわね。案外、お似合いじゃない？」

随分と好き勝手言ってくれますが、ここは我慢するしかありません。下手に反論しても痛い目を見るのはこちらです。ええもう、子どもの頃から散々嫌な目にあってきましたものね。出来れば一矢報《いっしむく》いてやりたいと思いますが、残念ながら今の私にはそんな力はありません。ただ、黙って嵐が過ぎるのを待つしかないのです。

「ふんっ！　言い返しもしないなんて、太々《ふてぶて》しいったら！」

「全くだわ。でも、下手に傷をつけて、婚礼に影響が出ても困るわ。代わりはいないんだから」

「それもそうね。まぁ、せいぜい獣相手に取り入ることね」

二人は何も言い返さない私に苛立ちを募《つの》らせましたが、さすがに国王の執務室の近くで騒ぎ立てることは出来なかったようです。言いたいだけ言うと、表情を歪《ゆが》めながら去っていきました。幸いにも今回は扇で殴られたり水をかけられたり……といった嫌がらせなしで済みましたわ。彼女たちにとっては、獣人の国に嫁《とつ》ぐだけでも溜飲《りゅういん》が下がったのでしょう。

そう、我が国とラルセン王国はお世辞にも仲がいいとはいえません。それは我が国の獣人への差別が原因です。他国のことは知りませんが、我がマルダーン王国は人族の国のせいなのか、獣人への差別が殊更《ことさら》強い国だと言われています。そんな我が国から私が輿入《こしい》れしても、ろくな対応をされないと彼女たちは思っているのでしょう。いえ、彼女たちは、私がかの国で虐《しいた》げられることを期待しているのかもしれません。なぜなら王妃様は私を憎んでいるからです。


父である国王の元を辞した私は、自分の部屋に戻りました。といっても、王宮の中ではありません。私の部屋は王宮の外にある粗末な小屋の中です。

それも全ては、私の生い立ちに理由があります。私は父である国王陛下と、側妃となった母との間に生まれました。母は既に滅ぼされた国の末裔《まつえい》で、父は母の美しさに心を奪われて無理やり側妃にしたと聞いています。しかし後ろ盾のない側妃の境遇など推して知るべし。侯爵家出身で嫉妬《しっと》深く気位の高い正妃やその子どもたちから、随分とえげつない仕打ちを受けたそうです。

そんな母も私が十歳の時に亡くなりました。死因は流行《はや》り病《やまい》によるものでしたが、彼らの仕打ちで心身ともに弱っていたので、それはきっかけに過ぎなかったと思っています。

そして、母という庇護を失った私の地獄は、そこから始まったのです。それまでは王宮で暮らしていましたが、王宮の外の小屋に追いやられました。食事も衣服も必要最低限のものしか与えられず、この小屋には私と侍女の部屋、キッチンとダイニング、ほとんどお湯の出ないお風呂にトイレだけ。そこで私はたった一人の侍女と肩を寄せ合って細々《ほそぼそ》と生きてきました。

いっそ平民として放逐《ほうちく》してくれないかと思っていたのですが、彼らは王家の血を引く私を手放しませんでした。こんな私でもいつか何かの役に立つかもしれないと思ったのでしょう。

「エリサ様、陛下のお話とは何だったのですか？」

住み慣れた部屋に戻った私に声をかけてくれたのは、私の唯一の侍女で味方でもあるラウラでした。ラウラは私の乳母の子で、生まれた時から一緒に育ったので、私にとっては家族も同然です。

明るくふわふわの茶色の髪に、透明感のある水色の瞳を持ち、ちょっと丸顔なところも愛嬌《あいきょう》があります。本人は年より幼く見えるのが嫌だと言っていますが……そんなところも可愛いのです。

「ただいま、ラウラ。相も変わらずろくでもない話だったわ」

謁見《えっけん》用のたった一枚しかないドレスを脱いだ私は、そう言いながらラウラに手伝ってもらって着替えました。このドレスも既にサイズは合わないのですが、これしかないのでラウラが一生懸命リメイクしてくれた大切なものです。

「さ、エリサ様、お茶をどうぞ」

普段使いのシンプルなワンピースに着替えた私は、ラウラが淹《い》れてくれたハーブティーを口に含むとようやく肩の力が抜けました。王宮には嫌な思い出しかないので、行くだけでも著《いちじる》しく気力体力を消耗するのです。ラウラもそのことを知っているせいか、私が無事戻ってきて安心したようです。

「それで、お話とは？」

「ラルセンの王に……嫁《とつ》げと言われたわ」

「えええっ⁉」

手にしていたお盆をひっくり返しそうな勢いでラウラが声を上げましたが……ええ、気持ちはとてもよくわかりますわ。私だって、王宮で、あの男の前でなければそうしたでしょうから。

「ラ、ラルセンと言えば……あの、獣人の、ですか？」

「ええ。今は竜人が王だそうね」

「えええええっ！　竜人って……でも、竜人って獣人の中でも特に番《つがい》至上主義じゃありませんか。そんな相手に嫁《とつ》ぐなんて、最初っから……」

「やっぱりそう思う？」

「当ったり前じゃありませんか！　エリサ様は王女ですのに……」

「名ばかりの、だけどね」

私は苦笑を浮かべましたが、そんな私にラウラは一層憤《いきどお》ってしまいました。そう、私は王族に名を連ねてはいますけれど、実際にはこの有様です。王宮に勤めている侍女たちの方がずっとまともな生活をしているでしょう。彼らの私への扱いに、もっとも憤《いきどお》っているのがラウラなのです。

「でも、ここから出られるというなら、悪くないわ」

「ですが……」

「むしろ、私は好都合だと思うの。番《つがい》しか愛せないのであれば、私のことは捨て置いてくれるんじゃないかしら？」

「それは……」

「少なくともここよりはマシな生活になるんじゃないかしら？　政略結婚で扱いが悪ければ国同士の問題になるもの。それに……三年経ったら子が出来ないとかの理由をつけて離婚してもいいと思うの。そうなったらこっちには戻らず、向こうで平民として暮らせないかしら？」

「エリサ様……それでは」

私の境遇を知っているラウラは、私が何を狙っているのかわかってくれたようです。

「出来れば、ラルセンに向かう途中で逃げ出せるといいのだけれど……」

「エリサ様、それは……」

「そうね。それだと民《たみ》に迷惑をかけてしまうわね。さすがにやめておくわ」

そう、私はこの王宮で放置されたも同然なのですが、逃げ出すことは出来ませんでした。こんな私でも、しっかりと監視という名の護衛がついていたからです。

でも、いつかはここから逃げ出して、平民として自由に生きたい、と思っていたので、これはチャンスかもしれません。

「エリサ様、ラルセンに行くなら私もお供しますわ。どこまでもご一緒します」

「ありがとう、ラウラ。あなたがいてくれるだけで心強いわ。このチャンスを無駄にせず、三年後には平民になって自由を手に入れるのよ。街で自由に買い物や食べ歩きをしたいし、お祭りにも行きたいわね」

「ええ、ええ！　勿論ですわ」

「私、そうなったらぜひケーキ屋で働きたいわ。そうしてお菓子作りを極めて、自分の店を持ちたいの」

「その時には、私は売り子としてエリサ様を支えますわ。エリサ様のお菓子作りの腕は天才的ですもの。絶対に流行《はや》りますわ」

そう、私の趣味はお菓子作りなのです。それは満足な食事が出来なかったことが影響しています。十分な食材を支給されなかったため、私たちは王宮の森の中で食べられそうなものを手に入れ、それを使って料理やお菓子を作ってきました。今飲んでいるお茶も、自分たちで作ったハーブティーです。

実は何年か前から、ラウラに頼んでお菓子やハーブティーを街で売り始めたのですが、これがなかなかに評判がいいそうです。ラウラが街でお菓子などを売ってきてくれたお金で、何とか今まで生きてこられたとも言えましょう。

「平民になればきっと、私もラウラも友達をたくさん作れるわね。それにいつかは素敵な人に出会って恋というものをしてみたいわ」

「まぁ、エリサ様、平民相手にですか？」

「もちろんよ！　だって、貴族なんてしがらみが多くて面倒そうだもの。それに、ラウラと身分差があるのが嫌なの。私にとってラウラはたった一人の家族で、姉でも妹でもあると思っているわ。そのエリサ様って呼び方だって本当はやめてほしいくらいなのよ」

「それはさすがに……だって、エリサ様のお母様のリータ様のお陰《かげ》で、私と母は命拾いしたのですもの。母の分もエリサ様にお仕えするつもりですわ」

「ありがとう、ラウラ。でも、それなら二人の時だけでも様付けはやめてほしいのだけど……」

「さすがにそれは出来ませんわ。そんなことしたら、母が化けて出てきそうですもの」

「まぁっ！　お化けでも乳母に会えたら嬉しいわ」

「もう、エリサ様ったら。でも、まだ王女のご身分は健在なのです。呼び捨てになどしたら、王宮のあの方々が私たちを引き離そうと嬉々として難癖を付けてきますよ」

「そう、ね。それは困るわ。じゃ、平民になるまでは我慢するわね」

こうして私はラウラと、ラルセン国に行った後の計画について、夜が更《ふ》けるまで話し合ったのでした。

◆　◆　◆

父である国王陛下にラルセン行きを命じられてから五日後。旅立ちの時は突然やって来ました。

普通、国の王女が輿入《こしい》れする際は相応の準備をするものなのですが、獣人を見下していてこの同盟をよく思っていない父は、ろくな準備もせずに私を送り出すことにしたようです。これであちらの不興を買っても、その矛先が向けられるのは私だから構わないと考えているのでしょう。全く、情けない限りです……

それでも私もラウラも、サクッと出発の準備を進めていました。あの父のことです、明日にでも行けと言い出すのではないかと思っていた私たちは、いつ旅立ってもいいようにさっさと荷造りをしたのです。とはいっても、持ち物などはほとんどないので、準備はあっという間に終わってしまいました。

唯一心残りがあるとすれば……お母様とラウラの母のお墓を残していくことですが、こればっかりは仕方ありません。きっとどこにいても、お母様も乳母も私たちを見守ってくれるはずです。最後にこれまでお世話になった小屋を綺麗に掃除すれば準備完了です。

そして案の定、旅立ちを告げられたのは、前日の晩でした。絶対に意地悪でギリギリまで言わなかったのでしょうね。もしかすると、王族としてちゃんと婚礼の準備をしてもらえると私が期待していると思って、わざとこんな風にしたのかもしれません。

だって、王女の輿入《こしい》れだというのに、たった五台の馬車での出立なのです。勿論、馬車は大型の上等なものではありますが、それでも常識的に考えればあり得ないでしょう。一台の馬車に花嫁道具としてドレスや宝飾品などが詰め込まれているものの……多分、下位貴族の娘の婚姻でも、もう少し荷物があるように思います。まぁ、私はその辺りのことは何も知らないのですが……

ラルセンへの旅程は、ラルセン王の側近の一人が同行することになりました。

「マルダーンの外交を担当しているケヴィンと申します。道中は私がお世話いたしますので、何なりとお申し付けください」

私にそう挨拶してきたのはこげ茶の髪と深緑の瞳を持つ、三十代後半くらいの文官でした。愛想の欠片《かけら》もない、怜悧《れいり》という形容がぴったりの冷たい印象です。彼は外交官として我が国に滞在していたそうですが、驚いたことに人族でした。獣人の国で人族が高官になれるなんて……私は驚きを隠し切れませんでした。我が国では獣人への差別がとても強く、王宮で働く獣人など一人もいないからです。

「人族の私が要職についているのが不思議ですか？」

「え……い、いえ、その……」

私の心の声はばっちり伝わっていたようです。しどろもどろになった私にケヴィン様はふっと小さく笑みを見せました。これは怒っているというよりも呆れている感じ、でしょうか……冷たい視線はそのままで、怖い先生の相手をしている気分です……

「マルダーン王国は獣人への差別が強い国ですからね。そう思われても仕方ありません」

「も、申し訳ありません……」

「王女殿下が謝られることではありませんよ。ですが、我がラルセンでは獣人への差別行為は命取りです。言動には十分ご注意ください」

「は、はい……」

どうやら気を悪くさせてしまったようです。身近に獣人がいなかったのだから仕方ないじゃない、と思わなくもありませんが……私が嫁《とつ》ぐのは獣人の国。確かにケヴィン様の言う通りです。

「あの、お願いがあるのですけれど……」

「何でしょうか？」

「ラルセンに向かう間に、ラルセン王国や獣人について教えていただけませんか？」

「……は？」

「恥ずかしながら、私はラルセンの国や獣人についてほとんど知らないのです。このままでは、きっと無知のせいで周りの方に嫌な思いをさせてしまうと思いますの。それに……」

「それに？」

「私、昔から獣人の方にお会いしたいと思っていました。国ではそういうことを口にすることも許されませんでしたが……ラルセンでは、獣人と人族が共に暮らしていると聞いています」

そう、私は実は獣人に憧れていました。最初は親近感、でしょうか……王宮で虐《しいた》げられていた私は、この国で同じように差別を受けている獣人の方に親しみを覚え、仲間意識を持っていました。そう、獣人は野蛮だ、無知だと言われていますが、そう言いながら他者を平気で虐《しいた》げる人族の方が、ずっと恐ろしいと感じていたのです。

「そうですね。我が国は種族差別が少ないですが、マルダーンはこの大陸でもっとも差別が強い国とも言えましょう。そんな国の王族との婚姻とあって心配しておりましたが……どうやらエリサ姫はあまり差別意識がお強くないようですね」

「人も獣人も、心があれば不当な扱いをされると悲しく思うのではないでしょうか……」

そう、これまでの私のように。王族でありながら差別されてきた私には、差別される側の気持ちの方がわかります。というよりも、差別する父や王妃、義姉たちの気持ちはさっぱり理解出来ません。私が彼らの立場だったとしても、あんな風に他者を憎むようなことはしたくありませんもの。

「なるほど。エリサ姫は随分聡明でいらっしゃるのですね」

「いえ、そんなわけでは……」

「国王陛下や王妃、あなた様の姉君たちの視線から、この国の我が国への印象は察していましたが……あなたは彼らとは違うようです。それは互いにとっても喜ばしいことです」

「喜ばしい？」

「ええ。差別するのは無知だからこそ。馬鹿は嫌いですが、素直で向上心のある者はまだ見込みがある。よろしいでしょう。道中、我が国と獣人について指南いたします」

目の奥がキランと光って見えたのは気のせいでしょうか？　しかも、立場が逆転していませんか？　何だか薄ら寒いものを覚えた私の予感はこの後、大いに的中するのでした。

ラルセンへは馬車で二週間かかるそうです。私はほとんどをラウラとラルセンの女性騎士と過ごし、時折ケヴィン様がやって来て、ラルセンについて話をしてくれました。ケヴィン様はこの行程の責任者ですが、我が国が何もしないために彼が色んな手配をせざるを得ないようです。そこについては……大変申し訳なく、いたたまれない気分でした。そんな事情もあってか、ラルセン側の人たちの、私たちへの態度は冷たいものでした。いいえ、粗雑に扱われるわけではありませんし、国にいた時よりはずっとマシなのですが……番《つがい》しか愛せない国王陛下の元に嫁《とつ》ぐなど……という無言の非難を感じるのは気のせいではないでしょう。しかも今の国王陛下は歴代の王の中でも優秀で、臣下や民《たみ》に大変慕《した》われているそうです。


「この様子だと、ラルセンに行っても針の筵《むしろ》ね」

宿で湯浴みを済ませた私は、ラウラと二人きりになってようやく思っていることを口にしました。

「私が陛下とその番《つがい》の方を苦しめる存在と見られているから、仕方ないのだけれど……」

「エリサ様……」

「ねぇ、ラウラ。あなたは無理についてこなくてもいいのよ。もしあなたが願うなら、どこかで降ろしてあげるから……」

「いいえ！　私は絶対にエリサ様のお側を離れませんわ」

「でも、このままでは、ラウラも……」

「そんなの、これまでと変わりませんわ。それに、今度は三年待てばいいのですもの。今までに比べたらずっとマシですわ」

そう力強く言ってくれるラウラに、私は心にじんわりと温かさが広がるのを感じました。これまでの私はラウラしか側におらず、それ以外の人と接する機会はほとんどありませんでした。だから粗雑に扱われても、直《じか》に人の冷たい視線を感じることは少なかったのですが……ここ数日は非難めいた視線を浴び続けていたせいか、思った以上に気落ちしていたようです。

「そうね。三年……我慢すればいいのよね」

ラルセンに行ったら、出来れば今までのように王宮の外の別邸に置いてくれないかしら……私はそんな未来図について考えました。


「え？　竜人って男性だけなのですか？」

ラルセンへの道中、私はケヴィン様に獣人やラルセンについて色々教えてもらっていました。まずは結婚相手のことを……と思ったのですが、竜人には男性しかいないとは全く思いも寄りませんでした。

「そんな。それじゃ、どうやって子どもを？」

「そのための番《つがい》なのですよ。竜人はどんな種族よりも番《つがい》至上主義ですが、その理由の一つが男しかいないということなのかもしれませんね」

何というか……いきなり衝撃の事実発見！　な気分です。男性しかいないなんて……

「ということは、竜人の番《つがい》は他の種族の女性ということに……」

「そうなりますね」

「それで、どうやって番《つがい》だとわかるのです？」

そう、これはとても不思議に思っていたことの一つでした。番《つがい》は一目でわかると聞いていますが、その根拠は何なのでしょうか。人族で言う一目惚れのようなものでしょうか……

「私は人族なので聞いた話でしかありませんが……一番の要素は、匂いだそうですよ」

「匂い？」

「ええ。番《つがい》からは得も言われぬいい香りがするのだそうです。それこそ媚薬《びやく》のような」

「媚薬《びやく》……」

獣人は人族よりも身体能力が高く、それは嗅覚や視覚、聴力も同様だと聞いていましたが……匂い、ですか。

「他にも、番《つがい》の肌や体液は甘く感じるそうですよ」

「あ、甘く、ですか」

「そう、涙や汗、唾液などですね」

「そ、そうですか」

な、何だか酷く卑猥《ひわい》な気がして、私はどんな表情をしていいのか困ってしまいました。いえ、ケヴィン様は一般論を話しているだけなのですが……

「人族にはわからないものですね」

「私も人族なので同感です。相手の為人《ひととなり》を知って好きになる、ということはないようです」

「そうですか……」

「それに、番《つがい》が人族だと色々面倒なのですよ。人族には番《つがい》の感覚がわからないので、いきなり愛していると言われても信じられませんし、それこそ獣人と同様に番《つがい》に出会ったら他に目が向かない、なんてこともないので」

「はぁ……確かに、それは……」

「番《つがい》と認識した相手が人族同士で既に結婚していた、という例もあります。それでも獣人は諦められないことも多くて、最悪の場合、刃傷沙汰になるのです」

刃傷沙汰とは何とも物騒ですわね。もう一つ、気がかりなことが……

「竜人は寿命が人族の三倍以上あるそうですね。それだと番《つがい》の方が先に死んでしまうのでは……」

そうなのです。竜人はこの世界の種族の中では一番長命です。しかし、番《つがい》至上主義の竜人は、番《つがい》が亡くなると生きる気力をなくしてしまい、後を追って自死したり衰弱死したりすると聞きます。でも人族は、どう頑張っても七十年くらいしか生きられませんよね……

「そこは大丈夫です。番《つがい》に選ばれた女性は、竜人と同じ寿命を授けられるのです」

「同じ寿命を？　どうやって……」

「どうするかはお教え出来ませんが、ちゃんと方法があるのですよ」

「……何だかもう、おとぎ話のようで現実味がないわ……」

「そうでしょうね。でも、他の獣人にも似た部分はあるのですよ。まぁ、竜人ほど顕著《けんちょ》ではありませんが」

なるほど、獣人が種族以外から番《つがい》を迎えるための方法がちゃんとあるのね。まぁ、私には関係ないでしょうけれど……

「ちなみに陛下は今、おいくつなのですか？」

「陛下ですか？　確か、八十歳くらいだったかと……」

「はっ、八十歳⁉」

「人族に換算すると、二十代半《なか》ばというところですか」

「二十代半《なか》ば……」

これはどう受け止めればいいのでしょう……数字だけ聞くとお爺ちゃんですが、寿命が人族の三、四倍というのなら三か四で割った年数が実年齢だと思えばいいのでしょうか。いえ、それにしても生きている長さが違うのですから、陛下からすれば、十七歳になったばかりの私なんぞ、ひよっこでしかないのでしょう……

何というか、私には理解しがたい世界でしたが、もしかしたら私を番《つがい》と認識してしまう獣人もいるのでしょうか……それでは、同盟の障害になりそうです。

「エリサ姫には特別な香料を使っていただきます。これで他の獣人から番《つがい》と認識されることはないのでご安心ください」

「そ、そうですか……ありがとうございます」

とりあえず同盟にひびが入る事態は避けられそうです。獣人との婚姻は思わぬ問題が起きるみたいですわね……これは慎重に行動する必要がありそうです。

◆　◆　◆

二週間の旅程を終えて王城に到着した翌日、私は白翠宮《はくすいきゅう》と呼ばれる王城の謁見《えっけん》の間に呼ばれました。この王城はマルダーンと違い、白と翠《みどり》で統一されたとても美しい物です。獣人は野蛮だ、芸術など解さないと聞かされてきましたが、この建物からは高い建築技術とセンスのよさがうかがえます。むしろゴテゴテと飾り立てたマルダーンの方が残念に感じられるほどです。

初めてお会いした竜人の国王陛下は、名をジークヴァルド様と仰《おっしゃ》いました。青みを帯びて煌《きら》めく銀色の髪は一つに結ばれ、涼やかな目元と鋭く金色に光る瞳、彫刻のように整った秀麗なお顔、鍛えられてしなやかそうな体躯……どれも一級品の要素をお持ちです。さらに気品と威厳まで持ち合わせているのですから、これはもう王の中の王と言えましょう。

年齢は八十歳くらいとお聞きしていましたが、どう見ても二十代前半か半《なか》ばにしか見えません。人族の三、四倍長生きするという話は間違いではないようです。年々横に成長し続け、脂ぎって加齢臭もしそうな私の父とは大違い。いえ、比べる方が失礼ですわね、これは。

しかし、よかったのは見た目だけでした。

「私があなたを愛することはない。私が欲するのは、番《つがい》だけだ」

素晴らしいお姿の陛下からの宣言は、酷く残念なものでした。ええ、私もかっこいいと思ったのは否《いな》めません。ただ、最初の台詞《せりふ》で全て台無しです……

（やっぱりそうなるわよね……）

言われた内容は予測していたものだったので、それほど落胆はなかったのですが……私としては一縷《いちる》の望みと言いますか、少しはいい関係が築けないかと期待していただけに、ここまで拒絶されるとは予想外でした。それにこれは国の同盟のための結婚なのです。私たちの仲が悪いとなれば国際問題にもなるので、番《つがい》でなくてもお互いに歩み寄り、家族のような関係になれたら、と思っていましたが……

……番《つがい》の概念を持つ獣人である陛下には、そんな私の期待は届かなかった様子です。

政略結婚なのは、こちらも承知の上です。勿論、番《つがい》のこともお聞きしていますし、ここに来るまでに獣人についてもケヴィン様から色々教えてもらいました。そして出た結果が……『形だけの結婚をして三年後に離婚』です。私だって馬鹿ではありません。愛してくれない相手に愛を乞うつもりはありませんし、番《つがい》しか愛せないという獣人相手にちゃんと夫婦をしよう！　なんて言うつもりは微塵《みじん》もありませんでした。

しかし……

こちらが歩み寄る気でいたのに、全く歩み寄る気がない陛下。

王のくせに、両国間の関係よりも番《つがい》を優先する陛下。

私よりも年上のくせに、大人げなく私情に走る陛下。

はっきり言いましょう。

あなたの愛なんか、こっちから願い下げです！　と。

でももちろん、そんなことを口に出す気はありません。私は仮にも王女なのです。国と国民のためにも、ここで事を荒立てる気はありません。それではただの馬鹿になってしまうでしょう。

「エリサ姫を王妃として遇《ぐう》し、御身《おんみ》の安全は保障しよう。ある程度の散財も容認する。だが……妻として愛することは出来ない。妻は我が番《つがい》ただ一人だ」

「それはわかっておりますわ。竜人であらせられる陛下にとっての番《つがい》の重要性は理解しているつもりです。決して陛下や番《つがい》となった方を煩《わずら》わせることはいたしませんわ」

ふぅ、獣人って脳筋なのでしょうか？　国同士の結婚なのだから、もう少し体裁《ていさい》だけでも整えてくれたらいいのに……

「申し訳ございません、エリサ姫。陛下も、他国の姫君への態度ではございませんぞ。遠路はるばる来てくださったというのに、もう少し労《いた》わりの言葉をかけられないのですか？」

声を上げたのは、この国の宰相と紹介されたトールヴァルト様でした。トールヴァルト様も竜人で、陛下によく似た容姿でいらっしゃいますが、こちらは輝くような白金の髪に金色の瞳で、陛下よりもずっと柔和で温厚そうな顔立ちをされていますわね。実際、声も言葉も穏やかで、冷たそうで大人気ない陛下とは対照的です。どうやら見かねて声を上げてくれたみたいですわ。

「別にこちらが望んだことではない」

「それでも、その条件を受け入れたのは陛下ですよ」

「仕方なかろう。同盟を結べばマルダーンにいる獣人たちへの差別をやめ、今後五年は戦争を仕掛けてこないと約束する。番《つがい》が見つかった場合は即離婚、三年経って子が出来なかった際も離婚でいいと言うのだ。獣人たちの安全を考えれば、呑まざるを得ん」

（ええっ⁉）

番《つがい》が見つかったら即離婚？　それ、今初めて聞きましたが……なるほど、ラルセンがこの条件を呑んだのは、そんな約束があったからなのですね。

そして陛下、本人を前にそこまではっきり仰《おっしゃ》らなくてもいいのでは……どうも陛下は随分と正直な方のようです。いや、それは個人としては美点かもしれませんが、国王としてはいかがなものかと思います。でもまぁ、本心がはっきりわかったのは、ある意味では好都合というものです。それに王妃として遇《ぐう》してくれるというのなら、国にいた時よりはマシな生活が出来そうです。これはもしかしてチャンスではないでしょうか。しかも番《つがい》が見つかれば離婚となれば……

「早速ですが、陛下にお願いがございます」

そう、私はこれを好機として自分の望みを叶えることにしました。それは陛下の邪魔をする気は微塵《みじん》もない、という私の考えをはっきり表明する行為でもあります。

「……何だ？　内容による。申してみろ」

会ってすぐにお願い事を口にしようとする私に、陛下は怪訝《けげん》な表情を浮かべました。それもそうでしょうね、初対面なのに頼み事をするなんてマナー違反かもしれません。でも、先に向こうがマナー違反をしたのですし、私のお願い事は陛下にとっても悪くないはずです。いえ、むしろ陛下のお望みに適うのではないでしょうか。

私のお願いを聞くため、国賓《こくひん》を持てなす時に使う応接室に移動となりました。ここで私は、これまでラウラと相談して決めたことを陛下に申し上げました。

「……姫は……本当にこんな条件でよろしいのか？」

私の出した提案に、陛下だけでなく宰相様やケヴィン様も困惑の表情を浮かべていました。まぁ、確かに一国の王女が求める内容ではないかもしれませんわね。私の提案というものは……

・白い結婚とする
・結婚後は体調不良を理由に別居婚希望
・三年経ったら子どもが出来ないことを理由に離婚
・離婚後は病気療養と発表し、一年後に死亡を発表
・離婚後は平民として暮らせるように手配
・小さな離れで静かに暮らしたい
・家庭教師を付けてほしい

簡単に言えばこんな感じです。要は最初から白い別居婚で、関わりを最低限にするというものです。番《つがい》至上主義は獣人の本能ですから、その本能に逆らうなんて無茶な真似をする気はありません。それで下手に恨みや妬《ねた》みを買うのも勘弁してほしいのです。味方が少ない以上、敵を作らず目立たず静かに三年間を過ごし、その後は放逐《ほうちく》してもらうのが一番でしょう。

それに、番《つがい》が見つかったら即離婚なのです。これなら三年待たずに済むので、早く見つかってほしいですわね。

「全く問題ありませんわ。だって陛下にとっては番《つがい》が最優先でいらっしゃるのでしょう？」

「あ、ああ……そう、だが……」

「もし番《つがい》が見つかった時、私が近くにいれば、その方は気を悪くされるでしょう？」

「確かに……」

「でしたら、最初から形だけの夫婦ということをはっきりさせておけば、余計なトラブルは避けられますわ」

「それはそうだが……」

「勿論、国同士の同盟のため表立っては無理でしょう。でも、体調不良からの別居婚なんて、政略結婚ではよくある話です。私は人族で、獣人の皆様より身体が小さくて体力もありません。こちらの習慣や気候に馴染《なじ》めなかった、ということにすればマルダーンは何も言わないでしょう」

まぁ、あの人たちは私が不幸になるのが嬉しくて仕方ないのだから、むしろ喜ぶでしょうが。それに、同盟だって維持する気があるのかどうか疑問です。もし本気で同盟を守りたいなら、国としての体裁《ていさい》を整えたはず。だとすれば……あまり母国を気にする必要はないように思います。

「しかし……」

陛下はまだ疑っておられるのか、渋い表情で私を見ていますが、そんな私に声をかけたのは宰相様でした。

「エリサ姫の名誉はどうなります？　あなたは王女でいらっしゃるのですぞ。そんな不名誉な噂《うわさ》が広がっては……」

「私は別に構いませんわ。いえ、むしろその方が好都合ですし」

「好都合？」

「ええ。私、母が亡くなってからは王宮の外で寂しく暮らしておりましたの。まぁ、後ろ盾のない王女なんてそんなものですが……ですから私、王女として生きるよりも、平民として市井《しせい》で暮らしたいとずっと願っておりましたの」

「ですが……」

「王宮で寂しく暮らしている間、平民だったらよかったのに、と思っていましたわ。そりゃあ、大変なこともあるでしょう。でも友達も出来ず、外に出ることも許されず、ただ生かされているだけの生活なんてまっぴらです。むしろこれは、私にとって希望なのです」

そこでにっこりと笑みを浮かべると、その場にいた皆様は一層困惑してしまいました。

「何と言いますか、エリサ姫は王宮でお会いした時とは別人のようですな……」

戸惑いを微塵《みじん》も感じさせない表情でそう言ったのはケヴィン様でした。彼はこの中では私のことを一番理解しているでしょう。

「あそこでは、意見を口にすることも許されていませんでしたから……」

「それは……まぁ、王族とはそういうものではありますが……」

「母が言っておりましたわ。その地の習慣に逆らうな、と。その土地にはその土地のルールがあるのだから、逆らっても痛い目を見るだけだと。だから私、この国の習慣に逆らう気はありませんの」

「……賢明なお母上だったのですね」

「そう言っていただけると嬉しいですわ」

そう、私は決めたのです。これからは王女や王妃としてではなく、私として生きていくと。図《はか》らずもそうさせてくれたのは目の前に佇《たたず》む竜王陛下ですわ。もしかしたら私が番《つがい》かも？　なんて希望がなかったわけじゃないけれど、彼の態度からその可能性は皆無だと悟りました。となれば、計画を実行するだけ。少なくとも国に返されることだけは絶対に阻止したいのです。

「……さすがに、すぐには返事は出来ない。我々はあなたがスパイだとの疑いも捨てきれていないのだから」

「陛下！」

あっさりと私をスパイだと言ってしまった陛下に、宰相様が声を上げて立ち上がりましたわ。スパイと疑われている可能性はなきにしも非《あら》ずでしたが……もしかして、今の提案でそう思われたのだとしたら残念です。でも、先日までは敵国として小競《こぜ》り合《あ》いが続いていたのですから、それも仕方ありませんわね。

「返事は急ぎませんわ。私としては、同行したラウラと安全で穏やかに暮らせることを一番に望みます。それさえ守っていただけるのでしたら陛下の御意思に従います。どうかよろしいようにお取り計らいくださいませ」

こうして、私たちの初対面は終わりました。さぁ、これからは自由を手に入れるために、明るい未来に向かって突き進むだけです。

「エリサ様、お話合いはいかがでしたの？」

陛下たちとの面会が終わった私は、王城にある客間の一室に案内されました。王妃として嫁《とつ》ぐ私ですので、本来なら陛下の私室の隣にある正妃の部屋に入るのが筋ですが、それは番《つがい》至上主義のこの国では当てはまりません。正妃の部屋は番《つがい》の部屋と決まっているからです。まぁ、私としても陛下と友好関係を築くのは諦めたので、こっちの方が気楽ですわね。

「ええ、こちらの条件をお話したわ。でも……すぐに返事は出来ないようだから、どうなるかはまだわからないの。それに、番《つがい》が見つかったら即離婚だそうよ」

「ええっ？」

「マルダーンとはそういう約束なのですって。でも、それなら三年待たずに済むから好都合よね」

「それはそうですが……」

「スパイと疑われているみたいだし、しばらくはここで大人しくしていましょう。少なくとも国にいる時よりはマシだと思うから」

そう言って私は部屋の中を見回しました。国賓《こくひん》を迎えるための客間だと先ほど説明されましたが、確かに納得です。落ち着きのあるモスグリーンの壁紙を基調とした上品な内装に調度品、明るく日当たりのいい部屋は、あの粗末な小屋と比べるのも申し訳ないレベルです。しかも嬉しいことに、続き間にある侍女用の部屋もとってもいい造りです。私はともかく、ラウラに快適な部屋があって安堵しました。国から連れてきたのは彼女一人ですが、どんな扱いを受けるかとても心配だったのです。

「今日のご予定は……特にないようですわね」

「ええ。長旅で疲れただろうから、ゆっくりするようにと仰《おっしゃ》っていたわ」

「そうですわね。二週間も馬車に揺られっ放しで、お尻が痛くなっちゃいましたわ」

「でも、色々と物珍しくて楽しかったわ。外に出たのは初めてですもの」

「そうですわね。エリサ様はずっと王宮から出られませんでしたから……」

「外は珍しいものでいっぱいなのね。本当に素敵だわ。ケヴィン様の話も面白かったし、ここに来てよかったわ」

「でも……まだ安心は出来ませんわ」

「ええ、わかっているわ」

そう、あの国から出られたのは嬉しいけれど、この先も安泰だとはまだ決まっていません。私のお願いが聞き入れられるかもわからないのです。今だって私の味方はラウラだけで、それは何も変わっていません。しかも……ここではラウラにも知り合いが一人もいないので、もしかすると母国より条件が悪いかもしれません。ラウラには私と一緒のせいで苦労ばかりかけて申し訳ないです。でも……彼女がいなくなったら私は一人ぼっちになってしまうのですよね。甘えてはいけないと思うのですが、まだ一人になるのが怖くて自由にしてあげられないのが心苦しくもあります。

「そういえばエリサ様、国から持ってきたドレスなのですが……」

「ああ、陛下が持たせてくれたものね」

「あれ、どう見てもエリサ様にはサイズが合いませんわ」

「えっ？」

「あのドレスたちは姉君のものではありませんか？　エリサ様には大きすぎてぶかぶかですもの」

「そう……もしかしたら、あの人たちのお古かしらね」

「可能性はありますわ。デザインもあまりセンスがよくありませんもの。エリサ様がお召しになるには派手ですし、品もありませんわ」

「そう……困ったわね。近々お披露目《ひろめ》のパーティーくらいはするでしょうから……」

「一着だけでも、何とかリメイクして見られるようにしますわ」

「ありがとう。お願いね」

「あと、宝飾品も本物かどうか怪しいですわね」

「そう……」

「全く、どこまで人を馬鹿にすれば気が済むのか……あんなのが母国だと思うと情けない限りですわ」

ラウラはぷりぷり怒っていますが、それに関しては同感です。この婚姻は同盟を結んだ証《あかし》なので、それなりの格式などが必要なはず。なのに、国は、国王陛下は何を考えているのでしょう。

それとも、本当は戦争を起こしたいのでしょうか。国のやり方を見ていると、そんな風にしか思えません。もしかするとラルセンを怒らせて私を害させ、それを口実に戦争を起こすつもりでしょうか。でも、最近の我が国は負けっ放しで、とても太刀打ち出来るとは思えないのですが……

コンコン……

私たちが母国の仕打ちに眉をひそめていると、ドアをノックする音が聞こえました。今の恥ずかしい会話を聞かれなかったでしょうか。とはいえ、今更取り繕うのも難しいし、すぐにわかってしまうでしょうが……

「失礼します、エリサ王女殿下。トールヴァルトです」

訪ねてきたのは宰相様でした。これまでにお会いした中ではケヴィン様に続いて好印象の方です。もっとも、表面上はにこやかでも中は真っ黒、という方も政治家には多いので、一概にいい人とは言えないのでしょうが……

僅かに警戒しながらも出迎えると、トールヴァルト様は二人の女性を連れていました。

「エリサ王女殿下。殿下にお付きする侍女を連れて参りました」

そう言って紹介されたのは、ダニエラとシーラという名の二人の女性でした。ダニエラは金髪と赤紫の瞳が印象的で、私よりも年上に見えます。一方のシーラは茶色の髪と薄緑色の瞳で、こちらは同じ年くらいでしょうか。二人とも獣人のようですが、獣人とほとんど接したことがない私には、すぐには何の獣人かはわかりません。

「ダニエラです。どうぞよろしくお願いいたします」

「シーラと申します。何なりとお申し付けください」

「エリサです、どうぞよろしくね」

一応挨拶はしましたが……二人とも私付きになるのを喜んでいるようには見えませんね。挨拶をしてもにこりともしないところを見ると、番《つがい》でもないのに妃になった私をよく思っていないのでしょう。こちらはそんなつもりはないのですが、やはり端から見るとそんな風に見えてしまうのはどうしようもないようです。これは、早く別居婚にした方がよさそうですわね。

◆　◆　◆

竜王陛下に謁見《えっけん》してからの私は、客間から一歩も外に出ない生活を送ることになりました。勿論、食事は三食しっかり出るし、更に日に二回のお茶の時間には美味しいお菓子も出してもらえます。お風呂もたっぷりお湯が出るし、ベッドはふかふかでシーツもパリッと洗い立てです。今までを思えば夢のような生活なのだけれど……

部屋から出ることは禁止されていたため、こんな生活が五日も続くと、さすがに外に出たくなるのが人情というものでしょう。

「ねぇ、ダニエラ。外に出たいのだけれど」

我慢出来なくなった私は、思い切って宰相様が付けてくれた侍女にそう尋ねてみました。相変わらず彼女たちはにこりともしないので、かえって息が詰まってしまいそうです。傅《かしず》かれる生活に慣れていない私としては、監視されているようにしか感じられません。

「申し訳ございませんが、許可が出ておりません。宰相様からの許可が出るまではこちらでお過ごしください」

「でも……もう五日も経っているのに、ずっと閉じこもりっぱなしで気が滅入《めい》って病気になりそうだわ。せめて庭の散歩くらいは許していただけないかしら？」

「……」

私のお願いは、ダニエラの苛立ちで返されました。私のことが気に入らないというのは、この五日間でよくわかりました。侍女二人を何度かお茶や会話に誘ったけれど、何を言っても常に無表情でそっけない返事をするばかりです。これで嫌われていないと思えるほど、私の神経は太くはありません。

ふぅ……とため息をついた私は、ダニエラとシーラを下がらせました。あの二人のせいで部屋の空気が悪くなるのは言わずもがなです。これならラウラと二人きりの方がずっと気楽というものです。

「国を出られてよかったと思ったけれど……ここもあまり変わりないわね……」

「そうですわね」

あちらでの生活は貧しく惨《みじ》めなものではありましたが、王城の中の森を散策するくらいの自由はありました。何もすることがなかった私たちは、森の中で長い時間、木の実を採ったり、花を眺めたり、小川で足を濡らして涼を取ったり、仲良くなった動物たちと遊んだりと、人目を気にせずに過ごしていました。

でも、ここでは何もかもが贅沢《ぜいたく》ではありますが、庭に出ることすら出来ません。部屋にはバルコニーもなく、窓から外を眺めるだけ。いくら立派な部屋でもこう無為に過ごすのは、思った以上に苦痛です。

「はぁ……どうせ番《つがい》しか愛せない陛下ですもの。さっさと別居させてくれないかしら……」

そうはいっても、表立ってそのようなことは言えません。声を大にして、私は陛下とは白い結婚で三年後には離婚するつもりなの！　と叫びたいくらいなのですが……それが周りに知れたら国際問題になりかねません。

母国など、私の扱いが不当だとして攻め込んでくる可能性もあります。そうなったら私の身が危険にさらされるとわかっていても、です。むしろあの王妃たちは、私を苦しめられるならと嬉々として攻め込んできそうな気がするので、それだけは絶対に避けたいのです。

けれど、そんな裏事情を侍女たちが知る由《よし》もなく。その後も私は地味な嫌がらせを受ける日々を送ることになりました。食事に虫が入っている、冷めて固くなってから持ってくるなどは、大したダメージにはなりませんでした。勿論食べはせず、しっかり皿に残しておきました。そのうち今度はお菓子に辛みのある調味料が入っていたり、湯浴みのお湯がすっかり冷めていたり……なんてことが始まりましたが、これも想定内です。

おかしな味の料理が運ばれてくるようになったので、侍女たちだけの仕業《しわざ》ではないことは明らかでした。どうやらこの国にも私の居場所はないようです。問題はこれに陛下たちも関わっているか、ですわね。もし陛下たちの意を汲《く》んでのことなら、最悪命の危険もあり得ます。食事に少しずつ毒を盛っておいて、こちらの食事が合わずに体調不良となり、その結果病死……なんてシナリオが描かれている可能性がないとは言えないのです。

特に獣人は番《つがい》のこととなると理性の箍《たが》が外れるそうです。これは逃げる準備をしておいた方がいいのでしょうか。

それからの私とラウラは、変な味がする料理は食べずに残すことにしました。さすがに食べるのには躊躇《ちゅうちょ》しましたし、かといって食べるふりをして気がついていないと思われると一層エスカレートしそうだからです。まぁ、残したら残したでエスカレートする恐れもあるのですが……ラウラと相談した結果、食べないことで食事に不満があるとの意思表示をして、それが上に伝われば何らかのアクションがあるだろうから、その時に直談判した方がいいのでは……との結論になりました。ケヴィン様の様子からして、卑怯な真似をする可能性は低いと考えたからです。

◆　◆　◆

それから五日後、それをはっきりさせるチャンスが到来しました。その日の午後、いつものようにお茶をしていた私は、またしても変な味のするお菓子を出されました。今度は何だか腐った肉の臭いがします。お菓子でこんな臭いがするなんて怪しい……そう思った私は、臭いをかぐとそのまま皿に戻しました。

「まぁ、王女殿下。このお菓子は陛下から賜《たまわ》ったものですわ。それを無下《むげ》になさるなんて……！」

最近怪しいものを口にしなくなった私に苛立ってか、ダニエラが咎《とが》めてきました。これが陛下から下賜《かし》されたお菓子？　番《つがい》探しに忙しいとこちらに顔も出さない陛下が、私を気にかけるとも思えませんが……

「そう？　でも、あまりにも癖の強い香りなのでご遠慮しますわ」

「まぁ！　陛下のお心を拒否するなど不敬な！」

「では、ダニエラ、あなたに差し上げるわ。私は陛下のお気持ちだけいただきます」

「な……！」

「陛下がくださったということは、かなり高級品なのでしょう？　この国では人気のあるお品なのかしら？」

「そ、それは……」

「そうでしょうね。誠実で公正な陛下が、同盟国の王族の私に適当なものを贈ることなどありませんものね」

「あ、当たり前ですわ！」

「じゃ、あなたが食べてみて？」

「……え？」

私がお菓子を勧めると、ダニエラは目に見えて狼狽《うろた》えました。まさかそう切り返されるとは思わなかったのでしょう。

「……っ！　そ、そんな、陛下からのお品を私ごときが口になど出来ませんわ！」

「あら、どうして？　正式に妃になった私がいいと言っているのよ？　何か問題でも？」

これだけはっきりと拒否するなんて、問題があると証明しているようなものなのだけど……彼女はそれに気がついているのでしょうか？

「……つ、番《つがい》でもないくせに！　形だけの王妃のくせに、偉そうな口叩くんじゃないわよ！」

そう叫んだダニエラは、手元にあったティーポットを私めがけて投げつけてきました。……何の罪もないティーポットは、私の左肩にぶつかって床に落ち、派手な音を立てて割れてしまいました。

「何事ですか!?」

可哀想なティーポットの悲鳴に、ドアの外にいた数人の護衛騎士が駆けこんできました。彼らが見たのは服を濡らした状態でソファに座る私と、その足元に広がるティーポットの破片、そしてタオルを手に私に駆け寄るラウラの姿でした。

一方、駆けつけた騎士たちを見て、ダニエラはようやく冷静になったようです。

「王女殿下が陛下を侮辱《ぶじょく》されたのです！　そ、それで私は……」

「な……！　陛下を⁉　本当ですか⁉」

「王女殿下！　いくらお妃様になられるとはいえ、我らが陛下を侮辱《ぶじょく》されるなど……！」

どういう茶番でしょうか……。さすがに私もダニエラの話についていけず、一瞬ポカンとしてしまいました。侮辱《ぶじょく》というのであれば、怪しげなお菓子を陛下の名で出したダニエラの方ではないでしょうか。

「陛下を侮辱《ぶじょく》したつもりはありませんわ。ただ、陛下からいただいたお菓子の香りがあまりにも強くて……でも、無下《むげ》にするわけにもいきませんでしょう？　だからお気持ちだけいただいて、お菓子はダニエラに差し上げると言っただけです」

「お菓子を……？」

「ええ。お二人もいかがですか？　ダニエラの話ではとても人気のあるものだそうですわ」

そう言って私がお菓子の皿を騎士たちに差し出すと、ダニエラが狼狽《うろた》えました。一方の騎士はそんな様子には気づかず、お菓子に手を伸ばしましたが……臭いをかぐと、訝《いぶか》しげな表情を浮かべました。

「これは……本当に陛下から……？」

「ええ。そのように聞きましたわ。そうよね、ダニエラ？」

ダニエラにそう呼びかけましたが、彼女は狼狽《うろた》えながらも私を睨み付けてきました。でも、その表情はばっちり騎士たちにも見られていますわよ？　騎士たちも、どちらかと言えばダニエラ側なのでしょう。彼らは同じ王城に勤める同僚ですし、獣人です。番《つがい》を押しのけて妃となる私をよく思っていないのでしょうが、さすがにこのお菓子はおかしいと感じたらしく、どう対応すべきか迷っているようにも見えました。

「どうされましたか？」

場が膠着《こうちゃく》状態になってしまった中、穏やかな声で部屋に入ってきたのは宰相様でした。大きな声が外まで届いたため、様子を見に来たのでしょうか。部屋に入ってきた宰相様は室内を見回すと、にこやかだった表情を固くされました。

「これは……どういうことですか？　なぜ王女殿下のお召し物が濡れているのです？」

皆が宰相様に注目していましたが、そんな視線を気にも止めず、宰相様は側にいた騎士に尋ね、騎士は自分たちが見聞きしたことを説明し始めました。さり気なくダニエラを庇っていますが……そこはもう仕方ないのでしょうね。

「陛下から？　本当ですか、ダニエラ？」

陛下からお菓子が下賜《かし》されたと聞いた宰相様の表情がますます険しくなりました。ということは、やはり違った、ということなのでしょうか……

「あ、あのっ……！　私はっ……」

「本当かどうかを聞いているのです。はいかいいえの返事も出来ませんか？」

「そ、それは……」

にこやかなお姿しか知らなかった宰相様ですが、今はまるで別人のような冷たさです。やはり宰相ともなると優しいだけでは務まらないのですね。宰相様は騎士が持っていたお菓子を手に取ると、すぐに顔を顰《しか》めました。臭いがおかしいとわかったためでしょうか。

「ダニエラとシーラを捕らえておいてください。後で詳しく話を聞きます」

「そ、そんな……っ！　私は……！」

ダニエラが抗議の声を上げましたが、宰相様が冷たく一瞥《いちべつ》すると真っ青になってしまいました。シーラに至っては小刻みに震えていますし、騎士たちも顔色が悪く見えます。優しげに見えても、さすがは一国の宰相でいらっしゃるのですね。

「エリサ様、お怪我は？　火傷《やけど》なさっていませんか？　それにお召し物も替えなければ……」

「ありがとう。お茶は冷めていたから火傷《やけど》はないと思うわ」

ラルセンの皆さんが冷たい空気に浸《ひた》っている中、声をかけてくれたラウラに、私は笑顔で答えました。彼女に心配をかけてしまったことが一番辛いですわね……それに、さすがに濡れたままでは身体が冷えてしまいますし、それなりに痛かったので痣《あざ》になっているかもしれません。

「申し訳ございません、王女殿下。そうですね。まずは着替えと怪我がないかの確認をお願いします」

冷え切って固まっているように感じられた室内の空気をほどいたのは、やはり宰相様でした。こちらに向ける表情は一転して穏やかで、私は内心ほっとしました。

「え、ええ」

「王女殿下のお身体が最優先です。その間に片付けておきますので」

「ええ。わかりましたわ」

「では、着替えが終わりましたらドアの外の護衛にお知らせください。怪我があればすぐに医師を手配いたします」

「ありがとうございます」

こうしてラウラ以外は全員部屋を後にしたため、私は濡れた衣装を脱いで痣《あざ》になっていないか確認しました。少し赤くはなっていますが、問題なさそうです。それを見たラウラも、新しい衣装を手にしながらほっとした表情を浮かべていました。

「よかったですわ、大したことがなくて」

「心配かけてごめんね。でも、どうやらダニエラの独断……というわけではないようね」

「そうですわね。お菓子に異物を入れたのは、厨房でしょう」

「これで嫌がらせが終わるといいのだけれど……」

私は小さくため息をつきました。大事《おおごと》にしてダニエラの行為を表面化させましたが……何度経験しても、このようなことは気分のいいものではありません。それに、発覚しても向こうは自分が悪いとは思わずに逆恨みして、やることが陰湿になるかもしれません。そういうケースもこれまでに何度も経験しているので想定内ですが……全く、そんな暇があるならもっと建設的な、そう、陛下の番《つがい》を探す手伝いでもすればいいのに、と思います。

その後、宰相様が再びいらして、頭を下げて謝罪されてしまいました。私としては大したことではありませんし、嫌がらせさえやめてもらえればそれで十分です。母国マルダーンがやっていることを思えば反感を持たれるのは当然ですし、そこに番《つがい》問題が絡めば、ますます許しがたいと思われても仕方ありませんもの。本当に、あの国を離れてもまだ悩まされるなんて……こうなったら早く離婚して、王女の身分などゴミ箱にサクッと捨ててしまいたいですわね。

それからダニエラとシーラの姿を見ることはありませんでした。私としても、空気が重くなる侍女は遠慮したかったのでほっとしたのは確かです。変な細工がされることもなくなり、ようやく食事を楽しめるようになりました。後で宰相様が教えてくれましたが、ダニエラたちは厨房の者たちと一緒に私に嫌がらせをしていたそうです。嫌がらせに加担していた者たちは全員、解雇か部署替えとなり、今後は私の食事も毒見をつけるので安心してほしいと仰《おっしゃ》っていました。近々、宰相様が自ら選んだ侍女を付けてくれるそうです。今度は空気を重くするような方でないことを祈りたいものです。

侍女が交代した後の私は、快適な快適を送れるようになりました。虫などが入っていないかを気にしながらの食事も、なかなかに大変なのです。そんなストレスが消えただけでも十分ですが、新しく付いてくれた侍女たちは気さくで親切な方でした。

新しい侍女は、ベルタさんとユリアさんといい、ベルタさんは獣人ですが、ユリアさんは人族でした。二人とも信頼出来ると宰相様が仰《おっしゃ》っていました。

ベルタさんは狼人で、艶々《つやつや》の美しい黒髪と青紫色の瞳を持つ美人さんです。背が高く顔立ちも中性的で、パッと見は美少年のようにも見えます。騎士団に属しているそうで、表情も所作もきりっとしていてかっこいいのです。

一方のユリアさんは胡桃色《くるみいろ》の優しい色合いの髪と深緑の瞳を持つ、凛《りん》とした知的美人さんです。眼鏡もとってもお似合いで雰囲気が先生のようですが、実際に優秀な教師だそうです。私が教師を付けてほしいとお願いしたのもあり、これからは彼女に教えを乞うことになりました。

ベルタさんは陛下の側近のレイフ様の妹さんで、ユリアさんはケヴィン様の遠縁で、お二人は顔見知りでした。見た目はユリアさんの方が上に見えますが、実年齢はベルタさんの方が上だとか。これは獣人の寿命が長いことが影響しているのだそうです。

ベルタさんかユリアさんが一緒という条件付きではありますが、庭を散歩する許可もいただきました。これだけでも非常に気分が晴れます。この王宮の庭はマルダーンのような格式ばったものではなく、割と自然な雰囲気を残した庭になっていて、私はこちらの方がずっと好みでした。森に隣接する小屋で暮らしていたから、落ち着くのかもしれません。

とはいっても、稀《まれ》にすれ違う獣人の方々は私にはいい印象がないようで、何か言いたげな表情で見られています。

「エリサ様、一人では絶対に外に出ないでくださいね」

「え？　ええ……」

「ここにいる侍女や騎士にエリサ様に手を出す者はいないけど、脳筋馬鹿がたまにいるから」

ベルタさんから念を押されました。なるほど、一人だと文句を言われたり絡まれたりする可能性があるのですね。でも、母国も同じような環境だったので、それほどストレスは感じませんでした。

これまで暇を持て余していた時間は、ユリアさんの授業です。まずはこの国の基本的な知識やマナーを教えてもらうことになりました。一応私も母国ではマナーなども習いましたが……これも国が変われば内容も変わります。基本的な知識にしても、マルダーンはラルセンを軽視していたため、取り上げられることはありませんでした。形だけの王妃とはいえ、この国について何も知らないのでは話になりませんし、平民になってここで暮らすことになれば一般常識は必須です。元より勉強がしたいと思っていたところです。これからは楽しい時間になりそうな気がします。

◆　◆　◆

「エリサ姫、長らくお待たせして申し訳ございませんでした」

二日ほど穏やかな時が過ぎた頃、笑みを浮かべてやって来たのは宰相様でした。優しそうな表情にこちらの表情も和《なご》みます。まぁ、中身は黒そうですが、美形でいらっしゃるので眼福《がんぷく》ですわね。宰相様には最愛の番《つがい》がいらっしゃるそうです。残念？　そうですわね、陛下は気難しそうな印象が強いので、宰相様のような方が相手だったらよかったのに……とは思います。少なくとも、表面だけでも取り繕えたでしょうから。

宰相様から渡されたのは二枚の契約書で、今回の結婚についてのものでした。そこには、白い結婚で別居婚とし、三年後に離婚すること、王妃としてどうしても必要な仕事には出ること、番《つがい》が見つかったら速やかに離婚して王宮を去ること、この国で暮らす間は身の安全を保障すること、などが書かれていました。どうやら……私の希望はほぼ含まれているようです。でも……

「あの……王妃としての仕事とは？」

「ああ、主に夜会です。基本的に獣人は番《つがい》を人前に出したがらないので、出ても短時間ですね。結婚式は花嫁がいないと話になりませんので出ていただきます。準備もあるので、こちらは半年後を予定しております」

「半年後ですか。でも、その間に番《つがい》が見つかったら……」

「その時は大変申し訳ございませんが、中止となります」

「そうですか」

番《つがい》が現れたら即離婚と聞いていたので、そこに文句はありません。むしろウエルカム！

「あの、番《つがい》が見つかった後の生活は……」

「それに関しては、出来るだけご希望に沿いたいと思います。平民になりたいと仰《おっしゃ》っていましたが……さすがにいきなりは難しいでしょう。誰か人族の者を後見人として立て、徐々に慣れていただくのが最善かと」

「そうですね。こちらには伝《つて》もありませんし……どうかお願いします」

こうなっては宰相様にお願いするしかないでしょう。まぁ、いきなり放り出されても、母国での貧しい生活を思えば何とかなりそうではありますが……ラウラも一緒だから出来るだけ安全は確保しておきたいのですよね。

でも、私の希望ばかり汲《く》んでいただいているようで、何だか不公平な気がします。マルダーンから出られただけでも有難いのに、こうして贅沢《ぜいたく》な生活を送っていいのでしょうか……税金を払っているラルセンの皆様に申し訳ないですわ……

「……何と言いますか、私の我儘《わがまま》ばかり通していただいて申し訳ないですわ。本当に、よろしいのでしょうか？」

「ええ、構いませんよ。むしろ、婚姻を結びながら愛せないことをお許しください」

「それは仕方ありませんわ。本能に逆らえるはずもありませんもの。むしろそれを承知でこんな同盟を迫った我が国の方こそ、申し訳ございません」

「……王女殿下は……聡明な方なのですね。あなたのような方でよかった」

そう仰《おっしゃ》っていただいて、一層申し訳なく感じてしまいましたわ。私の方こそ、国から逃れるために利用しているも同然なのに、こんなによくしていただいているのですもの……

さて、希望通りに別邸への移動となりますが、さすがに遠い場所では母国との関係に亀裂が生じる可能性があるので、王宮内の一角になるそうです。そこはこぢんまりとした離宮で、亡くなった何代か前の国王陛下の番《つがい》が余生を送られた場所なのだとか。そこで私は、数人の侍女や護衛と暮らすことになるようです。

「離宮にはいつ引っ越しを？」

「エリサ様がよろしければ、今からでも構いませんよ」

「よろしいのですか？」

「ただし、こちらも護衛として侍女や騎士を配置させていただきます。さすがに他国の王族である王女殿下をお一人で、というわけにはいきませんので」

「それは仕方ありませんわ。むしろ、私などに付くことになる方には申し訳ないですわ」

「そんなことはありませんよ。王女殿下は両国間の同盟の証《あかし》。我が国も三年前から水害など天災の対応に追われています。その中での同盟は復興の大きな助けとなっているのですから」

「でも……」

「それくらいの道理もわからない無能な者は、残念ながらこの王城に相応《ふさわ》しくありません。人選はしっかりいたしましたので、今後はお心を煩《わずら》わせることはないと思います」

「そうですか。何から何までありがとうございます」

　こうして私は念願の別居生活を手に入れました。聞けば結婚式までは特に公務もないとのこと。元より仮の王妃なので、国内で式は挙げるそうですが、大がかりなお披露目《ひろめ》はしないそうです。私としても離婚前提での婚姻なので、派手なことは遠慮したいところです。それに母国ではろくな教育も受けられなかったので、教養のなさがばれてしまうのが恥ずかしい、という切実な理由もありました。

◆　◆　◆

私が離宮に引っ越してから早いもので、気が付けば一月《ひとつき》が経ちました。

離宮での別居生活は……大変快適でした。ここは天国か？　と思うくらいです。一日三度の温かくて美味しい食事と二度のおやつ、雨漏りも隙間風もない綺麗で立派な部屋に、ふっかふかで寝心地最高のベッド。いつだってお湯が出る広いお風呂に、お茶をするにはぴったりのバルコニー。綺麗に整えられて、でも自然な雰囲気が残る素敵な庭と東屋《あずまや》。そして……嫌な空気にならない侍女や護衛の皆さんたち。ええもう、ここはきっと天国なのでしょう。私にとっては人生最高の時間かもしれません。一日一食すらも危うく、雨漏りと隙間風の小屋で侵入者の影に怯《おび》えながら、ラウラと身を寄せ合って暮らしていた母国での生活を思うと、王宮に足を向けて寝るなんて罰当たりなことは出来そうにありません。

ちなみに……陛下は最初の謁見《えっけん》以来、姿どころか影すらも見ておりません。ええ、清々《すがすが》しいほどの放置っぷりです。お陰《かげ》で私も心置きなく別居生活を満喫させていただいています。うん、こういうのを亭主元気で留守がいいと言うのでしょうか？　え？　違う？　そうですか……でも、こんな素晴らしい待遇で置いてくださるのですから、もう感謝しかありません。

「あ～もう、エリサ様のお菓子は最高～」

そう言って焼き菓子に手を伸ばしたのはベルタさんです。一日二度のお茶の時間に、私はお菓子を作ってここに勤める皆さんに配るのが日課になりつつあります。ベルタさんはすっかり私のお菓子を気に入ってくださって、今では私のような番《つがい》が欲しい、と言っています。冗談だとは思いますが、目が本気に見えるのは気のせいでしょうか……でも、背が高くクールビューティーなベルタさんは美少年にも見えるので、そう言われるとドキドキしてしまいますわ。

陛下や宰相様も美形ですが、美形すぎると言いますか、神々《こうごう》しいと言いますか、威厳がありすぎて気軽に話しかけられる雰囲気ではないのですよね。そのせいか、私にはベルタさんの方が理想的に見えてしまいます。まぁ、あのろくでなしの父を見て育ったので、男性が苦手……というのもあるでしょうが……

「ベルタはエリサ様がお気に入りねぇ……」

「当たり前でしょ！　私は可愛いものが大好きなの。エリサ様もラウラもとっても可愛いじゃない」

力説するベルタさんを呆れ顔で眺めながら、お茶の香りを楽しんでいるのはユリア先生です。教師ということもあり、すっかり先生と呼ぶのが癖になってしまいました。でも、先生も止めはしないし、むしろそう呼ばれると目の奥が和《やわ》らぐのを感じるので、きっと嫌ではないのでしょう。

先生の授業はわかりやすく丁寧で、それでいてしっかり自分で考えないといけないため、ケヴィン様の時と同様、全く気が抜けません。容赦のない厳しい先生ですが、頑張った分はちゃんと見て褒めてくださるので、ますますやる気が出るのです。ラウラと夕飯のデザートを賭けて、どっちが多く褒められるか競争しているのは内緒です。

「それにしても……エリサ様もラウラも、健康的になったわね」

「そうね、初めて会った時は痩《や》せて頬もコケて髪もぱさぱさだったけれど……最近は見違えるように綺麗になってきたわね」

「磨き上げるのが楽しいわ。やっぱり素材がいいと違うわよね」

ベルタさんは美容に詳しく、私とラウラはベルタさんに肌や髪の手入れの仕方を教えてもらったり、時にはマッサージをしてもらったりで、最近は随分と健康的になったように思います。そういえば、以前は月のモノが不安定で、その時はふらついたり気分が悪くなったりしましたが、今はそういうこともほとんどなくなりましたわね。

「それにしても、エリサ様のその匂いは……番除《つがい》け？」

「え？　ええ、そうみたいですね。私はわからないのですけれど……」

「そうね、私もよ。ベルタは気になるの？」

「うん、まぁ、獣人は匂いに敏感だからね。でも……番除《つがい》けの香水以外にも何か使っている？　二人とも同じ匂いがするけど」

「香水以外ですか……？」

さて、何のことでしょうか？　番除《つがい》けの香水はラウラも使わせてもらっているのですが、それ以外には特になかったと思いますが……

「もしかしたら……お風呂で使っている薬草かもしれませんね」

「薬草？」

ラウラの言葉に、心当たりがありました。ああ、そういえば湯船に薬草を入れていましたわね。

「ええ、干した薬草を湯船に入れて浸《つ》かると、皮膚《ひふ》の乾燥を防いでくれるのですよ。エリサ様は皮《ひ》膚《ふ》が弱いので、昔から使っていたんです。どこにでも生えていますから、マルダーンでは庶民がよく使っています」

「へぇ、そんなものがあるんだ」

「クリームは作るのが大変ですが、お風呂ならお湯に入れるだけで済むので簡単なんです」

そう言ってラウラは浴室から干した薬草を持ってきてくれました。ちょっと癖がありますが、私にとっては子どもの頃から愛用している懐かしい香りです。

「なるほど。やっぱり国が違うと習慣も違うんだね」

「試してみますか？」

「え？　いいの？」

「ええ、これ、離宮の庭にも生えていたので大丈夫です」

「そっか、じゃ、試してみよう」

ベルタさん、美容に関することには敏感ですわね。こういうところはしっかり女性なんだなぁと感じますわ。お菓子以外でお二人にお返しが出来て、私もラウラも嬉しくなりました。いつも、していただいてばかりですからね。

「ユリア先生も、よろしければどうぞ」

「ありがとう。私も乾燥に弱くて困っていたのよ。早速試してみるわ」

「ああ、人族って皮膚《ひふ》が弱いものね。獣人はそんなことはないのだけど」

「ええ？　そうなんですか？　羨《うらや》ましいです。私、すぐあかぎれになってしまうし、今日も紙で手を切ってしまって」

「ああ、私も紙でしょっちゅう切るわ。そこは獣人が羨《うらや》ましいわね」

どうやら紙で皮膚《ひふ》を切るのは人族だけのようです。獣人はやはり体が丈夫なのですね。

「あ～でももったいない！　こんなに可愛くなってきたのに、三年はここで過ごさなきゃいけないなんて！」

「それは仕方ないでしょ。国同士の約束なのだから」

「それでも！　可愛い乙女二人が男っ気もなく過ごすなんて時間がもったいないよ！　もしかしたら誰かが二人を探しているかもしれないのに！」

「それこそ番《つがい》だなんて言ってくる相手がいたら困るじゃない。特にエリサ様は王妃様なのよ」

「ああもう、陛下も何であんな約束したんだろう！」

私たちがここで三年を過ごさなくてはいけないことをお二人はご存じで、ベルタさんは私の境遇に強く憤《いきどお》ってくれました。彼女にしてみれば、番《つがい》と認識出来なくなる香料を使って三年も過ごすのは時間の無駄だそうです。もしかしたら私たちに番《つがい》の獣人がいるかもしれない、それならその相手にとっても気の毒な時間だというのがベルタさんの考えです。獣人あるあるよねぇとユリア先生は呆れていますが……それだけ獣人にとって番《つがい》の存在は重要なようです。

◆　◆　◆

それから数日経ったある日の夜。乱暴に離宮の扉を叩く音がして、私は目が覚めてしまいました。滅多に人が来ないこの離宮に、こんな時間に人が訪ねてくるとはどういうことでしょうか……もしかして、陛下の番《つがい》が見つかった、とか？

確かに番《つがい》が見つかったらすぐに出ていくとの契約ですが……さすがにこんな夜中に知らせに来ることはないでしょう。それとも、番《つがい》至上主義の獣人にとってはこれが通常運転なのでしょうか？

そんなことをぼんやり思っていると、ラウラがガウンを手に入ってきました。ラウラも目が覚めてしまったようで、何事かと不安げにしています。この時間はベルタさんもユリア先生もいらっしゃらず、残っているのはラウラと護衛騎士だけなので、確かに不安です。

う～ん、もし今すぐ出ていけと言われると……困りましたわね、荷造りも何も出来ていませんから。あ、でも、ここにあるものは全て陛下が用意してくださったものなので、持っていってはダメでしょうか？　出来れば当面を過ごせるだけの服や生活必需品をいただけると助かるのですが……

「エリサ王女！」

飛び込んできたのは、血相を変えたという表現がぴったりの陛下でした。どうやら玄関で護衛との押し問答があったようですが、それでも相手は陛下、護衛が止められるはずもありません。今は寝間着で男性を迎える格好ではありませんが、どうやら着替えている余裕はなさそうです。私はラウラが用意してくれたガウンを羽織りました。それにしても、陛下ってデリカシーのない方だったのですね。

「これは陛下、こんばんは。このような夜半にいらっしゃるということは、番《つがい》が見つかったのでしょうか？」

「い、いや、そうではない！」

え？　あんなに慌ててやって来たから、てっきり番《つがい》が見つかったから出ていけ！　と仰《おっしゃ》るのかと思いましたが……違ったのですか、残念です。いえ、夜中に出ていきたいわけではありませんが。

「では、どのようなご用件で？」

こんな夜中にわざわざ来るということは、かなり火急のご用だと思うのです。もしかして……母国が何かしでかしたのでしょうか。ああ、それならあり得ますわね。あの国は常識とか体裁《ていさい》とか人命尊重とかの概念が希薄ですし、私に嫌がらせするのを生きがいにしているのかしら？　と思うような義母や義姉もいますし。

「……つ！」

「つ？」

「番《つがい》は……俺の番《つがい》はどこだ!?」

「…………は？」

いきなりやって来て番《つがい》はどこだと聞かれましても……私の番《つがい》じゃないのですから、知るはずないじゃないですか。しかも私、人族ですよ？　種族的には嗅覚が底辺レベルですよ？　匂いで人の区別をつけるなんて逆立ちしたって出来そうにありません。どうやら陛下は、随分と冷静さを欠いていらっしゃるようです。完璧に見えた陛下ですが、取り乱すこともあるのですね。何と言いますか……こんな状況なのにちょっと好感度が上がってしまいましたわ。

「あの……陛下？」

「何だ？」

「陛下の番《つがい》、でございますよね？」

「当たり前だ」

「それを私に聞かれましても……私、人族なので鼻が利きませんし、番《つがい》の匂いは番《つがい》同士しかわからないと聞きましたが？　どうして私にお尋ねになりますの？」

「……そ、それは……」

ああ、ようやく陛下が冷静になられた様子です。しかし、一体どういうことでしょうか……

「ジーク！　ああっ、お前、こんな夜中に女性の部屋に押し入るとはどういう了見だ！」

現れたのは、宰相様でした。どうやら陛下を追ってこられたようですが、足の速さは陛下の方が上なのですね。そういえば、獣人は力が全てで、王位も血筋などではなく、その時にもっとも優れている者が王になるのだとか。だとすると、足の速さも判断材料になったのでしょうか？　そして宰相様、押し入ってきたのはあなたも同じです。

「エリサ王女、申し訳ございません！」

「いえ、何事かと驚きはしましたが……ところで何がどうなっているのでしょう？」

常に冷静な宰相様が、焦りながら頭を下げられました。どうやらお二人は冷静さを失われているようで、特に陛下とは会話が成立しないレベルです。ここは通訳、いえ、陛下の代弁とその補足説明をする方が必要ですわね。そういう意味では来てくださって助かりましたわ、宰相様。

「申し訳ございません、それに関しては私も……ただ、王女殿下にいただいた紙袋から番《つがい》の匂いがすると、ジークが……」

「紙袋？」

「……これだ」

陛下が気難しいお顔で示されたのは、無残にも握りつぶされた紙袋でしたが、その柄には見覚えがあります。昨日、ベルタさんにお渡ししたクッキーを詰めた袋ですわね。それにしても、中身はどうなったのでしょう。ちゃんと食べていただけたのならいいのですが……

「この袋に、その、番《つがい》の匂いが？」

「ああ」

なるほど……状況は理解しましたわ。この袋に番《つがい》の匂いがしたので、慌てて飛んでこられたということですね。でも、困りました。確かにこれは私がベルタさんに差し上げたものですが……

「王女殿下、この紙袋は？」

「これは、日用品や食材と一緒にお願いしたものです。十日くらい前に納入されて、その間は私とラウラくらいしか触っていないと思いますわ」

「王女殿下とラウラ殿が……」

「ベルタさんに渡したのは夕方、お帰りになられる時です。もし他の方の匂いがついたのだとしたら、ベルタさんが帰宅中に会われた方ではないでしょうか」

「そうか、ベルタが……」

「お手数をおかけいたしました、王女殿下。ほら、ジーク、戻るぞ。ベルタは明日、朝一番に呼び出せばいいだろう？」

「あ、ああ……エリサ殿、その……すまなかった……」

「王女殿下、夜分に申し訳ございませんでした」

「いえ、こちらこそお役に立てず、申し訳ございません」

来た時の勢いはどこへやら……陛下は力なく私に謝ると宰相様に連れられて戻っていかれました。番《つがい》の手がかりが得られたと張り切っていたのでしょうけれど……酷く落胆されたようで、背中に哀愁《あいしゅう》が色濃く漂《ただよ》ってお気の毒なほどです。何の役にも立てなくて心苦しいですわ。そして私の名前、覚えてくださっていたのですね。ちょっと意外でした。

陛下たちが戻られると、ほっと空気が緩むのを感じました。さすがに夜中に押しかけてこられるのは恐怖ですわね。襲撃かと思ってしまいましたもの。

でも、匂いを発見したということは、近々ベルタさんの関係者から番《つがい》が見つかるのではないでしょうか？　ベルタさんが帰ったのは夕方です。どういう経緯であのお菓子が陛下の元に渡ったのかは不明ですが、時間は限られていますし、ベルタさんはまっすぐ家に帰ると言っていたので、不特定多数の方と会っているとも思えません。

だとしたら、私も出ていく準備をしておいた方がいいのでしょうか。今日のように夜中にいきなり来て、なんてことになると困ってしまいますわね。明日にもラウラにお願いして、最低限の荷物をまとめてもらった方がよさそうです。

「昨夜、陛下が押しかけてきたんだって？」

そう言って、今日もお菓子に手を伸ばしたのはベルタさんです。朝一番に陛下に呼び出されて紙袋について聞かれてから騎士団の訓練に参加し、午後になってこの離宮に来てくれました。

お二人は夕方まで色々なお話をしてくださるのですが、その時間は長年夢見ていた女子会そのものです。この時間のために、私は毎朝早起きして、お菓子やお昼用のパンなどを焼いています……なんて幸せなのでしょう。あ、話がそれましたわ。今は陛下の話でしたね。ちなみに昨夜の騒動はユリア先生にも説明済みです。

「ええ、ビックリしましたわ。急にいらっしゃって番《つがい》はどこだ！　と叫ばれたので……」

「番《つがい》となると獣人は理性が吹っ飛ぶからなぁ……ごめんね」

「いえ、いいのですよ。何かされたわけではありませんから」

「でも、乙女の部屋に夜中に押しかけるなんてダメじゃない」

「そうでしょうが……一応、妃ですし」

「あ〜ダメダメ、そんな甘やかしちゃ！」

ベルタさんはそう言いますが、さすがに陛下相手に帰ってくださいとは言えません。元々この離宮だってラルセンのものなのです。それに……

「でも……陛下がここに来るなんて滅多にありませんから。そういえば、お会いしたのも最初の日に謁見《えっけん》して以来ですわね」

「ええっ？　謁見《えっけん》って……」

「それじゃ、陛下に会ったのは……」

「昨夜で二度目です」

私がそう答えると、ベルタさんは頭を抱え、ユリア先生もこめかみに細く長い指を当てて難しい表情になってしまいました。

「……あんの番《つがい》バカ。少しは気遣いってもんを……」

「これはベルタに同意しますわ」

何だかお二人とも陛下に怒りを向けている感じでしょうか？　いえ、別に気になさることはないと思うのですが……私も陛下にお会いしたいとは思っていないので。

「それでベルタさん。陛下の番《つがい》は見つかったのですか？」

そう、ここ！　私にとっては一番重要です。一応朝からラウラが荷造りをしてくれましたが、情報が早ければ早いほど、準備の時間が取れます。あ、でも、いただいた服などを持ち出していいかどうかについての許可はまだ出ていませんわね。朝一で侍女さんを通して宰相様に確認をお願いしたのですが……

「ああ、あの紙袋の匂いでしょ？　昨日は帰る途中に兄に会って、その時に袋ごと半分渡して帰ったんだ。だから今は兄の調査中。兄ったら、あの後あちこちに顔を出していたし、頭の中も筋肉だから記憶力に不安があるのよねぇ……正直、番《つがい》に繋がるかは微妙だね」

「そうですか」

何だかレイフ様、凄い言われようですわね。そしてまだわかりませんか。それは残念です。いえ、ここを出たらベルタさんやユリア先生とこうして過ごすことが出来なくなるので、それはそれでかなり残念ですが……

でも、ここでの生活費はラルセンが出してくださっています。番《つがい》でもないのにお世話になるのも心苦しいですし、仕方ありませんね。早く自立する方向で頑張りましょう。

「無事に番《つがい》が見つかるといいですね」

「そうなんだよね～最近の王宮は陛下のせいでピリピリしていて、働く獣人も怯《おび》えちゃってるんだよね」

「獣人は上位種の機嫌を感じ取るというものね」

「そうなのですか？」

それは初めて知りました。陛下の不機嫌オーラが他の獣人に影響するのですか。これは……アレでしょうか、我儘《わがまま》な義母や義姉に仕える侍女たちが、胃痛で休職したり辞めたりしていたのと同じことでしょうか？

「獣人は力が全てなんだけど、何ていうか、オーラみたいなのを感じるんだよね。その傾向は上位種になるほど強くて、下位の草食系の獣人はそのオーラだけでも怯《おび》えちゃうんだ」

「オーラ、ですか」

「陛下は竜人だからその力が強くて、陛下の側近になれるのは必然的に上位種になっちゃうんだ。草食獣人が王宮に少ないのはそういう理由」

「なるほど」

確かに王宮には強そうな人が多いと感じていましたが、そんな事情があったのですね。人族は他人のオーラには左右されずに済むので、意外に気楽かもしれませんわ。

「でもまぁ、ここで番《つがい》の痕跡が見つかったのなら、あとは早いんじゃない？　王宮に出入りする者は限られているから」

「そうね。王宮の敷地内に入れるか、レイフ様との繋がりのある方、ということになるものね。だったらほどなく見つかるわね」

「そうですか。結婚式の前に見つかってくれると助かりますわ。式の後だとお互い嫌な気分が残るでしょうから」

そうなのです。式が終わってしまうと、国民にも結婚の事実が広まってしまうので、出来れば式の前に見つかってほしいのです。そうすればラルセンの国民も混乱せずに済みますし、私も顔が知れることがありません。離婚後は市井《しせい》に下りるので、出来れば顔を知られたくないのですよね。

「でも……婚姻は成立しているのでしょう？」

「え？　ええ。一応同盟の条件なので、国を出る際に婚姻自体は成立しているそうです」

そう、懸念《けねん》があるとすれば、マルダーンでのこの結婚の扱いです。母国は獣人を見下しているので、婚姻などとんでもないと公表していないかもしれません。獣人に譲歩したとなれば、王家は弱腰だ、と非難される可能性もあるからです。

「でも今なら、私の顔は国民に知られていませんし、離婚になっても困らないでしょう。まぁ、そうなったらここを出ないといけないので、こうしてお茶する時間もなくなってしまうのですが……」

「えええっ⁉　それは困るわ！」

「でも……それが条件ですから……」

ベルタさんは憤《いきどお》ってくれましたが、これぱっかりはどうしようもありません。私がお店を持つのも先になるでしょうし、しばらくはお二人と一緒にこんな風にお茶することが出来なくなってしまいますわね。それはかなり寂しいですわ……

「……それじゃ、離婚後は我が家で暮らすのはどうかしら？」

「え？」

お茶の香りをゆっくり楽しんでいたユリア先生が、とんでもないことを言い出しました。

「うちは私と両親しかいないし、エリサ様たちが来てくださると両親もきっと喜ぶわ」

「それ賛成！　そうよね、番《つがい》が現れた後は自由にしてもいいって言われているんでしょう？」

「え？　ええ、まぁ……」

「だったらユリアの家に行けばいいじゃない。人族同士なんだから安心だし」

「姉も嫁《とつ》いでしまったし、兄は結婚と同時に職場に近い王城の近くに邸《やしき》を構えてしまったのよ。部屋も余っているし両親も寂しがっているから、エリサ様たちが来てくださったらきっと喜んでくれるわ」

「でも、それは、さすがに……」

「よし！　決まり！　そうなったら毎日でも遊びに行くわ」

何だか勝手に話が進んでいますが、いいのでしょうか？　そりゃあ、離婚後は好きにしていいと言われていますし、ユリア先生の家なら安心な気がしますが。そうはいっても、他に伝《つて》もない私です。万が一の時はお願いしてみるのもよさそうですわね。

◆　◆　◆

「一体あの王女は何なんだ？」

約一か月前、我が国に到着したエリサ王女との面談を終えて部屋に戻した後、俺はあまりにも予想外のことを言い出した王女の考えが理解出来ず、側近たちに問いかけた。今ここには、俺も含めて宰相で竜人のトールヴァルトと、人族のケヴィン、狼人のレイフと虎人のエリックの五人がいる。レイフは護衛で、エリックはトールヴァルト——トールの補佐だ。彼らは俺が番《つがい》探しで王城を空《あ》けている間、俺の代わりに仕事をしてくれている大切な仲間でもある。

初めて会った王女は、赤みのある金の髪と、獣人では珍しい鮮やかな新緑のような色の瞳をしていた。あの国の王は無駄に脂肪を蓄《たくわ》えて嫌な臭いの持ち主だったから、その娘も同じかと思ったが、王女は細すぎるくらい細くまるで棒きれのよう、髪にも肌にも艶《つや》がなく、そして……父親とは違う嫌な臭いを放っていた。

番《つがい》だったら……と密かに期待していた俺だったが、その可能性は呆気《あっけ》なく崩れた。どうしようかと悩んでいたところに、かの娘は白い別居婚と三年後の離婚を望んできたのだ。あの国の王族は気位ばかり高かったから、王女の提案は想定外すぎて、最初は理解しがたかった。

「それを俺に聞かれてもねぇ……」

隣でトールがのんびりと茶の香りを楽しみながらそう答える。その表情は酷く楽しげだった。こいつは温厚で優しそうな雰囲気だが、その実トラブルに嬉々として首を突っ込み、さらに引っ掻き回すという悪癖がある。大したことがない問題を、二倍にも三倍にも大きくして面白がるんだから性質《たち》が悪い。

それでも、宰相という仕事は性に合っているらしく、こいつに仕事を任せていると問題が起きないのだから不思議なものだ。多分、自分に火の粉が降りかからないようにしているのだろう。

「でも、いきなり愛することはない、なんて宣言するジークもいい勝負だと思うよ」

「仕方あるまい、相手は人族だぞ。下手に期待させる方が気の毒だろう」

「まぁね」

「それに、後が面倒だから優しくするなと言ったのはトールだろう」

「まぁ、そうなんだけど、さ」

そう、これまでもマルダーン以外の国の王女や高位貴族の令嬢からの求婚が何度もあった。獣人なら番《つがい》ではないと言えば話が通じるが、人族には理解しがたいらしい。国王として礼節のある態度を取っただけなのに気があると思い込み、寝所にまで突撃してきた者もいたのだ。そういった相手との交渉にうんざりしたトールが、今後は愛想よくするな、冷たく突き放せと言ったのだ。それはさすがに……と思った俺だったが、下手に期待させる方が酷《こく》だと説得されれば納得せざるを得なかった。

「それに、王女もあまり気にしていなかったじゃないか。その後に言い出したことは理解しがたかったけど……」

「まぁ、規格外の姫君ではありますな」

「へぇ。ケヴィンがそう言うなんて、珍しいね」

「……どういうことだ？」

楽しげなトールやケヴィンに対して、俺は全く面白くなかった。そう、番《つがい》でもない相手と、仮とはいえ婚姻を結ばねばならないのだから、気が重いことこの上ないのだ。もし番《つがい》が見つかった時、それがどんなに番《つがい》を悲しませることになるか……想像するだけでも胸が引き裂かれそうで、馬鹿な約束をしたと後悔しかない。

「マルダーンは獣人への差別が殊更《ことさら》強い国ですが……エルサ王女にはそのような傾向は見られませんでした。むしろ、差別をよしとしない発言を何度かしています。道中も獣人や我が国について教えてほしいと自ら頼んできました」

「へぇ？　あの国の王女なのに？」

「ええ。それに、あの王女には少々気になるところが……」

そう言ってケヴィンは、紙の束を取り出した。トールはそれを楽しそうに手に取ると、ニヤニヤしながらその内容に目を通し始めた。こういう場合、俺が先に目を通すものだろうに、こいつはその辺の遠慮が全くない。まぁ、何かあった時に対処するのはこいつだし、どうせこの件も任せることになるのだから、ここは譲ろう。

「……へぇ。どうやらあの王女様、母国で虐《しいた》げられていたみたいだね」

そう言ってトールが俺に書類を差し出してきたため、それを受け取った。どういうことだ？　王女というからには実子だろうに……そう思いながら書類に目を通すと、確かにそこに記されていたのは、かの王女の母国での想定外の扱いの数々だった。

「実子扱いしていない王女を送り込んでくるなんてね。あの国は、うちと一戦交えたいのかねぇ」

「王だけでなく、王族たちの我々を見る目は酷いものでした。息をするように他者を虐《しいた》げる性根の持ち主……と言った方が早いでしょう」

同じ人族相手だが、ケヴィンは一際辛辣《しんらつ》だった。一応他国の王族ではあるが……でもまぁ、今回の婚姻といい、王女への扱いといい、気持ちはわからなくもない。

「なるほど。では、あの王女様は生贄《いけにえ》ってわけですな。そういうことなら、無礼を働いたと殺して送り返しましょうか？　スパイ容疑でもいいでしょう。それを口実に開戦して、かの国の獣人たちを救い出すことも可能です。今や国力はこちらの方が上。王族を粛正《しゅくせい》した後で属国にするのもいいでしょう」

「なるほど……確かにそういう手もあるな。あの国は腐り切っているから。人族の国民も重税で酷い有様だと聞く。お陰《かげ》で国境ではあっちから逃げてきた流民が増えて問題になっているし……」

「そのせいで治安が悪化しているのも見逃せないな」

ケヴィンの話に乗って発言したのは、側近で宰相補佐のエリックだった。虎の獣人でもあるこいつは、トールの補佐をしている文官だが、さりげなく好戦的だ。まぁ、肉食系の獣人は多くがそうなのだが。そしてトールがそれを煽《あお》るようなことを言い出したが、こいつらに任せておくと本当に戦争になり兼ねない。それは……まだ困る。

「今は戦争する気はない」

「ああ、番《つがい》が見つかるまでは、だろう？　番《つがい》が戦火に巻き込まれる可能性もあるからね」

「……それに、あの王女には罪はあるまい」

「そうはいっても、あの国王の娘ですよ？　しおらしく見せているだけかもしれません」

「そうそう。あの条件だって、こちらを油断させるためのものかもしれないよ？　まぁ、そんな芸当が出来るようには見えないけれど……寝首をかかれないように気を付ける必要はあるんじゃない？」

エリックやトールの言い分も一理ある。虐《しいた》げられたという話も偽装かもしれない。まぁ、このケヴィンが偽情報に踊らされることはないと思うが。

「とりあえず侍女や騎士を付けて監視しておきましょう」

「そうだね。あっちは別居婚を希望しているんだ。離宮で監視しておけば問題ないだろう」

放っておいても勝手に話は進んでいた。方針を決めるのは俺だが、具体的に話を進めるのはトールたちの仕事だ。

「そこは任せる。あと……この国では不自由なく暮らせるようにしてやってくれ」

「何？　ジークがそんなこと言うなんて珍しいね」

「別に他意はない。だが、王女の考えを尊重してもこちらに不都合はないのだろう？」

「そりゃあそうだけど」

「だったら、いいだろう。離婚後もこの国で生きていけるよう、それとなく手助けしてやってくれ」

言葉通り……他意はない。ただ、やっと結んだ同盟を無駄にしたくはなかった。それに番《つがい》の安全のためにも、王女の恨みを買うような真似は避けたい、ただそれだけだ。

こうしている間も惜しく、早く番《つがい》を探しに行きたかった。もう何年も探し続けているのに見つからない、愛おしい番《つがい》……竜人は番《つがい》を得られないと心が安定せず、見つかるまで何も手につかないというが……全くその通りだ。

「あの王女様の件はこっちで何とかするから、ジークは番《つがい》を探しに行ったら？　いい加減に見つかってくれないと、こっちも動けないから」

「……ああ、わかっている」

そう、大切なのはあの王女ではなく、俺の番《つがい》だ。俺の中では王女のことは終わったはずだった。

◆　◆　◆

それから一月《ひとつき》。番《つがい》探しの旅は、今回も空振りだった……今回は国の東側の山岳地帯を回ったが、残念ながら番《つがい》は見つからなかった。初めて訪れる場所だったから期待も大きかったのに、番《つがい》の痕跡すらも見つけることが出来ず、その分落胆も大きかった。

番《つがい》を探し始めてから既に八年が経つのに、手がかりすらも見つからない。これはもう捜索は一旦やめた方がいいかもしれないと、俺はいよいよ追い込まれた気分に陥《おちい》っていた。

仕事を部下たちに任せっ放しで五年経つが、その間に僅かに箍《たが》が緩んだのか、マルダーンとの関係が以前よりも面倒なことになってしまっていた。このままではいけない、本腰を入れなければ……そうは思うものの、番《つがい》が今にも他の誰かに奪われたらと想像すると居ても立っても居られず、今に至る。相手が獣人ならいい。相手も俺を探しているだろうから……寂しい思いをさせていることは申し訳ないが……

問題は、相手が人族だった場合だ。人族には番《つがい》という概念がない。だから番《つがい》であっても他の者に惹《ひ》かれて結婚してしまう可能性だってあるのだ。人族は我々とは違う価値観で相手を選ぶし、番《つがい》と出会っても何も感じないので、他の者に手を出される前に見つけなければならない。これはもう時間との勝負だ。そう思うと、番《つがい》探しをやめられなかった……

「今回も……ダメだったか……」

王宮に戻った俺を出迎えたのは、トールだった。羨《うらや》ましいことに、こいつには成人前に見つけた番《つがい》がいる。番《つがい》が見つかるということは、獣人にとっては人生最高の慶事だ。あの頃は純粋に友の慶事を嬉しく思っていたが……今はそれが妬《ねた》ましくもある。これは単なる嫉妬《しっと》だとわかってはいる。

それでも番《つがい》の匂いを纏《まと》うトールに会うたびに、何とも言えない感情に苛《さいな》まれた。どうやら俺は番《つがい》への執着心《しゅうちゃく》が強い方らしいから、余計に癪《しゃく》に障るのかもしれない……

「あの王女が……番《つがい》だったらよかったのにな」

ぽつりと呟かれた言葉は、トールの本心なのだろう。俺だってこの婚姻が決まった時にそう願った。だが……

「あの王女からは、番《つがい》の匂いはしなかった……」

「番《つがい》除けの香水は使っていなかったんだろう？」

「ああ、謁見《えっけん》の時だけは使わないようにと、そこはケヴィンが伝えていたと聞いている」

「そうか……」

残念ながらあの王女からは、番《つがい》の匂いは欠片《かけら》も感じられなかった。それではもう、どうしようもない。残念だが、世の中そう上手く回るわけないのだ。

「あ～ジーク、戻ってたのか」

「……レイフか……」

入ってきたのは側近のレイフだった。狼人は獣人の中でも竜人に次ぐ強さを持ち、俺たち竜人に怯《おび》えない数少ない種族だ。そのためか、気軽に俺たちとも軽口をたたくし、犬属性のこいつは仲間大好きで人懐っこい。ちなみにこいつも番《つがい》がいないが……今はまだ番《つがい》より仲間と遊んでいる方が楽しいというような奴だ。図体はでかいのに、中身はお子様らしい。

落ち込んでいる俺に気がついたのか、レイフは手にしていた袋を差し出し、疲れている時は糖分補充がいいんだってよ～と言って、側にいた侍女に茶を淹《い》れるように命じた。

「何だ？　珍しいな、レイフが甘いものなんて」

トールが不思議なものを見る目でレイフを見ていた。そう、こいつは甘いものが凄く苦手なのだ。辛いものは味覚障害なのかと思うほどいける口だが……

「あ～これ、あの王女さんが作ったんだってよ」

「王女って……エリサ王女が？」

「ああ。ベルタが甘いもん好きだろう？　王女さん、お菓子作りが趣味らしくってな。なんかよく作ってもらってるらしい」

「ふ～ん。王女自らお菓子作りねぇ……」

「結構美味《うま》かったぞ。あんまり甘くなくて食べやすいし」

極端なほど庶民派な王女だが、趣味までそうらしい。

「ジーク、茶くらい飲めよ」

王女が作ったという菓子を皿に移しながら、レイフがそう声をかけてきた。どうしようもないほど気が滅入《めい》っているが、レイフが俺を気遣ってくれているのだ。その気持ちが嬉しかった。彼らだって俺の番《つがい》が見つからないことを残念に思い、励まそうとしているのだ。

ソファに座ると茶の爽《さわ》やかな香りの中に、何とも表現しようのない何かを感じた。これは……その元は、レイフが持っている紙袋だ。俺は気が付くとその紙袋を手にしていた。

「わ！　何だよ！」

「……どうした、ジーク？」

俺の行動にトールもレイフも驚いていたが……俺が一番、驚いていた……

「……が……する……」

「は？」

「番《つがい》の、匂いが……」

「何だって⁉」

そう、その紙袋からは微かに……そう、本当に微かだが番《つがい》の匂いがした。そうだ、この匂いだ……間違いない‼

「レイフ、この紙袋は⁉」

「……王女から……」

「あ、ああ……王女からベルタが貰って……」

気がついた時には、俺は窓から飛び出していた。微かに感じた番《つがい》の匂い……これなら……この弱さなら、紙袋を手にした誰かの移り香かもしれない……！

「おい、待て！　ジーク！　今は夜中だぞ‼」

後ろで誰かの声が聞こえたような気がしたが、俺の足は止まらなかった。

◆　◆　◆

「……手がかりなし、か……」

レイフが持っていた紙袋から番《つがい》の匂いがしたと喜んだのも束の間……あれからいくら探しても、番《つがい》の痕跡は何一つ得られなかった。匂いをたどるのは時間との勝負だ。最重要案件として調べたのに全くわからなかったのだから、これが落ち込まずにいられようか……

「お〜い、ジーク。そんなところで黄昏《たそがれ》ていないで、こっちで茶でも飲もうぜ」

そう声をかけてきたのはレイフだ。こいつは最重要人物として何度も調べたが、あれ以外に接触した人物は現れなかった。それに、俺は黄昏《たそがれ》てなどいない。今は溜まりに溜まった書類を片付けているだけだ。何かに没頭していなければ……心が砕けそうなのだ……

「しっかし、番《つがい》の匂いを感じたのに見つからないなんてなぁ……本当に番《つがい》の匂いだったのか？」

「当たり前だ！　あの優しくも香しく、死ぬまで包まれていたいと感じるほどの匂いは間違いない」

「ああ、それなら本物だね。俺のアルマの匂いもそんな感じだからね」

「そっか。じゃ、そこは間違いないんだな」

トールの言葉に安堵すると共に、まだ見つからないことに焦りが込み上げてくる。その一方で、難なく番《つがい》を手に入れたトールが妬《ねた》ましくもあった。ああ、この書類、こいつに押しつけて番《つがい》を探しに行こうか……

「ジーク、その書類は俺じゃ代行出来ないものだからね」

「……何も言っていないが？」

「そう？　心の声が聞こえたと思ったんだけどなぁ」

くそっ！　トールは絶対にわかって言っているだろう。こいつはこういうところは無駄に察しがよすぎる。普段なら言わなくても伝わるのは有難いのだが……今は逆に腹立たしかった。

「しかし……番《つがい》の痕跡を感じてからもう十日だろう？　いい加減に見つかってもいいんじゃねぇ？」

「そう思うけどねぇ……これだけ探しても痕跡も見つからないなら獣人じゃないんだろうなぁ」

「何か、すっげー面倒な気がしてきた……」

「そう決めつけるなよ」

「でも……先代のこともあるだろう？　王の番《つがい》が人族なんて、不安しか感じねーんだけど……」

脳筋のレイフは頭が痛そうなジェスチャーをしているが、頭が痛いのはこっちだ……確かに先代の件を思うと、人族だったら面倒なことになる可能性がある。それに、こうしている間にも番《つがい》が奪われてしまうのでは……という焦りに、ジリジリと生きたまま焼かれているような感じすらしてくる。

「そう言うなよ、レイフ。少なくとも捜索範囲は王宮の周りと限定されたんだ。それだけでも随分マシだよ」

トールの言葉に、俺の焦燥感が少しだけ軽くなった気がした。あくまでも気分的なもので、何も解決はしていないが……それでも、その言葉は今の俺の救いになった。そう、国内を探し回るのに比べたら、王宮の周りだけで済むのは桁違《けたちが》いに楽だ。

「ま、そういうわけだから。ジークもこれからは仕事しながらでも番《つがい》探しが出来るだろう？　少しは仕事もしてくれよ」

涼しい顔でそう言ってのけるトールに、俺は先ほどの感謝の気持ちを撤回した。

◆　◆　◆

陛下の突撃から十日余りが経ちましたが、番《つがい》が見つかったという連絡はまだ届きません。ベルタさんやユリア先生は、範囲が限定されたのだからすぐに見つかるだろうと言っていましたが、周りの期待に反してどうやら難航しているようです。範囲が絞られたのに見つからないので、王宮内は陛下の焦りに包まれ、勤めている獣人の中には体調を崩す者まで出てきたとのこと。獣人もなかなかに大変そうです。

どの国でも結婚や後継者に悩むとは聞きますが……この国はまた一味違っていますね。王宮のみんながこの問題に注目していて、ここ数日は自分が番《つがい》だと名乗り出る方が続出しているという話です。残念ながら、悉《ことごと》く偽物だそうですが……

「これだけ探しているのに見つからないなんてねぇ……」

「陛下は王宮の地下牢にまで足を運ばれているそうですわ」

なるほど……陛下はそれほど強く番《つがい》をお望みなのですね。人族の私には全く理解出来ませんが……

「範囲が限られているから、見つかるのは時間の問題だろうね」

「それなら……出ていく準備も終わらせておかないといけませんわね」

そう、私は陛下と、番《つがい》が見つかったら即離婚という契約を交わしています。これはいよいよ出ていく日が近づいていますわね。私が平民になる日も近いということでもあります。子どもの頃から夢見た、身分に縛られない人生が始まるのだと思うと、嬉しくてワクワクしてしまいますわ。

「エリサ様はいいの？　このまま離婚で」

「ええ、勿論ですわ」

「でも、平民の生活はかなり厳しいよ？　エリサ様、人がいいからあっという間に悪党に目を付けられて騙《だま》されちゃいそうな気がする……」

「そうね。この国には貴族という身分はないけれど、種族間の縛りや階級みたいなものはあるし。その中で人族は下になるから、力技で来られると勝ち目はないわ」

なるほど……この国に貴族がいないのは知っていましたが……種族間の階級はあるのですね。

「それは、竜人や狼人など肉食系が上で、草食系や人族が下ということですか？」

「う～ん、概《おおむ》ねそれで合っているかな。獣人は力が全てって考えだし、市井《しせい》の方がその傾向はより強いだろうね。庇護者が見つかればいいけど、そうでなければ厳しいと思う」

「庇護者？」

それは初めて聞く言葉ですわね。何でしょうか。

「我が国では種族を理由にした差別は違法だけど、どうしても力を笠に着る者が後を絶たなくてね。

上位種族に理不尽に扱われることがないよう、下位種族を守る制度があるんだ。庇護者とは下位種族を保護する上位種族のことだよ」

「それは……後見人みたいなものですか？」

「まぁ、そんな感じかな。庇護される者への侮辱《ぶじょく》は庇護者への侮辱《ぶじょく》になるんだ。だからそう簡単には手を出せなくなる。これで下位種族や人族を守っているんだ」

なるほど、この国にはこの国の実情に合った制度があるのですね。

「ちなみにケヴィン一族の庇護者は陛下なんだ。だからケヴィンやユリアには誰も手が出せない。手を出せば、それは陛下に喧嘩《けんか》を売っているも同然だからね」

「それなら、誰か庇護者を見つければ私も少しはマシになるのでしょうか？」

「エリサ様は王女だから、離婚しても国がある程度は保護してくれるんじゃないかな」

「そうね。粗雑に扱えば国際問題にもなるし」

それは……王女としての私ですよね。でも、私は離婚して一年経ったら死ぬ予定になっているので、その後のことまではわかりません。陛下は、私がこの国にいる間は身の安全は保障すると仰《おっしゃ》っていますが……

「でも、エリサ様は離婚したらユリアのところに行くんだろう？」

「え？　いえ、それはまだ……」

以前そんな提案をしていただきましたが……離婚後一年で王女としての私が死ぬ予定については極秘の件なので、お二人にはお話し出来ないのですよね。まぁ、宰相様に相談して許可が出ればいいのでしょうが……

それに番《つがい》を押しのけて妻になった私への風当たりを思うと、お受けしていいものかと考えてしまいます。先生にはお世話になっているので、身を寄せることで迷惑をかけるのも心苦しいと申しますか……そのため、私はまだ返事が出来ていないのです。これは一度、宰相様に相談した方がいいかもしれませんわね。

「それにしても……エリサ様は王女なのに、どうしてそんなに平民になりたいんです？」

ユリア先生の直球の質問に、私は一瞬ドキリとしました。いえ、こんな質問が出ることは予想していましたが……

ただ、マルダーンで虐《しいた》げられていました、なんて正直に言ったら、我が国がラルセンとの同盟を蔑《ないがし》ろにしていると思われる可能性もあるので言えません。

「王女だから、ですわ。私の母は側妃でした。父は母の美しさに惹《ひ》かれていたそうですが、私には関心がなくて、随分と肩身の狭い思いをしました。母が亡くなってから修道院に入りましたが、王女というだけで街を歩くことすら許されませんでした。閉じ込められるばかりで好きなこと一つ許されない生活に、ほとほと嫌気がさしたのですわ」

「そうですか」

「修道院で暮らす間、家族仲良く笑顔で暮らす平民の方々を眺めながら……私もあんな仲のいい家族が欲しい、笑顔で暮らしたいと思うようになりましたの」

「そっか、王女だからって幸せとは限らないんだね」

「そうですわね。自由に街を歩いてみたいですし、色んなお店に行ってみたいですわ。お祭りなんかも見たことがありませんから」

「ええ？　そうなの？」

「ええ。私、ラルセンに来るまでは王宮と修道院から出られなかったんです」

「うわぁ……息が詰まりそう……私には絶対無理！」

「私もそんな生活はごめんだわ。エリサ様がそう仰《おっしゃ》るのもわかりますわ」

嘘をついていることは心苦しいですが……心情としては本当です。お二人にわかっていただけただけでも、私の心の中に温かい何かが広がるのを感じました。

◆　◆　◆

陛下の突撃から半月が過ぎました。こちらに来て二か月ほど、結婚式まで残り四か月となりましたが……私が平民になる夢はまだ叶えられていません。

そんな中、今日は珍しく王宮に呼ばれました。何事でしょうか。番《つがい》が見つかったのかと思いましたが、ユリア先生からは「それはない」と言われてしまいました。そうなると全く心当たりがありません。もしかして、母国が何かやらかしたのでしょうか。

もしくは、離婚後の身の振り方について具体的な話をしようということでしょうか。番《つがい》はまだ見つかりませんが、近くにいるのは間違いないようなので、事前に話合いを……の可能性は高そうです。

ベルタさんと一緒に王宮を訪れた私を出迎えてくれたのは、陛下ではなく宰相様でした。案内されたのは宰相様の執務室で、そこには宰相補佐のエリック様もいらっしゃいました。エリック様は茶色に近い豪奢《ごうしゃ》な金の髪と薄青色の瞳を持ち、眉間には皺《しわ》がしっかり刻まれています。日々、苦労されているご様子ですわね。原因が何かまではわかりませんが。

「ああ、エリサ姫、わざわざお呼び立てして申し訳ございません」

「いいえ、暇を持て余している身ですからお気になさらないでください。それよりも、どうなさいましたか？」

「今日お呼びしたのは、エリサ様のお披露目《ひろめ》の件なのです」

「……お披露目《ひろめ》、ですか？」

「ええ。結婚式は四か月後ですが、王女殿下の紹介を兼ねた夜会を開くことにしましてね」

「夜会……」

「こちらにも慣れたようですし、この国の有力者に紹介してもいい頃合いかと思いまして」

なるほど……王妃としてではなく、まずは王女として紹介を、ということでしょうか。確かに同盟国の王族が来た場合、夜会や舞踏会で紹介するのが一般的ではありますが……

「でも、私は仮の王妃です。それに、陛下の番《つがい》が見つかりそうだと伺っていますわ。それでしたら、下手に人前に出ない方がよろしいのでは？」

これは私の切実な問題でもあります。番《つがい》至上主義の獣人相手に政略結婚をごり押ししたマルダーンの王女である私を、この国の方がよく思っていないのは肌で感じています。それに私はいずれ離婚してここを出ていく身です。出来ることなら顔を知られる前に静かに去りたいのですが……

「そのことなのですが……番《つがい》が見つかる可能性は、現時点ではかなり低いと我々は見ています」

「ええ？　そんな……」

「これだけ探しても見つからないのは、もう近くにはいないのではないかと考えているのです」

せっかく離婚出来ると思いましたのに……何だか私もがっかりです。いえ、陛下や宰相様たちの方がずっとがっかりしているのでしょうけれど……

「夜会は一月《ひとつき》後を予定しております。夜会といっても形式ばったものではありませんので、ご安心を。その日ばかりは陛下にはしっかりエスコートさせますから」

そう言ってにっこり笑われた宰相様でしたが、全く安心出来ないと思ったのは失礼だったでしょうか。あの陛下が私をエスコートするなど、想像も出来ません。いえ、仏頂面《ぶっちょうづら》で嫌々エスコートするお姿なら安易に想像出来ますが……

「別室に仕立て屋を呼んであります。ベルタ、ちょうどよかった。姫に合うドレスを一緒に選んで差し上げてほしい。エリサ様はこちらの流行などはご存じないだろうから」

「ええ？」

「お任せください、トール様。エリサ様にぴったりのドレスを選んでみせます」

私の戸惑いをよそに、ベルタさんはやる気満々です。ドレスだなんてそんな高そうなもの、よろしいのでしょうか？　そうして、すっかり乗り気のベルタさんに引きずられるように私は採寸に連れていかれました。

それから、私の周りは俄《にわ》かに慌ただしくなりました。ラルセン風のマナーやダンスのレッスン、そしてラルセンの有力者などについての授業が始まったからです。ユリア先生の張り切りっぷりが半端《はんぱ》ないです。

しかも意外にも、陛下とのお茶の時間まで設《もう》けられることになりました。それこそどういう風の吹き回なのかしらと驚くと共に、何か裏があるのでは……と不安になってしまいます。だって、あんなに私を放ったらかしにしていたのです。急に態度が変わって、警戒するなという方が無理というものです。

◆　◆　◆

「…………」

「…………」

何ということでしょう……夜会をすると言われた五日後。

よく晴れた日の午後、王宮の庭の一角で、私は陛下と向かい合って座っていました。目の前には香りのいいお茶と可愛らしいお菓子たち、そして周りは色とりどりの花や草木……シチュエーションだけならとっても素敵な時間になるでしょうが……

残念ながら役者がいただけません。何とも気まずそうな表情の陛下の様子からして、宰相様に言いつけられたのが丸わかりで、これではかえって苦痛というものです。離れて控えている侍女たちの様子を見るに、陛下から負のオーラが放たれているようにも感じます。これは……人族でよかったかもしれませんわ。

とはいえ、ずっと黙っているわけにもいきませんわね。宰相様からは、このお茶会は相互理解のためにセッティングしたとお聞きしています。それに、陛下にお会いしたら是非申し上げたいことがあったのです。これはチャンスですわね。

「陛下、あの……」

「何だ？」

私の呼びかけにお答えになった陛下に、周りの人が一瞬ビクッとした気がしましたが、話しかけてはいけなかったのでしょうか？　でも、ちゃんと言わなければ伝わりませんよね。

「あの、ありがとうございます」

とりあえず、これまでのことについてお礼を言わねば、と思っていたのでそう告げると、陛下は無言で訝《いぶか》しそうに私を眺めました。うう、オーラは感じませんが、視線が怖いし、威圧感が半端《はんぱ》ないですわ……

「……何のことだ？」

「これまでのこと全てに、です。こちらに来てから、とても快適に過ごさせていただいておりますから。前々からお礼を申し上げたかったのです」

「……礼、だと？」

「ええ」

何だか物凄く意外なことを言っている……と思われているようですが、これは紛れもない本心です。私の人生でこんなに楽しいと感じながら過ごせているのは、生まれて初めてなのですから。それに、何かをしていただいたらお礼を言うのは当然ですよね？　そこは国や種族が違っても変わらないと思うのです。

「礼を言われるようなことは何も……」

「いいえ、そんなことはありませんわ。こちらの皆さんは親切で、とてもよくしてくださいます。マルダーンがしてきたことを思えば申し訳ないほどです」

「マルダーンがしたことにあなたが関わっていたわけではあるまい」

「それでも、私は王族としてその責を負うべき立場です」

そうです。確かに私はマルダーンでは王女としては扱われていませんでしたが、それはラルセンには関係のないことです。この国の方々から見れば、私は敵の親玉の娘であり、憎しみの対象でもあるはず。それでも皆さんが私を気遣ってくださるのは、陛下のご意向故《ゆえ》でしょう。

「……何だか、あなたは……思っていたのとは違うようだな……」

しばらく何か考え込まれていた陛下でしたが、僅かに表情を和《やわ》らげると、そんな風に仰《おっしゃ》いました。それはどういう意味なのでしょうか？　いい意味なのか悪い意味なのかわかりませんが……物凄く気になります。

しかし、これを機に陛下とのお茶の時間が増えました。最初はぎこちないというか、苦痛が強かったのですが、何度か回を重ねる毎《ごと》に打ち解けていくのを感じました。

「陛下とお茶って、どういう風の吹き回しだろうね」

ベルタさんの疑問は私の疑問でもありました。やっぱりそう思いますわよね。これまでの二月《ふたつき》で二回しかお会いしていないのに、急に親睦《しんぼく》を……なんて、絶対に裏があるとしか思えません。

「でも……同盟のための婚姻なのだから、交流しようというのは間違っていないわ」

なるほど、ユリア先生としてはそう思われるのですね。確かにそれも正論ですし、むしろこちらの方があるべき姿なのでしょう。

「それにしたって、今まで放置だったのに……」

「それは番《つがい》が見つかりそうになったからでしょう？　もし見つかるのなら、エリサ様のためにも早い方がいいもの。エリサ様だって離婚を望んでいらっしゃるとなれば、そちらを優先してもおかしくないわよ。式を挙げてから見つかっても困るのは、エリサ様も同じなのだし」

「そうですわね。陛下や宰相様にもそうお伝えしていますわ」

「だったら、お互いのためにもそれでよかったのでは？　それに、陛下は人族の女性が苦手だと聞いているわ」

「え？　そうだっけ？」

「嫌だわ、ベルタったら。他国の王女や令嬢が陛下に一目惚れして、突撃してきたことがあったじゃない。人族は番《つがい》じゃないといっても理解しないから、断るのが大変だって」

「ああ、いたね～爆弾令嬢。突撃してくるあれを止めるの、ほんと大変だったよ」

爆弾令嬢とは随分な表現ではありますが……なるほど、そんな令嬢がいたのですね。ということは、私への態度も牽制《けんせい》だったのでしょうか。確かに陛下は、私がこれまでに見たどの殿方よりも麗《うるわ》しく凛々《りり》しくていらっしゃいますが。

「そっか、エリサ様は人族だからそっちの心配か」

「そういうこと。陛下たちにしてみれば、また同じことが起きると危惧《きぐ》されていたんじゃない？エリサ様は正式な王妃だし、もし本気で好意を持たれたら厄介なことになるもの」

「納得……」

私が陛下を好きになって、王妃の立場に固執《こしつ》して番《つがい》を蔑《ないがし》ろにするのを心配していたのですね。確かにそうなれば誰も幸せになれませんわね。私も実らぬ恋に囚われて、みっともなく嫉妬《しっと》に苦しむのは勘弁です。

それに、もし私が普通に大切にされている王女だったら、それこそ国同士の大問題です。せっかくの同盟も逆効果になりかねません。だからこそ、私が陛下を好きにならないようにあえて素っ気なくされていた……ということでしょうか。

「それじゃ、嫌われていたわけじゃなかったんですね」

「う～ん、前は知らないけれど……今はそうじゃないと思うよ。むしろ逆じゃないかな？」

「逆？」

「そ。エリサ様があまりにも陛下に無関心だから、かえって心配になったのかも」

「それはあり得ますわね。エリサ様みたいな反応をされた女性、初めてじゃないかしら？」

「あの陛下をスルーした王女様や令嬢、今までいなかったもんね」

興味がないので気にしたこともなかったのですが……どうやら陛下たちは陛下たちで色々なご苦労とお考えがあったのですね。私は平民になることばかり望んでいましたが、そんな裏事情があったのであれば納得です。陛下が思っているのと違うと仰《おっしゃ》ったのも、そのせいでしょうか。

「今日は新作クッキーですよ。今までとは大分趣向を変えたので、お口に合うかはわかりませんが」

そう言ってラウラが新作のクッキーを盛ったお皿を持ってきてくれました。これは私とラウラで試行錯誤を重ねた渾身《こんしん》の作です。

「新作？　それは是非食べなきゃ！」

「ええ、エリサ様のお菓子は甘さ控えめで美味しいわ。私、甘さのくどいのが苦手だから……」

「ああ、わかります。私もしつこい甘さは苦手なんですよ～。甘味料半分でいいのに、って思いますもん」

そう言いながらラウラがお茶のお代わりを淹《い》れてくれました。四人でいる時は対等にと約束していますが、それでもラウラはマメな上に気を遣って、いつも細々《こまごま》と世話を焼いてくれます。

お陰《かげ》でベルタさんとユリア先生の間ではラウラの株は上がりっぱなしで、最近のベルタさんは兄の番《つがい》がラウラだったらいいのに、と言っているくらいです。ベルタさんから見るとレイフ様は脳筋だから、ラウラみたいにしっかり者で賢い番《つがい》をご希望。確かにラウラは可愛くて賢くて優しいから、お嫁さんにするにはぴったりですわね。でも……ラウラは私の姉であり妹でもある唯一の家族ですから、番《つがい》だとしてもそう簡単には渡しませんけどね。

「わ！　何？　この味？」

「……ええ、これって……塩味？　でも、甘くもあるわよね……」

試作のクッキーを食したお二人の第一リアクションは、驚きと戸惑いでした。そう、このクッキー、実は塩味も利かせたものなのです。

陛下とのお茶会にこれまで何度か、クッキーや焼き菓子を持っていったのですが、甘いものが苦手な陛下はあまりお喜びにならなかったのですよね。いえ、ちゃんと召し上がって、美味しいと言ってくださいますが、やはり甘いものが好きな方とそうでない方は反応が違うじゃないですか。陛下は召し上がってはくださいますものの、好きな方に比べると手が伸びないのです。

それでも、陛下の側近の方々の間では私のお菓子は好評で、最近では皆様の分も持っていきますが、やはり男性は甘いものは苦手な方が多いのも確か。そこで私とラウラは、甘いものが苦手な方でも食べられそうなお菓子を作れないかと悩んでいたのです。

「うそっ！　塩味なのに甘くて美味しい！」

「……本当だわ！　こんな味、初めてよ」

ベルタさんもユリア先生も最初こそ戸惑いを隠せない様子でしたが、それでも段々とこのお菓子の美味しさをわかってくれたようです。

「凄いよ、エリサ様！　こんな味のお菓子もあるなんて！」

「本当だわ。マルダーンにはこんなお菓子があったのね」

お二人ともべた褒めですが……実はこのクッキー、塩と砂糖を入れ間違えたのがきっかけで出来た偶然の産物でした。塩と砂糖の配合によっては、塩味の中にも甘みが残り、絶妙な加減になるのです。これを知った私とラウラは、これなら甘いものが苦手な方にも受けるかも！　と思い、ここ数日、試行錯誤を重ねていました。

そして唯一、何とか形になったのがこのクッキーなのです。お二人にこれだけ好評なら、大成功ですわね。思わずラウラとガッツポーズを決めてしまいました。

◆　◆　◆

「今日は趣向を変えて、甘いものが苦手な方にも大丈夫そうなお菓子をお持ちしました」

そう言って陛下の前に出したのは、先日ベルタさんたちにお出しした塩味の効いたあのクッキーです。ベルタさんとユリア先生、更には侍女や護衛の皆さんにも振舞って意見を聞き、より改良を重ねた渾身《こんしん》の作です。陛下のお陰《かげ》で随分と贅沢《ぜいたく》で穏やかな生活をさせてもらっていますし、離婚後の生活の目途《めど》も立ちそうですが、私からは返せるものが何もないだけに、せめてお菓子くらいは……と思ったのです。

「これは……」

新作の甘じょっぱいクッキーを口に放り込んだ陛下は、それを噛みしめながら普段はあまり変わらない表情に僅かな驚きを浮かべました。は、反応はどうでしょうか……手に汗握る緊張の瞬間です。

「……美味いな。これは……癖になりそうな味だ」

そう言って、陛下はもう一つ手に取り口に放り込まれました。どうやらかなりお気に召した様子です。よかった……！

「よかったですわ、お気に召していただけて」

「これなら甘いものが苦手な者でも問題ないだろう。むしろ、いくらでも食べられそうだ」

どうやら大成功のようです。私は陛下の感想に、心の中でガッツポーズをしました。帰ったらすぐにラウラに報告しなきゃいけませんわね。彼女も喜んでくれるでしょう。

◆
◆
◆

「エリサ殿、最初にお会いした時の態度、すまなかった」

それから何度かのお茶会を重ねた後、陛下は最初の謁見《えっけん》での態度を謝ってこられました。続けて説明されたのはベルタさんたちから聞いていたのと同様の内容で、これまで何度断っても諦めない女性が何人もいたため、わざと素っ気なくされたそうです。

マルダーン以外では、陛下は結婚相手として超優良株なのだと宰相様が仰《おっしゃ》っていました。若くて美形で能力もあって国王で……となれば、女性が色めき立つのもわからなくもありません。王女や令嬢は何でも思い通りになると思っている人が多いので、断っても受け入れられずに突撃してきたそうです。礼節を保って対応していた陛下でしたが、ある国の令嬢が陛下に媚薬《びやく》を盛って寝所に入り込んできたことがあったのだとか。さすがにこれには陛下も側近の皆様もうんざりして、その後は初対面であんな風に突っぱねるような態度を取るようにしたそうです。

「陛下も、苦労なさっていたのですね」

美形で最強で何の憂《うれ》いもなさそうな陛下ですが、番《つがい》以外でも苦労があるのですね。しみじみと遠い目で語られる陛下に、私は人の悩みは外からでは見えないものだなぁと思いました。

「そんな風に言ってもらえると助かるが、あなたについて知ろうともしないで同じように見ていた。私の浅慮《せんりょ》のせいで嫌な思いをさせてしまった」

「仕方ありませんわ。それに、そうしていただいたお陰《かげ》で、私も変な期待を持たずに済みましたから」

気にしてほしくないとの思いを込めてそう言ったのですが、なぜか陛下は眉間のしわを深くされてしまいました。言い方が悪かったのでしょうか。でも、本当に気にしてほしくなかったのです。

こんな感じで陛下とは随分打ち解けてきたので、私は母国について尋ねてみました。今どうなっているのかも気になりますが、同盟が成った経緯も知りたかったのです。父はラルセンが頼み込んだから仕方なく……と言っていましたが、それを疑問に思っていたこともあります。予想通りと言いますか、この同盟はマルダーンからの申し出でした。やっぱり……

ラルセンとマルダーンは何百年も諍《いさか》いが絶えませんでした。その最たる理由は獣人への差別だと聞いていましたが、マルダーンは度々《たびたび》ラルセンに攻め入って獣人を攫《さら》い、労働力として使役していたのです。そう、マルダーンは獣人への差別だけでなく、周辺国では禁止されている獣人の奴隷化を秘密裏に行っていたのです。

「マルダーンでは、獣人は凶暴で危険だから管理しなければいけないのだと習いました。そうすることで獣人も人族に受け入れられるのだと。なのに、なんてことを……」

「為政者は自分たちに都合のいいように動くのが常だから、もっともらしいことを言うだろう。マルダーンの差別は近隣国の中でも特に強い。私は王として彼らをこの国に連れ戻したいのだが……マルダーンは貴重な労働力だからと手放さない。ここでは弱いとされている草食系の獣人も、人族よりは力があって丈夫で長命なため、重宝《ちょうほう》なのだろう」

「そんな……」

差別しながらちゃっかり利用するマルダーンのやり方に、私は憤《いきどお》りを感じずにはいられませんでした。利用される獣人たちが自分の境遇に似ているような気がしたのもあります。私も王族として扱われなかったのに、こうして同盟のために敵国に送り込まれたのですから……実の父とはいえ、吐き気がしてきました。あんな男、いえ、あんな国の王族の血を引いていることが残念でなりません。

「獣人の多くが他国に逃げたせいもあって、マルダーンに獣人はほとんどいない。捕らえられた獣人も数が少ないから伴侶を見つけられず、子孫も残せない。だから獣人が減る度《たび》に他国に攻め入って連れ去っていた。その中でもラルセンは獣人の数が多く、地形的にも攻め入りやすかったから狙われていた。ただ、ここ最近は国力が落ちて攻め込む力もなくなったようで、報復を恐れて同盟を申し込んできた、と我々は考えている」

「そう、ですか……」

どうやら私の想像以上に、マルダーンの実情は酷いものだったようです。これではこの国の人たちがマルダーンと私をよく思わないのも仕方ありません。いえ、私がラルセンの獣人だったら……マルダーンの人族を憎んだことでしょう。

「エリサ王女のせいではない。あなたもあの国の被害者だ。気に病む必要はない」

返す言葉を失った私を労《いた》わるように陛下はそう仰《おっしゃ》ってくださいましたが、私はここでの生活を満喫していた自分が恥ずかしくなりました。陛下の慰《なぐさ》めの言葉は大変有難かったけれど、それをそのまま受け止めてはいけない気がします。ただ、私に出来ることがほとんどないのも確かです。私は形だけの王女でしかないのですから……

陛下から母国について聞いた私は、しばらくショックで眠れない日を送りました。獣人が攻めてきたから迎え撃っていると聞かされていた戦争が、実は獣人狩りのために行われていたことは、私の価値観をひっくり返すには十分だったのです。そして、父が、マルダーンがそんな真似をするはずはない、と言い切れないこともショックでした。どうしてあの国はそんなにおかしくなっていたのでしょう……

この話を聞いた後は、マルダーンの獣人が辛い思いをしているのに、私がぬくぬくとここにいていいのだろうかと、いたたまれない思いでいっぱいでした。陛下や宰相様に、生活の質をもっと下げるようにお願しましたが……お二人は私も被害者なのだから気にしないでほしいと仰《おっしゃ》り、宰相様は余計なことを言って！　と陛下をお叱りになっていました。陛下からも謝られてしまいましたが、私は教えていただいてよかった、と心から思っています。

ダニエラたちがあれほど私を敵視していたのも、これらの経緯があれば納得です。もしかしたら彼女たちの身近に酷い目にあった方がいたのかもしれませんから……

◆　◆　◆

陛下と宰相様とお話した後も、私は母国のことが頭から離れませんでした。獣人を貶《おとし》め、今も苦しめているマルダーン王族の私が、ここで呑気《のんき》に暮らしていていいのかしら、と思ったからです。

そして、そんな私の変化に気づかないベルタさんやユリア先生ではありませんでした。

何があったのかと尋ねるお二人の追及から逃れられる私ではなく、陛下から聞いた話と私の気持ちを聞き出されてしまいました。お二人の尋問、巧みすぎて太刀打ち出来ませんわ……私自身が差別したわけではないのだから問題ないというのがベルタさんたちの考えで、もし気になるなら、これから先も獣人を差別しないでいてくれたら十分だと言われました。

ベルタさんたちがそう言ってくれるのは嬉しいのですが……そのまま受け入れていいのかと、それがまた悩みの種になりました。皆さんが優しくて、なおさらいたたまれないのです。でも……

『悩んでも仕方のないことに時間を使うくらいなら、今出来ることを精一杯やりなさい』

私が気持ちを切り替えられたのは、昔母に言われた言葉のお陰《かげ》でした。これをラウラに告げられて、私はようやく落ち着きました。そう、私に出来ることなどたかが知れていますが、もっと勉強するなりして私なりに出来ること増やした方がずっといいですわね。悩んだところで何かが解決するわけではないのですから。それに……ウジウジ悩むのは性に合いません。

それからの私は、ユリア先生に頼んでマルダーンとラルセンの歴史についてもっと踏み込んだ授業をお願いしました。まずは母国がやってきたことについて、目をそらさずに向き合う必要があると思ったのです。

そんな中でも陛下の番探《つがいさが》しは続いていましたが、残念ながら朗報はまだ届きません。午後の授業の合間のお茶の時間、私は以前から気になっていたことをベルタさんとユリアさんに聞いてみました。

「疑問なのですが、番《つがい》が極悪人だったりしたらどうするんです？　それでも番《つがい》だと関係なく好きになってしまうものなんですか？」

難ありの人が陛下の番《つがい》だった場合、どうなるのでしょうか。私やラウラの身の安全に直結しますし、浪費家で残虐な悪女だった場合、最悪国が傾くのでは……と心配になったのです。それはどこの国でも同じではありますが。

「それはないよ。ある程度のことは許容するけど……さすがに相手が犯罪者とかだった場合は拒否するわよ」

「え？　拒否出来るんですか⁉」

思いもよらなかったため、思わず声が大きくなってしまいましたわ。番《つがい》至上主義でも拒否出来るのですね、ちょっと安心しました。もし陛下の番《つがい》が嫉妬《しっと》深くて面倒くさい性格だった場合、目障りだと難癖を付けられやしないか、私にとってはかなり切実な問題なのです。そうなった場合、相手の立場が上になるでしょうし、太刀打ち出来る自信がありません。私一人ならまだしも、ラウラを巻き込むことだけは全力で回避したいのです。

「出来るよ。いくら番《つがい》でも犯罪者とか性格が悪すぎる相手だと、その後の人生を捨てることにもなり兼ねないからね」

「それは確かに。ちなみに、拒否ってどうするのです？　本能に逆らうのは簡単ではないのでしょう？」

「そうね。だから……子を作れないようにするのよ」

「……え？」

「番《つがい》って、一番優秀な子が生まれる組み合わせだからね。その根源である子を成す能力がなくなれば、番《つがい》への執着《しゅうちゃく》も消えるんだ」

それは……想像もしなかった方法でした。子を作れなくするって……そこまでの代償を払わないといけないなんて……人族でよかった、と思ったのは内緒です。

「それは人族も同じよ。既に相手がいるのに獣人に番《つがい》だって言われた人が、今の相手と別れたくなくて子を成せなくすることは時折あるのよ」

「そんな……」

ユリア先生の説明に前言撤回です。人族でも一緒ですか……しかし、それは迷惑以外の何物でもないですね。勝手に好きになられて、それから逃げるために子どもが作れなくなるなんて。理不尽でしかありませんわ。

「でも、そうでもしないと、獣人に配偶者や子どもを殺されることもあるの」

「ええ？　殺すって……」

「それくらい獣人の番《つがい》への執着《しゅうちゃく》は強いんだ。番《つがい》が自分以外の者と子どもを作るなんて受け入れられないからね」

「……何というか、激しいんですね……」

オブラートに包みましたが、ハッキリ言って怖すぎです。何、その迷惑な独占欲……相手の都合無視なのもドン引きレベルです。

「でも、中には伴侶と別れて獣人を選ぶ人もいるわ。相手の方が上位種だった場合は特にね。見た目が好みで真っ当な相手なら、一生大事にしてもらえるし、寿命が延びたりもするから。それに、冷え切った夫婦だった場合は円満に別れて再スタート、なんてこともあるわ」

なるほど、色んなケースがあるのですね。確かに円満離婚出来るなら問題ないですわね。まぁ、マルダーンでも離婚の仕組みはありましたし、権力を笠に着て他人の恋人を無理やり妻にする腐れ外道はいましたから、その点は種族関係なく人間性の問題なのでしょう……

「それにしても……どうやって子どもを作れなくするんですか？」

そう、問題はその手段です。男性は罪を犯すと去勢されることもあるとは聞きますが、女性は箇単ではありません。それほどのリスクを負わなければいけないのでしょうか……だとしたら怖いですわ。

「その時は薬に頼るんだ」

「うん、子どもが出来なくなる薬を飲むんだ」

「薬、ですか？」

「子どもを……？」

「そう。子どもが出来ない身体になると、番《つがい》への執着《しゅうちゃく》もなくなる。ただ、その効果は一生続く。だからあくまでも最終手段だね」

「薬で……」

「そこまでしたくないって場合は、遠くに引っ越すとかして物理的に離れることが多いかな。庇護者がいれば仲介や保護もしてもらえるし、いなくても役所に届け出れば同じようにしてくれるんだ」

庇護者ですか……なるほど、私も平民になるなら誰か庇護者になってくれる人を探した方がよさそうですね。そして獣人には獣人のための薬や制度があるのですね。それだけでも安心です。

「でも、拒否されても諦めきれなかったら……」

「その時は、周りの家族なんかが薬を飲ませるんだ。犯罪に走るとか、恋焦《こ》がれて衰弱死や自死するのを黙って見過ごすことも出来ないからね。でもまぁ、竜人とかは薬が効きにくいから難しいんだけど」

黙って飲ませちゃっていいのでしょうか？　そして竜人に薬が効きにくいとはびっくりです。陛下の番《つがい》だったらもう逃げられないということでしょうか？　そりゃあ素晴らしい方ではありますが、好みじゃなかったら困ってしまいますわね。

「番《つがい》への執着《しゅうちゃく》の度合いも種族によって違うからね。竜人や私たち狼人なんかは強いけど、兎人なんかは番《つがい》の概念なんてほとんどないし」

「そうね、トール様の番《つがい》は兎人で番《つがい》の概念がないから、他に気を向けないかと常にやきもきしていると聞くわ」

「嫉妬《しっと》深いもんねぇ、トール様は。まぁ、でも気持ちはわかるよ。私も番《つがい》が兎人や人族だったら心配で気が気じゃないだろうから」

「狼人も番《つがい》至上主義だものね」

「そう。でも、私たちは例外と言えば例外だからね。番《つがい》に執着《しゅうちゃく》する種族は圧倒的に少ないんだ。ほとんどの獣人は番《つがい》とは違う相手を伴侶にするし、子どもも出来るからね」

なるほど、確かに竜人や狼人などはかなり数少なくて、人口の一割どころか五分にも満たないと先生から習いましたわ。王宮はその五分に満たない獣人が占めているので珍しいと感じませんでしたが、実際は番《つがい》至上主義の考え方も希少なのですね。そして、ほとんどの獣人はそこまで執着《しゅうちゃく》しないというのは安心材料です。注意が必要なのは、一部の上位種だけで済むのですから。

陛下の番《つがい》が優しくて嫉妬《しっと》深くなく、番《つがい》にこだわらない方であることを祈りたいですわ。目障りだからなんて理由で危険な目にあいたくないですもの。もしそんな方だったら、ラウラとこの国を出た方がいいかもしれませんわね。

◆　◆　◆

夜会の日はあっという間に訪れました。それまでに番《つがい》が見つかることを願っていた私ですが、残念ながらその願いは叶いませんでした。これに関しては私よりも陛下たちの方が切実に嘆かれているのを肌で感じるので、二重にいたたまれない気持ちでいっぱいです。

そして、夜会では私に厳しい目が向けられるのは間違いないでしょう。マルダーンが行ってきたことを思えば当然です。でも、それも仕方ありませんわね。参加される方に嫌な思いをさせないよう、気を付けるしかありません。

「まぁ、エリサ様、お綺麗になりましたわね」

陛下から贈られたドレスに着替えた私に、ラウラが感嘆の声を上げました。昨日から王宮に連れてこられていた私は、マッサージだ何だと散々揉《も》みくちゃにされたのです。普段はお化粧などもほとんどしない私に、王宮の侍女たちがやる気になったのはどういうことでしょうか……

でもそのお陰《かげ》で、あんなに貧相だった私が、今や艶々《つやつや》のピカピカに磨き上げられてもう別人です。これなら市井《しせい》で暮らすことになっても私だとわからないような気がします。ちょっと安心しました。

今日のドレスは、私の瞳の色に合わせたのか、淡い緑色をベースに、鮮やかな緑と赤が指し色になっています。デザインもマルダーンのような仰々《ぎょうぎょう》しさはなく、スカートの広がりも半分くらいですが、その分軽くて動きやすいのが嬉しいです。肌の露出も少ないので、貧相な体型の私も安心の仕様です。これは仕立て屋さんと相談してくれたベルタさんに感謝ですわね。

「エリサ王女殿下、そろそろよろしいでしょうか」

「あ……っ、はい」

やって来たのは宰相様と陛下でした。今日の宰相様はいつもの簡素な執務服ではなく正装で……まさに眼福物《がんぷくもの》ですわね。濃紺の豪奢《ごうしゃ》な衣装に白金の髪が映えています。このお姿は初めて陛下に謁《えっ》見《けん》した時以来ですが、優しげなお顔立ちも服のきりっとした雰囲気によっていつも以上に凛々《りり》しく見えます。

「ああ、これはまた見違えるようですね」

そう言って柔らかい笑みを浮かべる宰相様でしたが、この笑顔もまた一級品です。マルダーンの令嬢たちもこんなに秀麗な獣人がいると知ったら、差別などしないのではないでしょうか。むしろあの義姉たちは凄い勢いで食らいついてきそうです。だってマルダーンではこんなに麗《うるわ》しい殿方は希少ですもの。

そしてそんな宰相様の上を行く麗《うるわ》しさをお持ちなのが、陛下です。宰相様の後ろに佇《たたず》まれている陛下は黒を基調とした正装でいらっしゃいました。こちらは宰相様とは対照的ににこりともしませんが、それはそれで威厳と気品が際立って素晴らしいです。こんな素敵な方に愛される番《つがい》は、きっと幸せでしょうね。早く見つかるといいのですが……結婚式までには何とか間に合ってほしいところです。

実を言うと、私は夜会に出るのは生まれて初めてです。母が亡くなってからの私は王宮外の小屋に追いやられていたので、デビュタントすらもまだでした。そのため、マナーやダンスを学ぶ機会もなく、この一月《ひとつき》、必死に練習したのですが、やはり人の多い場に出るというのは予習ではどうにもなりませんわね。足は震えていますし、緊張で今にも心臓が止まりそうです。そんな私をラウラが、エリサ様なら大丈夫です！　と励まし、ベルタさんとユリア先生は私たちも側にいるから、と気遣ってくれています。

陛下がエスコートしてくださるというのも不安要素ですし、獣人たちからの私への反感も十分考えられます。

（うう、どうせエスコートしてもらうなら、ベルタさんの方がよかったですわ）

今日のベルタさんは白を基調とした騎士の正装で、とっても凛々《りり》しくて王子様のようですし、やはり気心が知れている分、安心感が違いますもの。

そうはいっても、ここは公式の夜会です。私の事情など、皆様知ったことではありませんわね。私はマルダーンの王女として、しっかり勤めを果たさなければいけません。そう決心して陛下のエスコートで会場に入りましたが……

ええ、視線で焼き殺されそうな気がしたのは人生初の経験でした。やっぱり最近まで敵国だった国の王女である上に、番《つがい》を押しのけて妃になった私をよく思っていない方が多いのですね。それに母国は獣人を攫《さら》って奴隷にしていたのですから、反感などという生易しいものでは済まないでしょう。わかってはいましたが、最近は離宮で好意的な方々と過ごしていたため、すっかり忘れていました。うう、生きて帰れるのでしょうか……

「心配無用だ。エリサ姫を傷つけるような真似はさせぬ」

私が必死に不安を押し殺していると、ふと頭上から小さく陛下の声が聞こえました。

（え？　今の言葉は、陛下が？）

私が信じられない思いで見上げると、陛下も私の視線に気づいたようで、目が合いました。うん、素晴らしい造形ですわ……じゃなくて、一体どういう風の吹き回しでしょうか。それでも、その言葉が私の不安を大きく減らしてくださったのは確かでした。

「この場の者どものオーラは辛いだろう。だから、無理に頑張ろうとする必要はない。獣人ですらこれに当てられて気を失う者もいる」

確かに草食獣人は肉食獣人のオーラに負けると聞いています。人族の私はそこまでオーラの影響を受けませんし、元より悪意の中で暮らしていたので耐性があるかもしれませんが……これも陛下なりの気遣いなのでしょう。これまでのお茶会で陛下の性格が少し見えてきましたが、この方は冷たいのではなく不器用なのだというのが私の印象です。

夜会で陛下から紹介された後は、ひたすら陛下の隣で挨拶を受ける時間が続きました。陛下や宰相様が私を、同盟のために単身この国を訪れてくれた健気《けなげ》な王女殿下だ、などと何かと持ち上げてくれたお陰《かげ》で、一部の方からの敵意は薄くなった気がします。あくまでも気がするレベルですが……

「少し休もう」

挨拶を延々と受けていた私でしたが、緊張で神経がそろそろ焼き切れそうだと思ったところで、陛下にそう声をかけられました。どうやら一通りの挨拶は終わったようです。陛下にエスコートされて向かった先は、バルコニーにあるソファでした。場所からして賓客《ひんきゃく》向けのようで、慣れないヒールで悲鳴を上げている足をやっと休ませてあげることが出来ました。

「エリサ王女、よく頑張りましたね」

「いえ、そんな……」

そう言って労《いた》わりの声をかけてくれたのは宰相様でした。とはいえ、気の利いた台詞《せりふ》の一つも言えなくて申し訳ないです。ずっと陛下や宰相様がフォローしてくださったお陰《かげ》で、最低限の体裁《ていさい》は保てましたが、それでもおどおどして王女としては貧相に見えたのではないでしょうか。皆さんに恥をかかせていなければいいのですが……

「お久しぶりです、陛下」

自分がどう見られたかを心配していた私でしたが、急に聞き慣れない声が耳に届き思わず居住まいを正しました。声の方に視線を向けると、そこには茶色の髪と薄緑の瞳の、背の高い麗《うるわ》しい男性が、薄く笑みを浮かべて佇《たたず》んでいました。

先ほどの挨拶では見かけなかったですわね。これだけの見目なら印象に残っているはずですが、私の記憶には欠片《かけら》も残っていませんでした。

「……ブロムか。久しぶりだな」

陛下がそう答えると、男性は「ご無沙汰をしまして失礼いたしました」と礼をしながら言いました。一瞬、近くにいたベルタさんが戸惑いの顔になったようにも感じましたが、気のせいでしょうか？　余所余所《よそよそ》しい空気が流れ、気まずさを感じます。

「お元気そうで何よりです、ジークヴァルト陛下。しばらく他国を回って交易相手を探していたのですが、目途《めど》がついたので戻って参りました」

「そうか。いい相手は見つかったのか？」

「ええ、お陰様《かげ》で。こちらが望む条件で取引してくれる先を何件か見つけることが出来ました」

男性は陛下と同じ竜人で、先代国王のご子息でした。先代国王の……と聞いて、私はこれまでに聞いた噂《うわさ》を思い出しました。確か、先代国王の番《つがい》は人族でしたが、その方には既に想い合う婚約者がいたのだとか。でも先代国王は無理やり番《つがい》としたため、その女性は死ぬまで心を開かなかったそうです。その後番《つがい》が亡くなり、先代国王は衰弱死した……と聞いております。その息子がこの方ですか……

「こちらが……マルダーンの王女殿下でいらっしゃいますか。可憐な方ですな」

「初めまして、マルダーンのエリサです。お会い出来て光栄ですわ」

「本当に、本日屋敷に戻ったばかりなのですよ。そうしたら夜会の招待状を見つけまして……せめてご挨拶をと、急ぎ馳せ参じたのです」

「そうか、無事の帰国、何よりだ」

「はい、しばらくは腰を据えて過ごそうと思います。縁を繋いだ商会との取引の準備もあるので忙しくなりそうです」

「そうか、それは楽しみだな」

ブロムと名乗った男性と陛下との最初の固い空気も、会話が進むに連れて和《など》やかになっていきました。ほどなくしてブロム様は飲み物でもいかがですか？　と仰《おっしゃ》ると、側を通りかかった給仕を呼んで二言三言告げました。給仕はすぐにグラスを三つ運んできました。ブロム様はまず陛下には赤ワインと思われるものを、私には透明な液体が入ったグラスを手渡してきました。これ、飲んで大丈夫なのでしょうか……知らない方からお菓子を貰ってはいけませんと乳母に言われて育ちましたが……

「王女殿下のものにはお酒は入っていませんから大丈夫ですよ。それに、パーティーで出されているものですからご安心を」

そう言われると、さすがに拒むことも出来ません。恐る恐る口を付けると……甘みの中にも僅かに酸味のあるジュースでした。喉が渇いていたせいもあって、さっぱりした味がちょうどいいです。どうやら悪意の視線に晒《さら》されて、かなり神経質になっていたようです。

しばらく陛下と会話した後、ブロム様はそれではまた、と去っていきました。帰国したばかりで挨拶だけでも、と仰《おっしゃ》っていたのは本当のようです。私は一気に緊張が解けるのを感じましたが、それは私だけでなく、ベルタさんたちも同じだった様子です。

「あいつ、いつの間に帰国していたんだ？」

「国を出てから全く音沙汰がなかったが……このタイミングで戻ってくるとは……」

気が付けば、エリック様とレイフ様も近くにいらっしゃいました。お二人も今日は正装で、一際凛々《りり》しくて素敵ですわね。どうやらブロム様の姿を見つけて様子を見にこられたようです。

「また何か企《たくら》んでいるんじゃないか」

「そうだな。元より大人しく野に下りる奴じゃないだろう」

何だか酷い言われようですが、どうやらあの方と陛下たちの間にはあまりよろしくない何かがある様子です。となると……あまり関わらない方がよさそうですわね。とりあえず今度のお茶会の時にでもどういう方か伺ってみましょう。


それからしばらくその場で、飲み物や軽い食事をいただいた私たちでしたが、さすがに主賓《しゅひん》ですからずっとここにいるわけにもいきません。後ろ髪を引かれる思いで陛下と共に会場に戻りました。

会場に戻ると、あっという間にたくさんの人に囲まれてしまいました。敵国の王女で番《つがい》ではないとしても、事実上の王妃である私と縁を結びたい方はいらっしゃるのですね。引きつりつつも笑みを浮かべながら、私は必死に挨拶を繰り返していました。初めての夜会でこれは、さすがに超過労働ではないでしょうか……


「陛下、ご無沙汰しておりました」

もう何人目かわからないほどたくさんの挨拶を繰り返していると、凄い美人がやって来ました。柔らかなウェーブを描く黒髪をアンニュイな印象に結い上げ、強い意志を宿した赤紫の瞳が印象的な、とてもグラマラスな女性です。濃紫のドレスがとても艶《なま》めかしく見えます。それ以上に……

「……あなたは……」

「ロヴィーサでございます。宰相様の番《つがい》と同族の……」

「ああ、アルマの……」

陛下が感情を揺らしたように見えたのは気のせいでしょうか。いつも無表情な陛下ですが、今は僅かに困惑の色を浮かべ、ロヴィーサと名乗った女性をじっと見つめています。これまでも何人もの女性たちと挨拶を交わしましたが、こんな反応は初めての気がしますわ。

聞けばロヴィーサ様は宰相様の番《つがい》と同じ一族で、幼馴染《おさななじみ》だそうです。宰相様の番《つがい》のことは存じ上げませんが、宰相様は番《つがい》にゾッコンなのだとベルタさんから聞いています。あの宰相様も、アルマ様が絡むと人が変わるのだとも。人が変わった宰相様を見てみたい気がしますわね。これって、怖いもの見たさでしょうか。

お二人の会話を聞きながら宰相様の番《つがい》のことを思い出している間にも、ロヴィーサ様は陛下に熱心に話しかけ、陛下は言葉少なではありますが、それに答えていました。周りも気がついたようで、何事かとその様子を見ています。これは……もしかしてこの方が番《つがい》、なのでしょうか……

「ジークヴァルト様！」

私がお二人を見守っていたところ、鈴を転がすような愛らしい声が陛下を呼ぶのが聞こえました。その方向を見ると、今度はお日様の光をそのまま集めたような金髪と、澄んだ空のような青い瞳をしたカップルが視界に入りました。まるで一対の彫刻みたいに美しい二人です。さっきの声の主の美少女は私とあまり年は変わらないように見えますが、黙って立っているだけでも絵になる、正に深窓のご令嬢ですわね。衣装も上品でセンスがよく、ご自身の魅力をしっかりと引き立てる術《すべ》をご

存じのようです。

一方、その女性をエスコートしている男性もとても麗《うるわ》しくていらっしゃいますわ。ただ……この会場は獣人が多いせいか、立派な体格の方が多く、その中ではちょっと弱々しくも見えます。ベルタさんといい勝負かもしれませんわね。

「ジーク様、お会いしたかったですわ！」

なんと、美少女が陛下に向かって駆け寄ってきました。無邪気に満面の笑みを浮かべて陛下に駆け寄る様は、まるで子犬のような愛らしさで、何だかラウラの姿に被りますわね。ロヴィーサ様が妖艶《ようえん》な深紅の花なら、この美少女は楚々《そそ》とした淡いピンクの花……でしょうか。全く違う魅力を持つ美女二人が並ぶ様は眼福《がんぷく》です。

国王を愛称でお呼びするのは、家族か陛下がお許しになった方のみだと思われるので、この美少女はかなり親しい間柄なのでしょう。そんな方がいらっしゃったなんて、知りませんでしたわ。しかし……

「アンジェリカ王女殿下、愛称で呼ぶのはお控えいただきたい」

何と、私の予測に反して、陛下が示したのは明確な拒絶でした。これは勝手に愛称で呼んだということでしょうか？　そしてこの美少女は王女殿下だったのですね。って、今日は海外のお客様はいらっしゃらないと聞いていますが……

「まぁ、ジーク様。そんな冷たいことを仰《おっしゃ》らないで。私のことは、どうかアンジェとお呼びくださいませ」

陛下の前までやって来た王女殿下は、胸の前で手を合わせると瞳を揺らしながら陛下を見上げました。か、可愛いですわ……っ！　可憐とか庇護欲とかの単語がドンピシャの愛らしさです。これではどんな男性も虜《とりこ》になってしまいそうですわね。

「ここは公式の場。誤解を招く言動はお互いに何の益にもなりません。弁《わきま》えていただきたい」

でも、王女様の懇願《こんがん》めいた言葉を、陛下は再度あっさりバッサリ切り捨てました。ええ、私と初めてお会いした時と同じ塩対応……いえ、今は冷たさがさらに加わって霜《しも》対応と言うべきでしょうか。あまりにも容赦がないせいか、会場内はシンと水を打ったように静まり返りました。会場の温度が春から厳冬に急下降です。

「まぁまぁ、ジークヴァルト陛下。妹は陛下に恋い焦《こ》がれてすっかり舞い上がってしまったのです。どうかお許しください」

「クリフトフ王子殿下か」

「ご無沙汰しておりました、陛下」

冷え冷えとした空気を割って聞こえてきたのは、少し高めの明朗な男性の声でした。視線を向けると、声の主はこの王女殿下をエスコートしていた男性でした。王女殿下の隣に立ち、陛下に対して最上級の礼を取られましたが……今度は王子殿下？　そんな賓客《ひんきゃく》がいらしていたなんてビックリです！

（宰相様、今日は国内の有力者だけだと仰《おっしゃ》っていたではないですか……！）

私が抗議の意味も込めて宰相様に視線を向けると、目が合った宰相様は、にこっと笑みを浮かべました。これは知っていて黙っていたのでしょうか？　初夜会の私に何てことを！　他国の王族の対応なんてハードルが高すぎです……！

「紹介しよう。マルダーン王国の王女で、私の妃となったエリサだ。エリサ、こちらはフェセン王国のクリフトフ第三王子殿下と、アンジェリカ第五王女殿下だ」

私の動揺など我関せずの陛下は、私の手を取ったままお二人に紹介しました。うう……こんな美少女と対峙するなんて……しかも陛下の霜対応を思うと、あまり友好的ではない、ですよね？　そうはいっても、紹介されたからには挨拶をしない選択肢はありません。

「初めまして、マルダーン王国のエリサです。お目にかかれて光栄ですわ。ようこそラルセンへ」

美形だらけの中での挨拶は物っ凄く緊張するのですが……こうなっては仕方ありません。私はこの日のために頑張って身につけたラルセン風のカーテシーを、引きつった笑顔で披露しながら挨拶をしました。カーテシーは上手に出来たと思いましたが、さすがに初めての夜会で堂々と振舞えるだけの度胸はありません。うう、精神がゴリゴリと削れていく音がします。一体、今日だけでどれくらい削れたでしょうか……

「妃ですって？　ジーク様、そんなこと聞いておりませんわ！」

私が挨拶すると王女様の表情がみるみる強張っていき、陛下に縋《すが》りつくように問い詰めました。見た目は可憐ですが、なかなかに気が強い方ですわね。陛下相手にこんな風に食ってかかるなんて、私には怖くて出来そうもありません。

「正式な公表はこれからだから王女殿下がご存じなくて当然だ。今日は国内の者だけを集めた内輪の集まり。王女殿下こそ、一体どうしてこの場にお越しになられた？　招待状を出した覚えはないが？」

「そ、それは……」

陛下が冷静にそう返すと、王女殿下は言葉に詰まって勢いが萎《な》えてしまいました。ということは、もしかして無断で参加されたのでしょうか……それはさすがにマナー違反ですわね。凄い強心臓です。

「で、でも、そうでもしないとお会い出来ないではありませんか」

「何度押しかけてこられても、王女殿下のお気持ちに応えることは出来ません。お父上である貴国の国王陛下にもそうお伝えして了承を得ています。それに私は既に妻を迎えた身。お引き取りを」

「そんな……」

もしかして……ベルタさんたちが言っていた何度断っても諦めない爆弾令嬢とは、この王女殿下のことでしょうか。だとしたら凍り付きそうな霜《しも》対応も納得ですわね。

「ジークヴァルト陛下、少々言いすぎではありませんか？」

「クリフトフ殿下、いい加減に妹君を甘やかすのはおやめになった方がよろしかろう。貴国のお父上からも、妹君の相手をする必要はないとの言質《げんち》をいただいている。貴殿らは我が国との関係を悪化させるおつもりか？」

「まさか！　私は両国の一層の友好を願っております。勿論妹も」

「そうであるならば、早々にお引き取り願おう。これ以上我を通すというのであれば、またお父上にご心配をおかけすることになり、貴殿らの立場にも影響しよう」

それは正式な抗議をする、という意味でしょうか。ずっと柔らかな笑みを浮かべていたクリストフ殿下も、陛下の身も蓋もない物言いに、本気だと感じ取ったか、分《ぶ》が悪くなったと悟られたのか、それ以上縋《すが》ることはなく、渋々ながらも優雅な礼と共に会場を後にされました。

お二人の姿がドアの向こうに消えると、会場は何となくホッとした空気に包まれました。この様子からして、こういったことは初めてではないようですね。

「エリサ姫、すまなかった」

私が呆気《あっけ》に取られながらもお二人の後姿を眺めていると、陛下が小声で謝罪されました。いえ、陛下のせいではないので謝っていただく必要はないのですが……私は状況を消化しきれないまま、大丈夫ですとしか答えられませんでした。イベント盛りだくさんで処理が追いつきませんわ。これは後でベルタさんたちに色々聞いてみなきゃいけませんわね。

「……陛下、お会い出来て嬉しゅうございました。では、失礼いたします」

私が今後のことを考えていると、ロヴィーサ様の声がしました。こちらも何だか名残惜《なごりお》しそうな感じです。途中で王女殿下たちが乱入してきたせいで、あまりお話し出来なかったからでしょうか。でも、他の参加者の手前、これ以上お話するのも難しそうです。ロヴィーサ様は目を潤《うる》ませて色っぽい視線を陛下に投げかけていましたが……別れ際に一瞬、険しい視線を私に向けた気がしました。王女殿下たちのことがあったためすっかり意識の外になっていましたが、やはり、ロヴィーサ様が番《つがい》なのでしょうか……だとしたら大変ですわ。

「あの、陛下……」

「どうかしたか？」

「……その、今の方は……番《つがい》なのでは……」

「…………」

ロヴィーサ様の姿が遠ざかった後の私の問いかけに、陛下は黙り込んでしまいました。答えを求めるように陛下を見上げていましたが、陛下はいつもと同じ難しい表情を浮かべていらっしゃいます。もしかしたら私のせいで誤解させてしまったのでしょうか……

「エリサ姫が気にされることではない。だが、今日は疲れただろう。そろそろ下がるとしようか」

結局、その日はダンスを踊ることもなく、引き上げることになりました。下手なダンスを披露せずに済んでほっと胸をなでおろしていた私は、陛下の様子にようやく春の訪れを予感しました。これで円満離婚になれば万々歳《ばんばんざい》です。

◆　◆　◆

それから三日後、恒例の陛下とのお茶会がありました。私と陛下は、今では友人程度には打ち解けてきた感じがします。お菓子を持参するのもいつものことで、陛下はこの前の甘じょっぱいクッキーを特に気に入ってくださったようです。また会話の中で、趣味は馬での遠出や他国の旅行記を読むこと、肉よりも魚派で、実は魚釣りなどもお好きだと教えてくれました。見た目は華やかな陛下ですが、あまり贅沢《ぜいたく》は好まれず、趣味も意外と地味と言いますか、大人しめだなと感じたほどです。

そんな陛下は、今日は何となく心ここにあらずといった雰囲気です。先日のロヴィーサ様の件が気になっているのかもしれません。もし番《つがい》なら私の相手などせず、ロヴィーサ様とお過ごしになる方がいいのではないでしょうか。そうはいっても、それをストレートに指摘するほど私たちは打ち解けていません。さすがにプライベートなことを聞くのは失礼ですし、どうしたものでしょうか…

「陛下、お忙しいのでしたら、無理にお茶の時間を作られる必要は……気になることがおありでしたら、どうぞそちらへ」

「いや、そんなことはない。あなたとの時間は不思議と気が休まるのだ」

「そうですか。そう言っていただけるのは嬉しいですわ」

言外にロヴィーサ様が気になるのならそちらへと言ったつもりでしたが、陛下には通じなかったようです。いえ、真面目な陛下ですし、私も気の利いた言い回しが出来ないので、通じていない可能性が高いですわね。でも、嫌がられていないとはっきりわかったのは嬉しいです。いくら離婚するにしても、いがみ合っていては後味も悪くなりますし、今後の待遇にも響きますから。

◆　◆　◆

夜会から十日後。この日は朝から四人で女子会となりました。夜会までは超ハードスケジュールだったので、ユリア先生がしばらくはゆっくりしましょうと言ってくださったお陰もあって、先生の授業もお休みだったのです。せっかくだから庭でピクニックしましょう！　ということになりました。

今日は青空が広がり、絶好のピクニック日和《びより》です。私は朝からラウラと一緒にお菓子やサンドイッチなどを作って、お二人が来るのを待っていました。ピクニックといっても王宮の外に出ることは禁じられているため、離宮から少し離れた王宮の庭が目的地です。ここは陛下たちが住むエリアの近くですが、花が綺麗でベルタさん一押しの場所だと教えてもらいました。

「うわ～凄いですわ！　こんなに見事にリムの花を咲かせるなんて！」

「こんなに咲いているの、初めて見ました」

そこは色の洪水といっても過言ではないほど、色とりどりのリムの花が咲き乱れていました。リムの花は人の拳くらいの大きさで、花弁が多くてとっても豪華な花です。しかも花色も豊富なので、庭に植える花の代表とも言えます。でも、栽培がちょっと難しく、詳しい庭師がいないと綺麗に咲かせられないのですよね。私たちは早速、ちょうどいい木陰を見つけて、そこに敷物を広げました。

「本当に。こんな場所があったなんて知らなかったわ」

「でしょう？　ここは先代の番様《つがい》を慰《なぐさ》めるためにと、先代の陛下が整備されたところなんだ」

「先代の番様《つがい》？　もしかして……」

「そう、この前夜会で会ったブロムのご両親だよ」

ラウラがお茶とお菓子の準備をしている間も、女子トークは止まりません。話題はこの前の夜会で会ったブロム様についてになりました。これは是非、ベルタさんたちから話を聞かなければなりませんわね。

「何だか、皆さんが緊張していた感じがしましたわ……」

「だろうね。あいつは昔から尊大な性格で、周りから敬遠されていたからね」

「でも、先代の陛下のお子様ということは竜人なのですよね？」

「そうだよ。陛下が即位する際は、あいつも候補に上がっていたんだ。でも、能力が陛下に及ばなかったし、何よりも人望がなくてね」

「力こそ全てだものね」

「そう。あんな奴が王になったらと考えただけでもゾッとするよ。まぁ、力だけでは王にはなれないから、その心配はないけど」

「え？　力以外にも何か必要なのですか？」

ラルセンでは力がある者が王になるのだと聞いていましたが……それだけではなかったのですか。

「そりゃあ、独裁者を生み出すのは勘弁だからね。いくら力があっても人格に難があると投票で落とされるんだ」

「投票？」

「種族の長老や領主、王宮に勤める役職持ちなんかが集まって、誰が王に相応《ふさわ》しいか投票するんだ。力のある者を王にするのがこの国の方針だけど、独裁者になりそうな候補は投票で排除されるんだ」

「そんなやり方があったのですね」

ラルセンの王の選び方は、世襲で血統が全ての母国とは随分違うみたいです。でも、このやり方だとバカな王が生まれないからいいようにも感じますわね。父などは、正直言って王にするには疑問符しかつかない人ですし……

「エリサ様も、あいつには気を付けてね。あいつ、昔っから陛下にライバル意識むき出しだった上に、王位に就《つ》けなかったことを恨んでいるからね」

「そうね。プライドが高い上、血筋からあの方を王にとの声が未だにあるから余計に厄介だわ」

なるほど、陛下たちがピリピリしていたのもそういうことだったのですね。であれば、私はやはり関わらないように気を付けましょう。

「あの王女様は？」

「ああ、アンジェリカ様か。あの方は爆弾令嬢の最後の一人、かな」

「そうね。他の方は諦めたけど、あの方だけは未だに諦められないみたいね」

なんと、見た目とのギャップが凄いです。確かに招待状もないのに夜会に参加するなんて、素晴らしい突撃っぷりでしたわ。

「いつも兄君でもあるクリフトフ殿下がついてくるから、王女も強気なんだよ。兄王子はシスコンで何でも言うこと聞いちゃうみたいでさ」

シスコンですか、それは厄介ですわね。そういえば私の異母兄もカミラには甘かったです。

「まぁ、陛下があれだけはっきり拒絶したし、トール様がフェセンの王国に抗議文を送ったらしいから、いい加減諦めるんじゃないかなぁ……」

なるほど、それならそちらの方は大丈夫そうですわね。となれば……

「あのロヴィーサ様という方は？　どうなりましたの？」

「……ロヴィーサ？」

「夜会でお会いした、宰相様の番《つがい》と同族の方ですわ」

そう、あの方に対しての陛下の反応が他の方と違っていたので、ずっと気になっていたのです。もしかしたらあの方が番《つがい》なのではないか、と。でも、あれから特に何も言ってこないので、番《つがい》ではなかったのでしょうか？

「まだ何とも言えないんだけど……」

ここだけの話にしておいてよ、と念を押した上で、ベルタさんは声を潜《ひそ》めて話し始めました。あの後、陛下の様子が気になった宰相様たちが陛下に問いただしたそうです。あんな風に陛下が女性に関心を持ったのは初めてだったからです。

「番《つがい》じゃないかって声もあったけど、今のところそれはないってのが兄さんたちの意見だよ」

「でも……」

「確かに陛下の様子はおかしかったんだけど、陛下ご自身が否定しているからその可能性はないと思う。だって、ロヴィーサとは初対面じゃないからね」

ああ、そういうことなのですね。確か番《つがい》は一目でわかると聞きましたが、これまでに何度も会っているのに気が付かなかったのであれば、そうではないのでしょうか。

「ただ、陛下がやけにあの女を意識しているのは間違いないらしいんだ」

「そうなのですか……」

それはどういうことでしょうか？　番《つがい》の可能性は限りなく低いのに、気にされているとは……

「噂《うわさ》をすれば、だね」

そう呟いたのはベルタさんでした。どういうことかと視線を向けると、彼女はある方向に目を向けていました。そしてその先には……

「陛下とロヴィーサだ」

そこには、陛下と並んで歩くロヴィーサ様がいらっしゃいました。一応侍女と護衛も一緒ですが、お二人で散策をしている様子です。陛下の表情ははっきり見えませんし、一方的にロヴィーサ様が話しかけているようですが、会話は成立しているみたいですわね。

「本当に番《つがい》じゃないのかしら？」

「う～ん、番《つがい》だったら今頃は庭じゃなくベッドの上だと思うよ」

「ベルタ！　そんな明け透けな言い方……」

「だって、竜人が番《つがい》を見つけたらそうなるじゃない」

「そりゃあ、そうだけど……」

ベルタさんの言葉にユリア先生が顔を赤くして抗議していました。確かにあからさまで、私にも刺激が強すぎますわ……隣にいるラウラも顔を真っ赤にしています。私は気持ちを落ち着けるためにお茶を口に含みました。少し冷めたお茶のお陰《かげ》で頬の熱は消えてくれました。

翌日、ユリア先生が家の用があるとかで授業はお休みでした。ベルタさんは午後から来ると連絡があったため、午前中は久しぶりにラウラとのんびりしていました。

「ちょっと！　王妃を出しなさいよ！」

ラウラと新作のお菓子の相談をしていると、離宮内に甲高い声が響きました。何事？　……とラウラと顔を見合わせましたが、ラウラも心当たりがあるはずもなく。近くにいた侍女と護衛も戸惑いの表情を浮かべています。

声のする玄関ホールをそっと窺《うかが》うと、玄関で護衛や侍女たちと言い合いになっているアンジェリカ王女と、王女に付き添っているクリフトフ王子がいらっしゃいました。

「ええ？　こっちにまで突撃ですか？」

「……どうやらそのようね……」

困ったことに、今日に限ってユリア先生もベルタさんもいらっしゃいません。お二人がいらっしゃれば対応していただけたのでしょうが、今ここにいるのは、私とラウラと侍女と護衛です。あの王女に対峙出来る方は……いらっしゃらないですね。う〜ん、困りましたわ。私が考えている間にも王女はエキサイトして、護衛や侍女に掴みかからんばかりです。見た目は愛らしくて可憐ですが、中身は凶暴な野生動物みたいですわね……

「お、王妃様、危険ですから」

「そうはいっても、私が出ていかないと収まらないでしょう？　このままでは対応している皆さんが危ないわ。さすがに私に危害を加えることはしないでしょう。誰か王宮に使いを。お二人を追い払える方を寄越してくださるようにお願いして」

側にいた侍女にそう告げると、侍女は近くにいる護衛に何やら話しかけ、護衛がすぐに飛び出していきました。王宮に向かってくれたのでしょうか。

「エリサ様、でも……」

「大丈夫よ。王妃である私に手を出せば国際問題になるもの。いくら何でもそんな無謀な真似はしないはずよ」

それでも不安げな表情を浮かべているラウラに笑みを向けると、私は深呼吸をしてから居住まいを正しました。気合で負けてはいけませんからね。

「どなたかと思えば……フェセンの王子殿下と王女殿下でいらっしゃいましたか。先ぶれもなしのご訪問とは、一体何のご用でしょうか？」

「何よ、いたんじゃない！　さっさと出てきなさいよ！」

私の姿を見つけるなり、王女がまくし立ててきました。見た目は愛らしいのに、中身は私の義姉そっくりですわね。これでは会話を成立させるのは難しそうです。はぁ、ため息しか出ませんわ……

「どのようなご用件でしょうか？」

「用件ですって？　そんなの決まっているじゃない！　さっさと陛下と別れて出ていきなさいよ!!」

あらまぁ、思った以上に素直ですわね。そこまで直球だといっそ潔《いさぎよ》いですわ。とはいっても……

「別れろと仰《おっしゃ》られましても、この婚姻は同盟の証《あかし》なので、私の一存ではどうにもなりませんわ。異議があるなら陛下と私の母国にお願いします」

「何ですって!?」

一層お怒りになってしまいましたが、何か変なことを言ったでしょうか？　実際、この結婚に関しては、私には発言権も拒否権もありません。だとしたら、どうこう出来る方々に直接交渉していただかなくては。

「この婚姻をお決めになったのは、ジークヴァルト陛下と我が父であるマルダーン国王です。異議があるのであれば双方の王に奏上なさってください」

「ジーク様があんたなんかを望むはずないじゃない！」

「ええ。陛下がお望みなのは同盟の証《あかし》であって、私ではありませんわ」

「ふん、わかってるんじゃない。だったら！」

「同盟の重みは十分にわかっておりますので、私から出ていったりはしませんわ。それは両国の民《たみ》を危険に晒《さら》すことにもなりますから」

「な……ふざけないで！　あんたなんかがジーク様の妃だなんて認めないんだから！」

う～ん、私も別に認めてほしいとは思っていませんが……でも、それはここでは言えませんわね。それにしても、全く話が通じないし、これでは幼児の癇癪《かんしゃく》と同じですわ。どうしたものでしょうか……

「何をしておいでだ、フェセンのお二方」

どうしたら帰っていただけるかと思案していたところ、太くて張りのある低い声がホールに響きました。

「クリフトフ王子殿下とアンジェリカ王女殿下。この宮には近づかないようにと陛下から念を押されていたのをお忘れか？」

声の主の男性は、とても大柄で、一言で言えば野生の獣のような雰囲気を纏《まと》った男性でした。私がこれまでにお会いしたどの男性よりも背が高いのではないでしょうか。

そして男性をより野性的に見せているのは、左頬にくっきりと刻まれた大きな傷跡です。目じりから顎《あご》にかけて走るその傷は歴戦の猛者《もさ》を思わせますし、目つきも鋭くて視線だけでも皮膚《ひふ》が切れそうな気がします。服装は騎士のそれで、服の上からもかなり鍛えられた逞《たくま》しい身体をお持ちなのがよくわかります。小さな子などは怖がって泣いてしまいそうなお姿ですわね。

「な、何よ、あんたは……」

突然現れた野性的な男性に、王女が初めて狼狽《うろた》えました。やはりこのお姿は女性には厳しいようですわね。私もちょっと……いえ、かなり怖く感じますもの……

「私は第一騎士団の副団長を拝命しているルーベルトと申す。王宮の警備を任されているが、先ほどこの宮に不届き者が押しかけたとの連絡があったので、急ぎ参ったところだ」

「な……不届き者ですって！　私はフェセンの王女なのよ！」

「ここは我がラルセン国王の正妃様の宮。フェセンの王族であろうと、勝手に押しかけていい場所ではございませせぬ」

キャンキャン喚《わめ》く王女に、副団長様は表情をピクリとも動かさずに淡々と事実を述べています。それだけでも威圧感が半端《はんぱ》ないですわ。何とか言い返してはいますが、王女も既に顔が真っ青で、心なしか震えているようにも見えます。

そしてその後ろでは、王子が妹以上に顔色をなくしていますわね。嫌だわ、随分と箱入り王子様ですのね。見た目は麗《うるわ》しいけれど、無礼な妹を叱らないところといい、色んな意味でがっかり感が際立っています。

「陛下からは、この宮に近づいた不届き者は力ずくで排除してもいいとの許可をいただいております。このままお引き取りになるか？　それとも……」

「な……！」

力ずくでとは、牢に直行という意味なのでしょう。でも、この方が言うとなぜか五体満足で帰れないように聞こえるのは気のせいでしょうか。言葉を向けられているのは私ではないのに、私まで空気の重さに負けそうです。

「……っ！」

王女は旗色が悪いと悟られたのか、悔しそうな表情を隠しもせずに踵《きびす》を返して去っていきました。置いていかれた兄王子は慌てて追いかけますが……凄いですわ、ドレス姿なのにあの俊足。王子との距離が縮まらないなんて……

「王妃様、お怪我はありませんか？」

「え？　ええ、大丈夫です。来てくださって助かりましたわ」

どうやら助かったみたいですが、王女から反感を買ってしまいましたわね。あの手の方は思い通りになるまでしつこそうなので、今後が心配です。せっかく静かに過ごしていたというのに。私はともかくラウラやこの離宮に勤めている方々が心配になり、気が重くなるのを止められませんでした。

アンジェリカ王女の突撃の翌日、再びルーベルト様が訪ねていらっしゃいました。聞けばこれからしばらくの間、ルーベルト様がこの離宮の護衛の任に当たられることになったのだそうです。あのアンジェリカ王女もさすがにルーベルト様には歯向かえないため、王女除けとして彼女が帰国するまでいてくださるのだとか。

そのアンジェリカ王女ですが……王宮敷地内への出入り禁止の上、国から迎えが来ることになりました。以前も国に帰らせようと国境まで送ったことがあるそうですが、護衛についていた騎士と離れた後、そのまま戻ってきてしまったので、今回は迎えに来るように要請したという話です。フェセンはラルセンの半分以下の国力しかないので、さすがにこちらの抗議は無視出来ないだろうとのことでした。

それに私も一応はマルダーンの王女です。同盟のための婚姻に口を挟めば、マルダーンとの関係にも影響します。フェセンはマルダーンとも国境を接しているだけに、両国揃っての関係悪化は避けたいはずなので、今回は大人しく帰るだろうと言われていました。

ただ、今までの行いが行いなだけに信用が皆無どころかマイナスなので、念のためにルーベルト様が来てくださるのだそうです。それは有難いのですが、見た目が厳《いか》めしい方なのでラウラが怖らないかと心配でした。それはベルタさんも同じで……

「エリサ様、本当に大丈夫？　ラウラも、その、怖くない？」

「何がです？」

「兄だよ、兄。あの人、見た目があれだから、女性や子どもは顔見ただけで泣いちゃうこともあって……」

「あ、兄って……」

「お兄様なのですか!?」

なんと、ルーベルト様はベルタさんのお兄様でした。一番上のお兄様で、レイフ様と三兄妹なのだそうです。

「怖いだろうけど、しばらく我慢してね」

「いえ、こちらの方こそお忙しいのに申し訳ないですわ。ね、ラウラ？」

「ええ……本当に……とっても素敵な方ですわね……」

「は？」

「え？」

戸惑いの声を上げた私たちが見たのは、両手を組んでうっとりした表情で玄関の扉を見つめるラウラの姿でした。頬が微かに赤く染まり、目はキラキラと輝き、これは……まるで夢見る乙女……いや、恋をした乙女のよう……？　え、ちょっと待って……？

「ラウラ……あの顔、怖くないの？」

「ええ？　怖いだなんてとんでもないですわ！　あんなに凛々《りり》しいお顔、まさに理想です！」

「でも、女性はあの傷を怖がるわよ？」
「いいえ、あの傷もルーベルト様の魅力を引き立てていますわ！」
「引き立てて……」

困惑する私たちでしたが、ラウラ曰《いわ》く、ルーベルト様はラウラの理想そのものなのだそうです。大柄で逞《たくま》しい男性が好きだったなんて、知りませんでしたわ。子どもの頃からずっと一緒ですが、ラウラがあんな風になったのも初めてなら、男性に興味を示したのも初めてなのです。私としてはラウラのことは何でも知っていると思っていただけに、ちょっとショックだったりもします。それにしてもラウラが誰かをこんなにも気に入るなんて、何だか取り残されたような気分になるのはなぜでしょうか……

◆　◆　◆

「ええ？　陛下とエリック様が喧嘩《けんか》？」

それから五日後のことです。陛下とエリック様が派手に喧嘩《けんか》をなさったとベルタさんから聞きました。虎人のエリック様は御年九十八歳。人族に換算すると二十七、八歳くらいでしょうか？　側近の中では最年長だそうです。ちなみに一番年上に見えるのは三十代後半のケヴィン様ですが、人族なので実は最年少だったりします。

エリック様は陛下たちに比べると背は低めながら、それでも私たち人族からすれば大柄に見えます。肉食獣らしい雰囲気で、いつも眉間にしわを寄せているので怖い印象です。普段は宰相様の補佐をされていて、宰相様もエリック様を頼りにされていると聞いています。

陛下にとっては親友であり、腹心の部下でもあるそうです。そんなエリック様が陛下と喧嘩《けんか》をするとは思えないのですが……

「喧嘩《けんか》の原因は、一体……」

「それが……エリック様がロヴィーサは自分の番《つがい》だと言い出したらしいんだ」

「「ええええっ⁉」」

これにはさすがに私とラウラだけでなく、ユリア先生も驚きの声を上げました。それもそうでしょう。エリック様だって夜会でロヴィーサ様と会っていますが、その時は無反応だったのです。今頃になってそんなことを言い出すなんておかしすぎます。

「何で……そんなことに……」

「それがわからないから問題なんだよ。エリック様だって何度もロヴィーサに会っているんだから」

「陛下と同じ、ですね」

「しかもロヴィーサは自分が陛下の番《つがい》だって言っているらしいんだ。陛下はお認めになっていないけど」

「あんなに番《つがい》を探していらっしゃったのに、変ですわね。それにエリック様も……」

「そうなんだよ。そりゃあ、物凄く確率は低いけど番《つがい》が被る可能性はあるらしい。でも、これまで番《つがい》だと認識していなかったのに急にこんなことを言い出したから、周りは大騒ぎだよ」

「そりゃあ、そうでしょうね。でも、なぜ……」

「トール様が調べているけど、右腕のエリック様がこれだからね。調査に時間がかかるかもしれない。うちのバカ兄貴はこういう時は全く役に立たないし……」

ベルタさんがこめかみに指を当て、頭が痛そうにしています。ベルタさんの話では、レイフ様はお強いけれど頭を使うのは苦手で、こんな状況ではあまり役に立たないのだとか。今エリック様は休暇という名目の自宅謹慎中で、その穴をケヴィン様が埋めているそうです。

「それにしても……陛下もエリック様も、これまでに何度も会った時にはロヴィーサを番《つがい》だと感じたことはないのよね」

「うん」

「だったら……ロヴィーサが怪しいわね。何か、変な薬でも使っているのかしら……」

「薬？」

「ええ。番《つがい》と誤解させるような薬とか……そういうのはないの？」

「え〜、番《つがい》は本能でわかるし、薬でどうこう出来るなんて聞いたことないよ」

「そう……でも、何だか嫌な感じね。結婚式も迫っているから、今は陛下の番《つがい》探しが最優先のはずなのに……」

そう、ユリア先生の言う通りなのです。気がつけば式まで残り二か月半しかありません。今は番《つがい》探しを何よりも優先する必要があります。なのに側近と番《つがい》ではない方を巡って争っているなんて……

それにロヴィーサ様は、何をもって自分が番《つがい》だと主張しているのでしょうか。これまでに何度も会っていて、その時には番《つがい》だとは言わなかったのに、です。何か、私には想像も出来ない力が働いているのでしょうか。言い知れぬ不安が広がるのを感じました。

◆　◆　◆

「ロヴィーサは俺の番《つがい》だ！　近づくな！」

ルーベルトをエリサ王女の護衛につけてから数日経った頃。訪ねてきたロヴィーサと茶を飲んでいると、エリックが突然部屋にやって来て俺に殴りかかってきた。数日前から時折咎《とが》めるような視線を向けられていたから何かと思っていたが……まさかエリックまでロヴィーサを意識しているとは予想していなかったから驚いた。

興奮するエリックを押さえ込み、十日間の謹慎を命じて貴賓牢に押し込んだのはトールだった。タイミングよく部屋にやって来て騎士にテキパキ指示を出すトールに、疑念を抱くなという方が無理だろう。

「もしかして、こうなると予測していたのか？」

「う～ん、五分五分かなぁ……」

「何を掴んでいる？」

「まだ確証がないんだよねぇ……」

楽しそうに、そう、珍しいおもちゃを見つけた子どものように、トールは上機嫌だった。相変わらずトラブルには目がないらしい。

実際、人の心の機微に敏《さと》く読心術に長《た》け、ゲームの駒のように人を動かしてしまう彼ほど宰相に合う男はいないと思ったのだが……トラブルを楽しむ悪癖はどうかと感じているのは俺だけではないだろう。涼しげで人畜無害そうな顔をしているから騙《だま》される奴も多いが、こいつの腹の中は真っ黒なのだ。

「やっぱりダレルの街の件か？」

「ダレルって……若い獣人の男たちが、一人の女を番《つがい》だと言って大騒ぎしたあれか？」

「そうだよ。よく覚えていたな、レイフ」

「当たり前だ！　あれの調査に俺の部下を貸せって言ったのはお前だろうが」

「ああ、あの時は助かったよ。さすがは第一騎士団の諜報部。お陰《かげ》でそっちの調査もすぐに終わったけど、正にドンピシャだったよ」

ダレルの事件は、この国ではかなり珍しい事件として騒ぎになったものだ。一年ほど前、ダレルという地方の街で、獣人の若い男四人が一人の女を番《つがい》だと言って争ったのだ。かなり稀《まれ》ではあるが番《つがい》が被ることはある。しかし、同じ場所かつ同じタイミングでいきなり四人の男の番《つがい》が被るなど、前代未聞だったのだ。

四人は殴り合いの喧嘩《けんか》をして一人は重症を負ったが、問題はそこじゃない。大喧嘩《げんか》をした直後に女が行方知れずになり、また男たちも十日もすると女への興味をすっかり失っていたのだ。取り調べが進むと共に、彼らは番《つがい》だと主張していた女への執着《しゅうちゃく》を失い、どうしてこんなことをしたのかわからないと言い出したのだ。

渦中《かちゅう》にいた女は名前も職業も全て偽りで、現地の騎士団が調べても何の痕跡も掴めなかった。最初からこうなるとわかっていたのかもしれない。結局、この事件はそのまま迷宮入りしていたのだ。

ロヴィーサが気になると話した時、トールには何か引っかかるものがあったのだろう。すぐにレイフに頼んで第一騎士団の諜報部の精鋭を借りて、ダレルに送った。さすがに国の精鋭の調査は別格で、これまでわからなかったことも次々と明らかになった。その中でトールが目を付けたのが、四人の男が渦中《かちゅう》の女に貰った寝酒を毎日飲んでいた点と、女の外見がロヴィーサに似ているという点だった。ロヴィーサが数年姿を現さなかったこと、これまで何とも感じなかったのに急に気になるようになったことなどもあって、トールは間を置かずにロヴィーサの調査に入った。更には俺の食事に使われている食材も調査の対象にした。

俺が飲んでいた寝酒も、侍従たちに気づかれないようにこっそりと中身を入れ替えた。まさにそれが原因だったらしく、その後の俺はロヴィーサへの関心をすっかりなくした。

「まさか……あの酒をエリックに飲ませたのか？」

「うん。ちょうど疲れすぎて眠れないって言っていたし、入れ替えた寝酒が手元にあったから渡したんだ。いや～本当に効くとは思わなかったよ」

「おい待てよ！　お前、仲間を実験台にしたのかよ！」

レイフが抗議の声を上げたが全く同感だ。エリックは大事な仲間なのに、何てことをするんだ。

「でも、ちゃんと毒見はしてあるし、影響が出るとすれば口ヴィーサの件だけだろう？　それに十日もすれば抜けるってわかっていたから。エリックがロヴィーサを気にし始めたから大金星だろ？」

にっこり笑みを浮かべてそう告げたトールに、悪いことをしているという自覚が全くないのはよくわかった。そして思った以上の成果を得られて、今後の対策が取りやすくなったということも。結果オーライなのかもしれないが……

「でも、変な副作用があったらどうするんだよ！」

「虎人は薬や毒にそれなりに強いから大丈夫だって。それにエリックは働きすぎなんだからちょうどいいんだよ。あいつ、仕事が恋人とか言い出しそうだし、こうでもしなきゃ休まないだろう？」

「………」

いいことをしたと言わんばかりのトールに、レイフは毒気を抜かれたのか、それ以上何も言わなくなった。だが、気持ちはわかる。多分こいつは俺であろうと、必要と思えば実験台に使うだろう……そう考えると、こいつを王にしなかったのは正解かもしれない。国民を実験台にするのだけは勘弁してほしい。その一点に関しては、俺も世の中の役に立ったと胸を張って言えそうだ。

「それで、ロヴィーサはどうする？　まだ番《つがい》のふりを続けるのか？」

そう、俺にとってはこれが一番の問題だった。番《つがい》でもないのに番《つがい》のように扱わねばならないのは、苦痛以外の何物でもないからだ。それくらいならエリサ王女と過ごした方がずっと楽しいし、有意義に感じる。もっとも、交流は最低限にしてほしいと最初にお願いされてしまったから、それも容易ではないのだが……三年経ったら離婚してほしいと言われている以上、交流を強《し》いて煩《わずら》わせたくなかった。それに今は交流するのは危険だ。アンジェリカ王女は問題ではない。問題なのは……

「いいや、まだだよ。とりあえず保護の名目で王宮に軟禁しようか」

「はぁ？　何で？」

「ロヴィーサが寝酒に何かを仕込んだのはわかったけど、何を使っているのかまでは、まだわからないんだ。今調べてもらってはいるけどね。ロヴィーサだけに反応するってことは、あの女も薬か何かを使っているのかもしれないし。王宮に閉じ込めて監視すれば、手がかりが掴めるかもしれないだろう？」

「なるほど……」

「そうだな、絶対に協力者がいるはずだ。ロヴィーサ一人で出来ることじゃない」

「そういうこと。もしかすると彼女はただの駒かもしれない。後ろにいる奴を炙《あぶ》り出さなきゃ意味がないんだ」

そう、問題はロヴィーサではなく、彼女を利用している奴だ。その目的が何なのかがわからないが、王である俺がターゲットである以上、放っておくことは出来ない。

「ロヴィーサを王宮で保護したと言えば、向こうもジークが罠にかかったと油断するかもしれないだろう？　実際エリックが押しかけて騒ぎになったんだ。これを利用しない手はないよ」

「けど、本当にエリックは大丈夫なのかよ？」

レイフが咎《とが》めるような口調でトールに詰め寄った。こいつは狼人そのままの、仲間思いで情に厚く、まっすぐな気性なのだ。

「問題ないよ。ちゃんと医師も付けているから。それに、王宮内の女性陣からの株は上がるだろうね。あいつにも人間らしい感情があったんだなってね」

「ひでぇ言われようだな。でもまぁ、確かに機械人間とか言われていたからなぁ……ケヴィンは結婚して丸くなったけど、あいつは相変わらずだもんな」

「エリックも番《つがい》が見つかれば変わるだろうよ。仕事のせいで番《つがい》に気を向ける余裕がないだけで」

「だったら少しは仕事を減らしてやれよ。お前が番《つがい》との時間を最優先にして、エリックに仕事押し付けているせいだろうが」

レイフが放った言葉は痛いところを突いていたが、トールは笑みを浮かべるだけで気分を害した風ではなかった。

「そりゃあ、俺にとってはアルマが最優先だから仕方ないだろう？　それにエリックは、ジークが番《つがい》を見つけるまで自分は探す気はないんだとさ」

「ああ、あいつなら言いそうだよな。意外とそういうとこ、律儀だから」

「そういうお前はどうなんだよ？」

「はぁ？　俺？　俺は別になぁ……仲間と遊んでる方が楽しいし」

「体育会系丸出しだな」

「いーじゃねぇか。どうせ番《つがい》が見つかったら仲間とも遊べなくなるんだ。ま、両親みたいに大家族で賑やかなのもいーけどな。あ～どうせなら家庭的で子ども好きな番《つがい》だといいよな～」

レイフにも番《つがい》への憧れはあったのか。いつも男同士でつるんでいるから女性に興味がないかと思っていたので意外だった。

「しっかし、ジークも難儀だよなぁ。番《つがい》でもないのに番《つがい》として扱わなきゃいけないなんて。ジークが一番、番《つがい》への憧れが大きいのにさ」

「王になったんだから仕方ないだろう」

トールはにべもなくそう言ったが、他人に言われると何となく面白くなかった。

「でも、候補の中じゃジークが一番、王になりたくないって言ってただろうが」

そう、俺は王位に興味がなかった。俺が知っている王は先王だけだが、先王は番《つがい》に夢中で王らしい仕事をしていた記憶がない。国を回していたのは宰相だった俺の父やその周りの者だったし、それは俺が成人して父たちの補佐をするようになって、よりはっきりした。俺が王になったのは、周りから支持されたからで、俺自身は王になりたいと思ったことはないのだ。それよりも俺は、番《つがい》を見つけて一緒にいられればそれでいいと思っていた。番《つがい》が見つかれば、この心の空虚さも満たされるはずだと。

「仕方ないだろう。誰かが王にならなきゃいけないんだし、投票もジークが断トツだったんだ。実際、ジークが王になってからは国も落ち着いているだろうが」

「そりゃあそうだ。でも、トールがなっても変わんなかったんじゃねぇ？」

「そう言ってくれるのは嬉しいけど、それはないね。俺が王になったらブロム辺りが邪魔してきて、今頃は先王の後始末だってまだ終わっていなかっただろうよ」

「……ああ、先王様の……」

先王は番《つがい》に執着するあまり愚王に堕ちてしまった。番《つがい》に出会うまでは優秀で先見の明がある賢王と呼ばれていたのにもかかわらずだ。番《つがい》に出会ってからの先王は番《つがい》の心を得るために奔走し、自身の務めすらも放棄するようになった。

結局、何年経っても心を開かない番《つがい》に業を煮やした先王は、番《つがい》の婚約者だった男と、その妻となった女と子どもたちをわざわざ王宮に呼び出して番《つがい》の目の前で殺し、これに絶望した番《つがい》は自死した。そして先王は本当に正気を失った。その場にいた父を含めた側近たちも手にかけ、最終的には取り押さえられて幽閉され、そこで自死した。

その後を継いだのが俺だ。あの事件で多くの側近が命を失い、俺の父も大怪我を負って引退を余儀なくされ、一時は国の存続が危ぶまれる場面もあった。俺はトールたちに支えられながら、ひたすら国の立て直しに奔走した。これほどの短時間で成し遂げられたのは、周囲と、人格者として他国からも信用されていた父の協力があったからだ。どちらが欠けても上手くいかなかっただろう。

「難儀な奴だよな、ジークも」

トールがレイフにそう言っているのを、俺は書類にサインしながら聞いていた。

「そう思うなら早くロヴィーサの件を片付けてやれよ。お前にはある程度目星がついているんだろう？」

脳筋だが、レイフはやたらと勘がいい。しかし、トールは黙って微笑むだけだった。何か企《たくら》んでいるのだろうが、何も話さないということはまだ話せる段階ではないのだろう。

「まーた秘密主義かよ」

「仕方ないだろう？　証拠もないのに滅多なことは言えないんだから。それとも、仮説、十くらいあるけど全部聞くか？」

「……いや、やめとく……」

諦めが早いと言うか、聞き分けがいいのがレイフの長所でもあるが、せめて一つくらい聞いたらどうかと感じなくもない。だが、レイフが下手に頭を使うとかえってややこしくなると、トールはそう思っているのだろう。

「だったら部下たちに噂《うわさ》を流すように頼んでおいてくれよ。どうやらロヴィーサが番《つがい》らしいって。そうすれば食いついてくる奴が出てくるだろう」

「……わかった」

トールの頼みに、レイフは気が進まなそうではあったが頷く。レイフなりに納得したのだろう。俺たちに比べたら脳筋だが、実際は人並み以上に知恵は回る奴だ。でなければ王の側近なんて出来ないからな。

「そういえば……ブロムの奴が帰ってきたけど、大丈夫なのか？」

ふいにレイフがブロムのことを口にした。昔から馬が合わないらしく、人懐っこいこいつが警戒する数少ない相手だ。まぁ、ブロムもレイフの性格をわかっていて、面白がってわざと反感を買うような物言いをしているせいもあるのだろうが。

「大丈夫って、何が？」

「だって、ずっと国を出ていたのに今になって戻ってくるなんて」

トールの問いに、レイフは思ったことを口にした。確かに俺も同感だ。もう何年も国を離れていて、もしかしたらこのまま他国に移住するのではないかとの噂《うわさ》もあったくらいなのだ。

「さぁ、俺だってブロムのことを見張ってるわけじゃないし。本人が言うように商談がまとまったから帰ってきたんじゃないか?」

「……なら、いいんだけど……」

どうもレイフは納得出来ないという感じだったが、これといった確信があるわけでもないのだろう。

「じゃ、ちょっくら騎士団に顔出してくるわ」

「ああ。それなら夕方にでもルーベルトを呼んでくれないか? エリサ王女の様子が知りたいし」

「了解。伝えておくよ」

トールにそう答えると、レイフは扉の向こうに消えていった。そう、ロヴィーサの件以外でも、まだまだ頭が痛い問題は山済みなのだ。

夕方になると、仲間たちは俺の執務室に顔を出すのが習慣になっている。俺がそう言い出したわけでもないし、誰かがそうしようと言ったわけでもない。いつの間にかそれぞれが仕事を終えるとふらっと顔を出し、その日の報告をするようになったのだ。

時にはそのまま夕食を共にし、場合によってはそのまま一杯……の流れになることもある。執務の時間が終わって私的な時間へと移行するこの時間は、忌憚《きたん》のない意見や情報を共有するための時間でもあった。俺にとっては気軽に仲間たちと過ごす大切な時間でもある。

今日もいつも通り、トールをはじめとしてレイフやケヴィンが集まってきた。この場にいないのは、謹慎中のエリックだけで、今はその代わりにレイフの兄でもあるルーベルトが顔を出していた。

ルーベルトは第一騎士団にいる三人の副団長の一人だが、諜報部の実質的な責任者も兼ねている。いかにも猛者《もさ》と言った大柄な外見から、彼が諜報部に身を置いているとは誰も思わないだろうとトールが推薦《すいせん》したのだ。トール曰《いわ》く、周囲を欺《あざむ》くのは何かと有利だからということだが、半分は意外性を面白がっているのだと俺は思っている。

「ルーベルト、アンジェリカ王女を上手く転がしてくれて助かったよ」

そう言ってトールが満足げな笑みを浮かべた。アンジェリカ王女がエリサ王女の元に押しかけたのは、トールの策だった。あの王女を追い返し、近々始まる交易に関する交渉をこちらに有利に運ぶため、わざと警備を甘くしてそうさせたのだ。先王が結んだ我が国に不利な条件を対等なものに戻すためにはそれなりの材料が必要で、そして都合よくやらかしてくれたのがアンジェリカ王女だった。離宮のすぐ近くでルーベルトたちが待機しているとも知らず、あの王女は思ったように踊ってくれた。

「それで、エリサ王女はどうだ？」

「はい、問題ありません。アンジェリカ王女が押しかけた後も恙《つつが》なくお過ごしです」

「そうか」

しばらく会えていないが、王女も変わりなく過ごしているようで何よりだ。控えめで王妃という立場にありながら何かを望むでもなく、侍女たちと友人同然に接する王女は、いい意味で俺たちの期待を裏切ってくれた。その姿は多分、王女の本来の姿なのだと思う。思うのだが……

今、そのエリサ王女に関する問題が浮上していた。それは、マルダーンから届いた封書にあった。

『同盟の維持にはエリサとの婚姻を必要不可欠とする。離婚と共に同盟は破棄されたものと見なす』

『エリサ王女に注意すべし。あの娘は王女とすり替わった刺客《しかく》だ。本物のエリサ王女は既に死亡している』

どちらもマルダーン王からの公式な封書だ。これが届いたのは、先だって開かれたエリサ王女のお披露目《ひろめ》の夜会の少し後だった。一体どのような意図で送ってきたのか、本当に王が送ってきたものなのかも疑問だが、獣人を見下しているマルダーンが相手となれば、いくら警戒してもしすぎることはない。

「どうやらマルダーン国王はボケて文字すらも読めなくなったらしいね。番《つがい》が見つかったら離婚、結婚して三年経って子が出来なくても離婚でいいと言ったのは向こうで、それは正式に記載されているんだから」

「全くですな。しつこく食い下がったのは向こうだというのに……」

「それに、あの王女さんが刺客《しかく》って、どう考えても無理だろう？　まぁ、閨《ねや》で寝首を掻くくらいなら出来ると思ったのかもしれないけど……」

「それにしたって、当のエリサ王女がジークとの交流を断っているんだろう？　どうやって害そうって言うんだ？」

色んな意見が出たが、確たるものはなかった。マルダーンには二つの文書についての問い合わせをしているが、未だに返事はない。まぁ、送ったばかりだから返事が来るのは先になるだろうし、正直言って真っ当な返事が来るとは思えない。だが、対策を取らないわけにもいかないのだ。

「エリサ王女が他人とすり替わったというのもあり得ませんね。王女の髪は珍しい赤金髪で、あれは亡き母君譲りです。あの髪色の別人を用意するのは簡単ではありません。地毛なのは侍女が確認していますし」

「そうか……じゃ、別人という線は薄いか？」

「身のこなしからして、刺客《しかく》の可能性は低いかと」

「マルダーンから王女に直接連絡は？」

「それもありませんね。この国に来てから一度も。その逆もです」

「ラウラとかいう侍女は？　その者が手引きをしている可能性は？」

「それもないかと。侍女が一人で出かけることもありませんし、接触する人間はこちらが用意した侍女や護衛だけです」

「こちらが用意した侍女と護衛は諜報部に所属する者ばかり。その目を掻《か》い潜《くぐ》って何かをするのはほぼ不可能でしょう」

「それもそうだな」

「エリサ王女に関しては心配ないかと。勿論、監視は続けますが」

「そうだな。それで頼む」

そう、もし王女が俺や側近たちを害する気なら、とっくにやっているはずだ。菓子に毒を入れるなり、やりようはいくらでもあった。

「それからロヴィーサだが、しばらく王宮に保護の名目で留め置いて監視する。彼女に近づこうとする者がいないか気を付けて見ていてくれ。だが止める必要はない。泳がせて裏を探る。彼女に付けた侍女や護衛も諜報部の者で固めてある」

「畏《かしこ》まりました。外出などは許可しますか？」

「そうだな、護衛つきで庭の散策くらいは許可しよう。それと……番《つがい》のふりはまだ必要なのか？」

そう言ってトールに視線を向けると、あいつはにこやかな笑みを浮かべた。食えない奴だ。王である俺をエサにしようと考えるなんて、こいつくらいだろう。

「陛下、本当にロヴィーサは番《つがい》ではないのですか？」

「ロヴィーサが番《つがい》でないのは確かだ。その証拠に、彼女に再会する前に竜玉が現れている」

「左様《さよう》ですか」

ルーベルトの問いにそう答えた。竜玉は竜人が番《つがい》を自分と同じ身体に作り変えるために必要なもので、番《つがい》を認識すると喉元に現れるものだ。あの紙袋に番《つがい》の匂いを感じた直後に出てきた。だからあの匂いの持ち主が番《つがい》なのは間違いない。

「竜玉って、竜人が番《つがい》を認識すると生えてくるってあれか？」

「生えてって……草とかじゃないんだからさぁ……」

レイフの言い草に呆れた視線を向けたのはトールだったが、そこは同感だ。どうにもレイフの表現は微妙というか、独特だ。そこがこいつらしいと言えばらしいのだが。

「それで、エリックまでああなった原因は掴めたのか？」

「今のところはっきりしたものはないんだよねぇ……寝酒の成分を調べているけど、まだ結果は出ていないし」

「ええ〜俺の部下まで貸したのに？　あ〜あ、お手上げかぁ……まるで番《つがい》殺しだよなぁ……」

「……番《つがい》、殺し……？」

考えるより感じる方を重視するレイフがそうぼやくと、トールが呆然と呟いた。何かしら思考に引っかかるものがあったのだろうか。

「……そうか……いや、だが……」

「どうしたトール？」

一人で何かを呟き続けているトールへ不思議そうに声をかけたレイフだったが、次の瞬間、トールはレイフの頭を撫で始めた。

「偉いぞ、レイフ。お前、案外賢かったんだな！」

「はぁ？　何言ってんだよ？　変なもんでも食ったか？」

いつも自分をおもちゃにしているトールから誉め言葉が出てきて戸惑いを感じたらしい。いや、実際は褒めてはいないのだが。そして思いっきり嫌だという表情を浮かべたレイフにまた笑い声を立てたトールは、笑いが収まると話し始めた。

トールが言うには、俺やエリックが陥《おちい》った状態は番《つがい》殺しを飲んだ時と似ているのだという。番《つがい》殺しとは番《つがい》でない者を番《つがい》と誤認させるための薬で、これを飲むと特定の相手を番《つがい》と認識してしまう。こうなると本来の番《つがい》は拒絶され、心を壊したり自死したりすることもあるため、番《つがい》殺しと呼ばれている。今は禁忌薬として近隣国でも製造、販売、取引、使用が一切禁止されているから幻の薬となっていて、詳しいことはわからない。

「では、すぐに調べさせましょう」

「ああ、頼んだよ。出来れば即位の記念日までには片付けたいからね」

「あと一月《ひとつき》しかないが……間に合うのか？」

「間に合わせるんだよ。早くしないと結婚式が来てしまう。それまでにジークの番《つがい》を見つけたいからね」

トールの最後の言葉に俺は複雑な気分になった。番《つがい》を早く見つけたいのに、こんな策に乗らねばならないのだから。このことを番《つがい》が知ったらどう思うかと考えると頭が痛い。それでも会いたい気持ちを抑えるのは難しい。全く、獣人とは度しがたいものだ。

「もしマルダーンが同盟の条件を変えると言って引き下がらなかったら……どうする？」

仲間たちとの情報公交換が終わった後、妻が待っているからと帰ったケヴィンと、まだ仕事が残っているというレイフとルーベルトが出ていった後、トールがそう尋ねてきた。あの封書のことを言っているのは明白だ。

マルダーンの言い分は、同盟締結時の約束を自ら反故《ほご》にするものだった。それなら、この同盟はなかったものとして王女を帰国させた上で、あちらが望んでいた援助なども全て凍結するのが筋だろう。王女との結婚式はまだだから、こちらとしては特に困らない。これで番《つがい》に余計な心配をかけずに済むと思えば、今すぐにでも同盟違反と糾弾《きゅうだん》してもいいのだ。だが……

「同盟を破棄するメリットが向こうにはない。むしろデメリットばかりだ。あれが本当にあの国の真意なのか疑わしい。もしかすると王の周りで何かが起きた可能性はないか？」

「クーデターとか？」

「そこまではいかないかもしれないが……王が病気で臥《ふ》せって、というのはあり得るだろう？　それに、そういうことはお前の方が詳しいんじゃないのか？」

そう、こんなことを聞いてくるのは、トールが何かを掴んでいるからだろう。それを知った上で、俺の意見を聞いてくるのだから性質《たち》が悪い。どうせなら隠している内容を全て話してから聞けばいいものを……

「今のところ、マルダーン国王に異変はないよ。ただ……」

「ただ？」

「番《つがい》が見つからなかった場合についても考えないといけないだろう？」

「何を……」

急に番《つがい》の話に飛んだトールに、俺は答える言葉がすぐに出てこなかった。見つからなかったらなどと不吉極まりない。確かに絶対に番《つがい》が見つかるわけではないが、番《つがい》がいるのはハッキリしているし、俺はまだ諦めるような年でもない。

「……何が言いたい？」

思わず声が低くなったのは仕方ないだろう。こいつは俺の気持ちを理解していると思っていたし、協力してくれていたのだ。今更そんなことを言い出すとはどういうつもりだ。

「万が一の話だから、そういら立つなよ。ただ、番《つがい》が見つからなかった場合、エリサ王女ならいいかな、と思っただけだよ」

「…………」

何が、とは言わなかったが、言いたいことはわかるし、トールの言葉を否定出来なかった。エリサ王女はアンジェリカ王女なんかよりもよっぽど真っ当だと思うし、むしろ人としては好ましい部類に入るのだ。

「同盟を破棄してデメリットが多いのはマルダーンだけど、こっちだって全く困らないわけじゃない。マルダーンの獣人の解放は我が国の長年の悲願だから、出来れば同盟は維持したい。そして、悲願を達成するには三年では短すぎるということだよ」

なるほど、番《つがい》が見つかった場合は仕方ないが、見つからなかった場合は三年後に離婚するとの条件は諦めろと言いたいのか。言い換えれば、番《つがい》が見つからない限りはエリサ王女を妃にしておけと。

だが、それでは……

「それじゃ王女との約束はどうする？　離婚を望んでいるのは王女も同じだろう」

「そうなんだけどね。でも、今回はマルダーンが言い出したんだよ。それならその責任はマルダーンの王女であるエリサ様にもあるとは思わないか？」

「しかし、彼女はあの国では……」

「それだって、我が国には関係ない話だろう？　こっちは王女と婚姻する条件を呑んだのに、反故《ほご》にしようと言い出したのは向こうだ。彼女の責任ではないが、こちらのせいでもないだろう？」

「…………」

トールが言いたいこともわかる。あの封書を理由に王女を送り返し、同盟を破棄してマルダーンに攻め入っても、周辺国は我が国を是《ぜ》とするだろう。元々マルダーンは他国から信用されていないのだから。

それに、あの国に攻め入り属国として、エリサ王女を女王に据える選択肢もある。側妃腹だとしても婚姻の証《あかし》としてやって来た以上、彼女は王が正式に認めた王女なのだ。だったら王位を継ぐのが彼女であっても問題はない。ラルセンが後ろ盾となれば、獣人を解放するのも容易《たやす》いだろう。かなりの労力と時間、金はかかるが、かの国の獣人を解放するためなら国民の支持が得られなくもない。

「エリサ王女だって国に返されたり、傀儡《かいらい》の女王として祭り上げられたりするよりはマシなんじゃない？　形だけでも王妃としてここにいれば、食うに困らないし安全だからね。こっちもマルダーンを属国にするのはかなりの負担になるから、ここら辺が妥協点だろう？」

トールの言うことに反論の余地はなかった。確かに同盟を維持するのがもっとも民《たみ》に負担をかけずに済む方法なのだ。我が国もここ数年天災が続いているから、戦争は負担が大きすぎる。国力が落ちればマルダーン以外の国との関係も危うくなるのは必至だ。

「それにお前、あの子を気に入っているだろう？」

「別に、気に入ってなど……」

「そう？　まぁ、そういうことにしておくけど。でも、番《つがい》が見つかるまでの話だし、エリサ王女は人族だから寿命も短い。王女が子を成せない年になったら解放すればいい。それまでの時間があればマルダーンの獣人の解放も目途《めど》が立つだろう？」

「だが……王女はどうなる？　ずっと国に縛り付けるのか？　あの娘にだって人並みの幸せを求める権利はある」

「王女に生まれた以上、一個人の幸せを求める前に王女としての責務を果たすのが先だろう？」

「それは……」

「お前だって番《つがい》が見つかったとしても、問題のある相手だったら諦めるリスクは負っているんだ。地位や身分がある以上、自由なんて夢物語なんだよ」

わかってはいたが、改めて突きつけられると耳に痛い。確かに公人となった以上、王位を返上したとしても、俺には元王としての経歴が一生ついて回って、本当の意味での自由はない。それはエリサ王女も同じだろう。だが……わかっていてもそれを受け入れられるかと問われれば……また別問題だ。

「エリサ王女には気の毒だけど、死んだことにしても生きている限り自由はないんだよ。マルダーンを手に入れるために、王女を攫《さら》って子を産ませようと考える輩《やから》がいたら？　マルダーンは血統を重視するから、王女に男児を産ませれば王位継承権を主張出来る。俺たちはそんな手は使わないけどね」

「当たり前だ」

「それでも、使おうとする国が出てきてもおかしくない。エリサ王女は世間知らずだからそんなことは思いもしないだろうけど、そうなったら随分悲惨な人生になるだろうね。王族の血が入った子を作るのが目的となれば、相手は王族であれば誰でもいいんだし」

トールの言うことは極端だが、可能性はなきにしも非《あら》ずだった。例えばフェセンなどは小国だが王は強《したた》かな古狸《ふるだぬき》だ。王子の誰かを宛《あて》がってエリサ王女に子を……と考えないとは言えないだろう。残念ながらエリサ王女の顔はアンジェリカ王女とクリフトフ王子に知れてしまった。しかもあの赤金髪は珍しいから嫌でも目立つ。

「あくまでも可能性の一つだけど、心づもりはしておいてよ。もちろん、そうならないように手は尽くすけどね」

そう言ってトールは部屋を出ていった。全く、王になどなっても所詮《しょせん》こんなものだ。自ら納得して王になった自分は仕方がないが、選ぶ権利もなかった王女がこのことを知った時にどんなに心を痛めるかを考えると、胸に苦い思いが広がってじくじくと疼《うず》いた。

ふと、机の中の存在を思い出して、それを取り出す。執務室の机の一番下の引き出しに入れたしっかりした作りの箱には、番《つがい》の匂いがした紙袋が収まっていた。握りつぶしたせいでくしゃくしゃになった袋からは既に匂いは薄れてしまったが、俺にとって番《つがい》と繋がる唯一の品だ。

あれからは、一度もこの匂いを感じたことはない。一体どこの誰が……と思うのだが、匂いの主は霞《かすみ》のように消えてしまった。この匂いを知らなければ、エリサ王女を妃として、妻として見ることも出来たかもしれない。あの王女は先王の妃とは全く違うし、きっとあんな風にはならないだろうから。

「番《つがい》さえ、現れてくれたら……」

それで全てが上手くいくわけではないだろう。それでも、先の見えない鬱屈《うっくつ》とした今よりはマシになる気がする。背もたれに身を預けた俺は、大きく息を吐くと目を閉じた。

◆　◆　◆

エリック様が陛下と喧嘩《けんか》をして謹慎したと聞いてから五日が過ぎました。相変わらず謹慎は解けず、ベルタさんの話では、仕事が片付かず帰る時間が遅くなったと宰相様が嘆いているのだとか。番《つがい》と過ごす時間が減ったからと、ここ数日は宰相様の機嫌が悪いそうです。いつもにこやかでお優しそうな宰相様がご機嫌斜めだなんて……ちょっと見てみたい気がしますわね。そんなことを言ったら……ベルタさんに、怖いもの見たさの好奇心は危険だからやめておくようにと注意されてしまいましたわ。

そして、喧嘩《けんか》の原因になったロヴィーサ様ですが、今は王宮の客間にいらっしゃるそうです。エリック様とのことがあった後、陛下が心配だと言って王宮に留めていらっしゃるのだとか。お陰《かげ》で、やはりロヴィーサ様が番《つがい》なのでは？　と王宮では噂《うわさ》になっているとのこと。でも、陛下や宰相様からは何のお話もなく、ベルタさんやユリア先生も何もご存じないそうです。

そんな中、宰相様に王宮へ呼ばれました。何事かと思いながらお菓子を手土産《てみやげ》に伺うと、また夜会を開くので参加してほしいと言われました。

「夜会、ですか？」

「ええ、今度は陛下の即位を祝う毎年恒例のものです。式典などは結構ですが、夜会だけお願いします」

「夜会だけ……」

その夜会が一番面倒な気がするのですが……王妃である私が参加しないわけにはいかないそうです。また人前に出るのかと思うと気が重いですけれど、十二分に恵まれた生活をしながら義務から逃れるのも、申し訳なくてとても出来そうにありません。


「これは……王妃様」

王宮から離宮に戻る最中の私に声をかけたのは、あのブロム様でした。今はベルタさんもユリア先生もおらず、ついているのは護衛騎士だけです。こんな時に難しい相手に会ってしまったと思いましたが、さすがに無下《むげ》にも出来ません。相手は先王様のご子息で、陛下と王位を競ったほどの実力者なのです。

「そんなに警戒されずとも、何もしませんよ」

私の戸惑いが表に出ていたのでしょうか、ブロム様は苦笑いを浮かべていました。確かにまだ何もされていないのに失礼ですわね。

「そういえば……陛下に番《つがい》が見つかったとの噂《うわさ》がありますが、王妃様はご存じですか？」

「え……」

いきなりの質問に、私は返す言葉がすぐに出てきませんでした。そんな話があるとベルタさんたちから聞いていましたが、そこまで噂《うわさ》になっているのでしょうか……

「私も詳しくは存じませんが、そんな話があると聞きましてね。王妃様とは番《つがい》が見つかったら離婚されると聞きましたが、そうなのですか？」

どうやらブロム様は率直に話を進める方のようです。あまりにも直球すぎて、どう返していいのか困ってしまいますわね。でも……

「そのような噂《うわさ》は初めてお聞きしましたわ。仮にそうなるとしても、今後については陛下と母国であるマルダーンが話し合いの上でお決めになること。私はそれに従うだけですわ」

そうです。この件に関しては私の意思は関係ないでしょう。全ては同盟と絡めての話し合いになるはずで、私はそれに従うだけです。もちろん、陛下には私の希望は伝えていますし、宰相様も私の希望を叶える方向で動いてくださると約束してくださいました。

「なるほど……では、もし陛下の番《つがい》になる方法がある、と言ったらどうされますか？」

「え？」

それはどういう意味でしょうか。番《つがい》とは、なりたくてなれるものではないと聞いています。番《つがい》にまつわるトラブルがなくならない以上、そんな方法があるとは思えないのですが……

「そのような便利な方法があるのですか？」

「さぁ……でも、もしあったら、王妃様は陛下の番《つがい》になることをお望みになりますか？」

「そんな……考えたこともありませんでしたわ」

そうです、そもそも、最初に拒否したのは陛下の方です。あの時の陛下を思い出すと、番《つがい》になれる方法があってもなりたいとは……あまり思えませんわね。

「そうですか」

「あの、何を……」

「いえ、お気になさらず。聞いてみたかっただけですので。それでは」

そう言うと、ブロム様は私の返事も聞かずに行ってしまわれました。一体何だというのでしょうか。正直ブロム様が何を言いたかったのかさっぱりわかりませんでしたが、解放されたことに安堵した私は、この時の会話の内容を深く考えることはありませんでした。

「変な噂《うわさ》が広がっているんだ……」

「噂《うわさ》？」

夜会の打診があった翌日、ベルタさんがそう切り出し、ユリア先生が怪訝《けげん》な表情を浮かべました。

ベルタさんは噂《うわさ》など一蹴《いっしゅう》してしまう方なので、話題にするのは珍しいですわね。でも、そういえば先日ブロム様も、陛下に番《つがい》が見つかったという噂《うわさ》があると仰《おっしゃ》っていました。

「うん。今度の夜会だけど、陛下がとうとう番《つがい》を公表するって。トール様はそのような予定はないと仰《おっしゃ》っているんだけどね。それ以外にも陛下が失脚すると言われているんだよ」

「陛下が失脚？　どうして？」

「そこがはっきりしないから気味が悪いんだよ。先王様の問題を解決したと、陛下を評価する人の方が多いくらいなんだけど……」

「確かに変ね。陛下が即位なさってからは随分落ち着いているのに」

「だろう？　たかが噂《うわさ》だけど、内容が内容だから王宮も騎士団もピリピリしているんだよ。その雰囲気を嗅ぎ取って体調を崩す者も出てきちゃって……」

確かに、陛下が失脚するとは穏やかではありません。番《つがい》の公表がマルダーンとの同盟を反故《ほご》にし、ラルセンに危機を招くと思われているのでしょうか。でもそれは最初から決まっていたことです。となれば、他に理由があるのでしょうか……

「そういえば……昨日、ブロム様もそんなことを仰《おっしゃ》っていたわ」

「え？　エリサ様、あいつに会ったの？」

「ええ、宰相様に呼ばれて王宮に行った帰りに。その時に、陛下に番《つがい》が見つかったという噂《うわさ》があると……」

「ブロム様が？　あの方から話しかけてくるなんて、珍しいわね」

「そうだね。何か企《たくら》んでるんじゃ……」

そんな風には見えなかったので意外な言われようです。陛下などよりはずっと気軽に話しかけてくるタイプに見えましたが。

「まさか、それはないでしょう。最近帰国されたばかりだし。それにしても、陛下とエリック様が同じ相手を番《つがい》と認識していた件も解決していないし、気持ち悪いわね」

「やっぱりそう思う？」

ユリア先生の指摘にベルタさんが同意しましたが、私も同感です。

「ええ。何度も会っているのに同じタイミングというのも意図的なものを感じるわ。何だか……呪いにかかっているみたいね」

「呪いぃ？」

物騒な単語に、ベルタさんが引きつった表情で声を強張らせました。私も呪いなんて聞くと得も言われぬ恐怖を感じてしまいます。うう、こういう話、私苦手なのに……

「それで、陛下のご様子は？」

「……陛下はロヴィーサを番《つがい》だとは言っていない。でも最近は番《つがい》のように扱っていると聞くよ。エリック様のことがあったから心配だと王宮の客間に泊まらせているみたい」

「そう……」

何かあったのでしょうか。またしてもユリア先生が考え込んでしまいました。ヒントになることがあればいいのですが、私にはさっぱりです。元々獣人の知識もなく、この国についてもわからないので、こんな時は何の役にも立てません。

「……そういえば以前、番《つがい》を失った獣人の自死を防ぐための薬の話を聞いたわ……」

「自死を防ぐ薬？」

「ええ。うろ覚えなのだけど、番《つがい》を失って衰弱した獣人に、別の獣人を番《つがい》と認識させる薬の研究がどうとか、ってものだったような……」

「違う者を番《つがい》に……？」

「ええ。もし番《つがい》以外の人を番《つがい》と認識させる薬があったら、今回のようなことも、出来なくはない、わね……」

なるほど、そんな薬もあるのですね。確かに、獣人は番《つがい》を失ったら自死するか衰弱死するケースもあると聞きます。高齢なら仕方ないと思えるでしょうが、若い獣人が亡くなるのは避けたいでしょうし、そのための研究がされていてもおかしくはないですわね。

「じゃ……ロヴィーサはその薬を使って……」

「断定は出来ないわ。その薬も研究中だったはずだし。でも……もしそうだとしたら、今回の件も説明がつくわ。ただそうなると、陛下が心配だわ」

「陛下が⁉」

「ええ。だってロヴィーサが最初に接触したのは陛下でしょう？　一番影響が強く出るのは陛下じゃない？」

「まさか……⁉」

ユリア先生の話にベルタさんが青ざめてしまいました。確かにユリア先生の仮説だと、最初にロヴィーサ様を気にし始めたのは陛下です。ベルタさんは、「ちょっとトール様に相談してくる！」と言って王宮に向かいました。残された私はその後姿を見送りながら、ユリア先生の仮説が何かの糸口になってくれることを祈りました。

ベルタさんがユリア先生の話を宰相様にしたところ、宰相様とケヴィン様は興味深くその話をお聞きになり、こちらでも調べてみると仰《おっしゃ》ったとか。私も早く解決するようにと願わずにはいられませんでした。

それから数日が過ぎ、謹慎していたエリック様も復帰されたそうです。私はいつものメンバーで、王宮のリムの花の庭でお茶をしていました。

「まぁ……誰かと思ったらお飾りの王妃様ではいらっしゃいませんか」

お気に入りのお茶とお菓子を楽しんでいた私たちの会話に飛び込んできたのは、若い女性の声でした。声の方に視線を向けると、そこにいたのはロヴィーサ様でした。今日は濃緑の胸元が開いたドレスをお召しです。プロポーション抜群ですわね。でも、私は清楚《せいそ》系の女性が好みですが……

「こんなところでお茶とは……王宮から追い出されて、お気の毒ですこと」

滲《にじ》み出る優越感を隠しもしないロヴィーサ様に、ベルタさんやユリア先生の表情が明らかに険しくなりました。

「せっかくマルダーンからいらしたというのに、結婚式前に帰国されるとお聞きしましたわ」

「そうですか？　それは私も初耳ですわ」

「まぁ……陛下から何も伺っていらっしゃらないの？」

私が答えると、ロヴィーサ様は大げさに驚かれました。何でしょう……

「ええ、陛下からは何も。番《つがい》が見つかったとは聞いていませんし、帰国の話も出ていませんわ」

嘘です、番《つがい》はもう見つかっているけれど、どこの誰かがわからないだけです。でも、誰かわからないのですから、間違いではありませんよね。ベルタさんからは、陛下はロヴィーサ様は番《つがい》ではないと言っていると聞いていますし。それでもロヴィーサ様が番《つがい》の可能性もゼロではないので、下手に刺激したくありませんわね。竜人は番《つがい》至上主義ですし、反感を持たれればこの国で生きていくのが難しくなってしまいますから。

「まぁ、でもそれも時間の問題ですわ。竜人は番《つがい》至上主義。たとえ一国の王女殿下でも番《つがい》には敵《かな》わないなんて、お気の毒ですこと」

「そのことでしたら、最初から織り込み済みですわ。心配ご無用です」

ちっとも気の毒とは思っていないのは、その表情からばっちり伝わってきました。う～ん、ご自分こそが番《つがい》だと言いたいのでしょうか。陛下のお考えがわからないので、ここは当たり障りなくはぐらかしておくしかありませんわね。そう思ったのですが……

「今度の夜会では、陛下が番《つがい》を発表されるのだとか。王妃様がその地位にいらっしゃるのもそれまでですわね」

どうやらロヴィーサ様は私の答えが気に入らなかったのでしょう。一層居丈高《いたけだか》に厭味《いやみ》ったらしく返してきました。その態度からすると、自分が番《つがい》だということに相当な自信があるようですが……

「ロヴィーサ、王妃様に無礼だぞ」

勝ち誇った様子のロヴィーサ様を、低く、でもはっきりと通る声で窘《たしな》めたのはベルタさんでした。

ベルタさんは狼人で竜人に次ぐ上位種族な上、側近のレイフ様の妹ですし、騎士としてもそれなりに偉い人です。そのベルタさんの圧に、さすがのロヴィーサ様も明らかに狼狽《うろた》えました。

「無礼だなんて……本当のことじゃ……」

そう言いかけたロヴィーサ様でしたが、そのせいでベルタさんの周辺の温度がまた下がったように感じます。かなりお怒りの様子で、これは例のオーラというものが出ているのでしょうか……ロヴィーサ様の強気な表情がすっかり鳴りを潜《ひそ》め、今では顔色も白を通り越して青ざめています。

「エリサ様は番《つがい》ではないとしても、マルダーン王国の王女殿下で、正式な手続きを経《へ》て妃となられたお方。そして、それをお決めになったのは陛下ご自身。お前は陛下のご意思に異を唱える気か？」

「そ、そんなつもりじゃ……でも私は陛下の番《つがい》で……」

「どうしてそう言い切れるんだ？　今まで何度も会っていて一度も番《つがい》だと言われたことがないのに。陛下もお認めになっていないが？」

「そ、それは……」

「番《つがい》を騙《かた》ることは重罪。許可なく陛下の番《つがい》を自称する行為は不敬だとわかっているのだろうな？」

「……」

ベルタさんの追及にロヴィーサ様は何も言い返せず、悔しさを滲《にじ》ませながらも青い顔のまま走り去ってしまいました。役者が違うのは間違いないようです。そしてベルタさん、かっこいいですわ！　でも……

「ベルタさん、あんな風に言ってしまって大丈夫ですか？　もし本当に番《つがい》だったら……」

「あ～平気平気。それよりも接触してきたのが気になるよ。これはトール様に報告しておいた方がよさそうだね」

「ええ、エリサ様の護衛も増やした方がいいかもしれないわね」

「帰りにトール様のところに行ってくるよ。何かあってからじゃ遅いからね」

去っていくロヴィーサ様の姿から目を離すことなく、ベルタさんがそう言いました。何となく不穏な空気になってしまいましたが、もしロヴィーサ様が番《つがい》だったら余計な恨みを買ったことにならないでしょうか。陛下は番《つがい》至上主義の竜人、敵意が私に向けられれば身の危険に繋がります。ずっと心の奥にあった不安が急速に心の中を暗く染めていくのを感じて、私は思わず身を震わせました。

◆　◆　◆

陛下の番《つがい》が見つかりますようにとの願いも虚《むな》しく、あっという間に夜会の日が来てしまいました。

私は前回と同じように前日から王宮に連れてこられ、全身を磨き上げられて夜会仕様に飾られていました。侍女の皆さんの連携が素晴らしすぎて、貧相で地味な私はどこへ？　な状態です。

今日は水色を基調とした、紫と青、黒の指し色が入ったドレスでした。肌はほとんど出さず、スカートは柔らかく微妙な色違いの生地が重なり、ふんわりと広がっています。私の赤みのある金髪は、顔の周りは編み込まれて、後ろでスカートに合せるかのようにふわっと結われました。

これから陛下の即位を祝う夜会ですが、実は昨日から既に式典が行われているのです。王妃は夜会だけなのですが、それでも緊張しますわね。

「エリサ様、今日は絶対に私たちから離れて一人にならないで。控室なども必ず私かユリアを連れていってね」

「わ、わかりましたわ」

ベルタさんの圧に負けて頷きました。どうやらベルタさんはかなり警戒しているようです。でも、ユリア先生や宰相様にも何度も同じことを言われたので、これはかなり慎重に行動する必要がありそうですね。そして陛下にお会いするのも随分久しぶりな気がします。前回の夜会以来でしょうか。あれからはお茶をする機会もありませんでしたから。

今日の陛下の正装はこれまでに見たものとは色違いの、濃青紫を基調としたものでした。その衣装に青みがかった銀の髪が映え、重厚さと威厳が五割は増して見えます。やはり麗《うるわ》しさが際立っていらっしゃいますわね、本当に目の保養になりますわ。

でも、その表情はあまり優れないようでした。ご自身のお祝いの場ですのに、どういうことでしょうか……否定されている通り、やはりロヴィーサ様は番《つがい》ではないのでしょうか。それとも番《つがい》だと思っていらっしゃるけれど、エリック様の件があってそのことを公《おおやけ》に出来ないのでしょうか。最近はお茶をする時間もなくて、その辺りについてお聞き出来ませんでしたが……本当はロヴィーサ様をエスコートしたかったのかもしれませんわね。

でも一応国事ですし、現時点での王妃は私なので、私は陛下のエスコートで会場に入りました。前回の夜会は私のお披露目《ひろめ》だったので私が主役でしたが、今回の主役は陛下です。思ったよりもずっと、私に向けられる視線は少なくなっている気がしました。それとも、陛下が番《つがい》を公表するとの噂《うわさ》のせいで、私を憐《あわ》れんでいるのでしょうか。その可能性は高そうですわね。果たしてどうなることやら……


「国王陛下万歳!!」

「我らの陛下に乾杯!!」

「陛下の御代《みよ》に幸多かれ!!」


会場内の皆様のお祝いの声が津波のように押し寄せてきて、その熱気に押しつぶされそうな気すらしました。やはり陛下は皆様に強く支持され、慕《した》われていらっしゃるのですね。中には我が国の英雄と叫ぶ声まで聞こえます。こんなに熱狂的な支持を受けているのに失脚とはどういうことなのか、私にはさっぱり見当もつきません。

今日の主役は陛下でしたが、私は王妃として、陛下の隣で表情筋の限界に挑戦する勢いで笑顔を振りまいていました。宰相様から、陛下の代わりに笑顔をお願いしますと言われたこともあります。確かに陛下に笑顔を振りまけというのは難しそうですし、あんまり大盤振る舞いすると威厳が損なわれそうですものね。一体何人に挨拶したのかわからなくなるほどこなして、頭がパンクしそうです。明日はきっと、顔が筋肉痛ですわね……

「ジーク様」

挨拶回りを終えた私たちが飲み物をいただいていると、一人の女性が甘ったるい声で陛下の愛称を呼びました。相手は姿を見なくてもわかります。今、王宮内で話題を独占中のロヴィーサ様です。今日は瞳の色と同じ赤紫を基調にしたドレスをお召しでした。相変わらず抜群のプロポーションを披露するかのような、露出がばっちり効いたデザインです。う〜ん、竜人は嫉妬《しっと》深いので番《つがい》が露出することは好まないと聞きますが……あんなドレスを着て大丈夫なのでしょうか。

番《つがい》かもしれないとの噂《うわさ》もあってか、周りの方の視線がこちらに集まりました。うう、ついでに私まで目立ってしまっていますわね。ちょっと逃げたいです。

「……ロヴィーサか」

「陛下、お祝いを申し上げに参りました。陛下の御代《みよ》に心からの祝福を。この国の民《たみ》として、心からの敬愛を陛下に捧げます」

「ああ、感謝する」

うっとりとした熱っぽい目で陛下を見上げながらお祝いの口上を述べるロヴィーサ様に対して、陛下の態度は意外にも素っ気ないものでした。これは、陛下なりの照れでしょうか？　それともやはり王としての立場故《ゆえ》でしょうか？

元よりあまり感情を表に出さない方なので、どうお感じなのかわかりませんわね。陛下が返事をされた後も、ロヴィーサ様は陛下の腕に絡みつかんばかりに、熱心に話しかけていました。そして私のことはガン無視です。潔《いさぎよ》すぎるほどのスルーっぷりです。近くに控えているベルタさんの視線が怖いですわ。

でも、さすがに公式の場でそんなに馴れ馴れしくするのはいかがなものかと思います。いえ、ロヴィーサ様が番《つがい》であれば問題ないのです。何なら今すぐ妃の地位もお譲りしたいくらいですから。

「陛下、お美しい女性を二人も……羨《うらや》ましい限りですな」

陛下とロヴィーサ様のやり取りをぼんやり眺めていた私の耳に、深みのある声が飛び込んできました。前回の夜会でお会いしたブロム様でした。今回はちゃんと最初からいらっしゃいましたわね。

「ブロムか」

「ご無沙汰しております、陛下。しかし、陛下も罪作りですな」

「罪作り？」

ブロム様の不敬と取られても仕方ないような物言いに、周りの人々が息を呑む声が私の耳にまで届きました。あの噂《うわさ》のこともあってか、皆さん興味津々で息を潜《ひそ》めながらブロム様の言葉を待ち構えている様子です。むしろ代弁者として期待しているらしく、早く早くと思っているようにも感じますわ。

「ええ、そうでしょう。番《つがい》でもないのに隣国の王女殿下を王妃に迎え、一方で美しい女性を大事に囲っておられると聞きますぞ」

「困っているわけではない」

「そうですかな？　でも、皆も気づいておりますよ。陛下の番《つがい》がこの女性であると。しかしそのせいで、マルダーンとの同盟が危ういのではありませんか？　陛下の正妃はかの国の王女殿下。いくら番《つがい》とはいえ、その方を差し置いて寵愛《ちょうあい》するなど、かの国に対する侮辱《ぶじょく》と取られる行為ですぞ」

ブロム様の言葉に、会場は息をするのも憚《はばか》られるほどの静寂に包まれました。この一月《ひとつき》余り、王宮を中心に、陛下がこの夜会で番《つがい》を公表するとも、失脚するとも言われていたせいもあってか、皆は陛下がどうお答えになるのかを固唾《かたず》を呑んで待っているようです。

「王妃様との婚姻は同盟の証《あかし》。それを粗略に扱うは彼の国と王妃様を軽んじることに繋がります。王妃様、あなたもそう思われませんか？」

（……えっ？　ええぇっ？）

いきなりブロム様に話を振られましたが、すぐには言葉が出てきませんでした。こんな場面で私にボールを投げないでほしいですわ。いきなり注目を浴びた私は、平静を保つのが精一杯です。番《つがい》が見つかったら離婚する件は、正式にはっきり書かれているのでそこは問題ないのですが……それをここで言ってしまっていいのでしょうか？　そんなことを考えている間にも、皆さんの視線を感じて肌がヒリヒリしそうです。

「……確かに、ブロム様の仰《おっしゃ》ることは一理あります。でも、陛下の、いえ、獣人の皆様にとって番《つがい》がどれほど重要な存在かは、私も理解しています。私は、陛下の番《つがい》が見つかったら潔《いさぎよ》く身を引くつもりですわ」

内心冷や汗が流れて顔が引《ひ》きつりそうでしたが、努めて穏やかな笑顔を作ってそう答えました。これは私の本心でもあります。陛下と番《つがい》の邪魔をする気は微塵《みじん》もありませんから。

「しかし王妃様、それではあなた様の立場がありませんでしょう」

「それに関しては心配ご無用です。私がここに参りましたのは、両国の懸け橋となるため。であれば両国間の心情が悪くなることこそ避けるべきです。陛下やその周りの方が私の存在故《ゆえ》に苦しめば、マルダーンへの心情の悪化に繋がりましょう。それは私の望むところではありません」

私がそう答えると、静かなざわめきが会場のあちこちで上がりました。同盟は両国だけではなく、その周辺の国との関係にも影響する以上、余計な波風は避けたいところです。

「これは異なことを。懸け橋となるために我が国に嫁《とつ》がれた王妃様が、そのようなことを仰《おっしゃ》るとは」

「本能を無視しての婚姻が難しいことは、最初から織り込み済みですもの。この婚姻はマルダーンがラルセン国に対して敵意がないと示すためのものです。陛下は本能に逆らうことになろうとも、我が国の意を汲《く》んでくださいました。であれば、陛下の番《つがい》が見つかった暁《あかつき》に身を引くのもまた、我が国の誠意の証《あかし》と言えましょう」

えっと、こんな感じでいい、でしょうか？　両国は最悪だった関係を目に見える形で改善するため、マルダーン王は実子の王女を送り、ラルセン王は番《つがい》しか愛せないのに王女を娶《めと》った。そしてお互いの幸せと国民感情のために、番《つがい》が見つかった場合は円満解消、の筋書きでいいと思うのですが……これでお互い様にならないでしょうか。

「素晴らしいですね、さすがは単身我が国に嫁《とつ》いでこられた王妃様でいらっしゃる。全く、王妃様が番《つがい》でなかったのは誠に残念でなりません」

そう言ってにこやかに拍手をしたのは、笑顔の宰相様でした。何とか円満離婚について説明しようと試みたのですが、及第点をいただけたと思っていいのでしょうか？

「な……し、しかし、マルダーンは！」

「マルダーン王のお考えは王妃様と同じでいらっしゃる。その証拠に、同盟の調印文書には、陛下の番《つがい》が見つかったら離婚することを是《ぜ》とする一文が盛り込まれています。不幸な政略結婚で国同士の関係が悪化した前例を踏まえて追加したものです」

「な……！」

宰相様の説明に、ブロム様もこの会場にいる皆様も驚きを露《あら》わにし、周囲が騒《ざわ》めきました。でも、確かにそう書かれているのです。

「ですから、陛下に番《つがい》が見つかったからといって、マルダーンとの関係が悪化することはありません。王妃様もそれは重々ご承知。お心の優しい王妃様は、これから現れるであろう番《つがい》の気持ちまで案じてくださり、万事控えめになさっています。なかなか出来ることではないでしょう」

宰相様のその言葉に、会場内は別の意味でまた騒《ざわ》めきましたが…宰相様、それはいい意味で捉えすぎというものです。私が距離を取ったのはそういう意味ではないのですが……これは、嘘も方便というものでしょうか。それでも、皆さんが納得してくださったのならいいのですが。

「ではロヴィーサ嬢が番《つがい》だという噂《うわさ》はどうなのです？　王宮の外でもその噂《うわさ》でもちきりですぞ」

陛下が失脚する材料になりそうな疑惑は晴れた様子ですが、そうなれば気になるのはロヴィーサ様のことでしょう。ブロム様は皆さんを代表するようにそう尋ねられました。かくいう私も、当事者の一人として陛下の言葉を待ちました。どちらも私にとってはとても重要なことなのです。手に汗握る……ってこんな時のことを言うのですね。

「……ロヴィーサは、番《つがい》ではない」

陛下は素っ気なくそう一言答え、会場はざわりと波打ちました。

「おや、これは意外なことを。あんなにお側近くに置いていらっしゃったのに」

「一緒にいたのは確かだが……彼女は番《つがい》ではない」

「そんなはずはないでしょう？　私もそうですが、竜人は番《つがい》以外の女性に興味を持ちません。陛下の彼女への態度は、度を越しておりますぞ。それに、ロヴィーサ嬢はいかがですかな？　陛下を番《つがい》だと感じているのですか？」

「は、はい！　私は陛下が私の番《つがい》だと確信しておりますわ。この胸の高鳴りが私にそう告げております！」

なんと、ロヴィーサ様は陛下を番《つがい》だと認識していたのですね。獣人同士であれば、番《つがい》は互いに惹《ひ》かれ合うと聞いています。ロヴィーサ様がそう言うのであれば、陛下も同様にお感じのはず。確かにロヴィーサ様は他の誰よりも陛下のお心を惹《ひ》いているように見えました。

「ほら、ロヴィーサ嬢もこう申しております。番《つがい》を否定するなど愚かなこと。獣人は番《つがい》なしでは生きていけないのです。それに……陛下には竜玉が現れたと聞きましたぞ」

竜玉、ですか。それは初めて聞く言葉ですわね。一体どういうものなのでしょう。ブロム様の言葉に会場がまた騒《ざわ》めきましたが、竜玉とやらが現れるのはそれほどのことなのでしょうか……

「竜玉は竜人が番《つがい》に出会うと現れるもの。それが現れたというのであれば、ロヴィーサ嬢で間違いないということではありませんか？」

「そうですわ、ジーク様。どうかお心のままに、私をお認めくださいませ。心よりお慕《した》い申しております」

抱きつかんばかりにロヴィーサ様が陛下の腕に撓垂《しなだ》れました。え～っと、一応形上としての正妃の私がいるのですし、そういうことは後でやっていただけないでしょうか……それとも、これが獣人にとっては普通なのでしょうか。

「全く、陛下は何をこだわっていらっしゃるのやら。であれば竜玉に尋ねてみればよろしかろう。もしロヴィーサ嬢が番《つがい》ならば、竜玉は彼女に反応するはずですからな」

ブロム様は挑発するような表情で陛下に告げられました。ロヴィーサ様を番《つがい》にしたくて仕方ない、という風に見えるのは気のせいでしょうか。二人はお知り合いだった感じではありませんが。そしてはっきりしない陛下に焦《じ》れたのか、周りからは「そうだ、竜玉なら……」との声が上がっています。

「確かに、竜玉で確かめるのがわかりやすくていいですね」

意外にもブロム様の意見に乗ったのは宰相様でした。安定のにこやかな表情ですが、何だかこの状況を楽しんでいるように見えるのは、腹黒認定した私の先入観のせいでしょうか……

「ほら、トールもそう言っておりますぞ、陛下」

宰相様の出現に、ブロム様は我が意を得たりと言わんばかりです。一方の陛下は、一層雰囲気が固くなったように見えます。

「私も、はっきりさせたいと思っていたのですよ。国王陛下の番《つがい》は国の一大事。今後の対策を練《ね》るためにも、正確なところを知りたいのですよ」

「そうでしょう、宰相殿の仰《おっしゃ》る通りだ」

「ええ、陛下の番《つがい》を偽るは重罪。ですが、ロヴィーサ殿が陛下の番《つがい》だと仰《おっしゃ》っていたと私も聞いております。ここは竜玉で偽りがないと明らかにしましょう。陛下、どうか竜玉を」

やる気満々の宰相様に促された陛下は全く乗り気ではないようですが、あんなに番《つがい》、番《つがい》とこだわっていらっしゃったのです。早く白黒はっきりさせればいいでしょうに……

「……わかった」

深くため息をついた陛下は衣装の胸元を少し緩めると、服の下から人差し指の爪ほどの大きさの光る何かを取り出しました。それは小さな宝石のようにも見えます。色は、この距離ではちょっとわからないですわね。

「あれが、竜玉……」

陛下が手にした竜玉に、ロヴィーサ様が感嘆の声を上げました。宰相様は先ほどと変わらない笑顔で、ブロム様はにやりという形容詞がぴったりの笑みを浮かべて眺めています。陛下は……安定の無表情です。私も今後の人生に重要な影響を及ぼす瞬間を前に、ドキドキしてきました。

陛下が差し出した竜玉を、ロヴィーサ様は両手で恭《うやうや》しく受け取りました。会場にいる皆さんも私も、固唾《かたず》を呑んで見守っています。

しかし……

しばらく待っても何の反応もありませんでした。え～っと……あれ？

その様子に会場には少しずつ動揺の波が広がっていきます。竜玉を使うとどうなるのか、私にはさっぱりわかりませんが、どうやら皆さんが期待していた変化は起きていないよう、ですわね。

「……そ、そんなっ！」

「……バカな」

最初は喜悦《きえつ》の表情で竜玉を掌にのせていたロヴィーサ様でしたが、いつまで経っても変化がない竜玉に戸惑いの声を上げました。その側でブロム様が何やら呟いています。

「おやまぁ、残念ながらロヴィーサ殿は番《つがい》ではなかったようですね」

動揺が広がる会場内の皆様をよそに、にこやかな表情を崩さずに発言したのは宰相様でした。どうやらこうなるとわかっていた……みたいですわね。落胆なのか何なのかはわかりませんが、会場に騒《ざわ》めきが広がっていきました。

「そ、そんなはずは……も、もう少し待てば……！」

「もうタイムオーバーですよ」

「でも……！」

「私がアルマに竜玉を渡したら、あっという間に反応しましたよ。こんなに待っても何の変化もないのなら……あなたは陛下の番《つがい》ではありません」

竜人であり、既に番《つがい》がいらっしゃる宰相様にそう断言されては、ロヴィーサ様もそれ以上反論出来ないようです。残念ではありますが、どこかほっとしている自分もいます。

「さてロヴィーサ殿。どうして陛下の番《つがい》だなどと言い出したのか、ご説明願えますかな？」

爽《さわ》やかな容姿の宰相様が爽《さわ》やかな笑顔でそう問いかけ、ロヴィーサ様は動揺を隠しきれずに顔を引きつらせています。

「そ、それは……」

「番《つがい》だと主張していたからには、何らかの根拠があったのですよね？」

優しく、それこそ幼子に話しかけるような口調の宰相様に対し、ロヴィーサ様は完全に動揺していますわね。でも、それも仕方ありませんわ……陛下の番《つがい》を偽るのは重罪ですから、もしかしなくてもこれって絶体絶命ですよね。

「だんまりですか？　困りましたねぇ……ああ、そうだ。あなたに会いたいという方がいらっしゃるのですよ」

「え？」

「アンナ！」

「……あ、あんたは……！」

現れたのは黒髪で暗い青色の瞳をした男性でした。杖を手にし、足を引きずるようにして歩いています。男性がまっすぐに視線を向けているのはロヴィーサ様です。これは一体……

「会いたかったよ、アンナ！」

「な、何を……わ、私はあんたなんか知らないわ！」

「は？　何言っているんだよ。俺はお前のためにこうなってしまったのに……」

そう言って男性は自身の身体を見下ろしました。ということは、あの足はロヴィーサ様のせいなのでしょうか？

「マルク殿、あなたが番《つがい》だと言っていたのはこの女性で間違いありませんか？」

「は、はいっ、宰相様。彼女は私の番《つがい》のアンナです。ほら、左耳にほくろが並んで二つあるでしょう？　間違いありません」

「……っ！」

ロヴィーサ様は慌てて左耳に手を当てましたが、どうやら本当のようですね。宰相様のお話では、この男性は一年前、三人の男性とロヴィーサ様を巡って争ったのだとか。その時に大怪我を負い、片足が不自由になってしまわれたそうです。

「何なら他の三人もお呼びしましょうか？　アンナ殿？」

宰相様が安定の笑顔でそう仰《おっしゃ》いましたが、ロヴィーサ様は怯《おび》えの表情を浮かべて俯《うつむ》いてしまいました。その様子からも、この男性の言っていることは真実なのだと感じますわ。それにしても四人もの男性が一人の女性を番《つがい》だと言って争うなんて、陛下とエリック様のようですわね。

「ダレルの事件では、ある特殊な薬が使われていました。それは番《つがい》でない者を番《つがい》だと誤認する薬です」

「……トールヴァルト殿。それは、まさか……」

「そう、そのまさかですよ。禁忌薬となった『番《つがい》殺し』です」

宰相様の言葉に、またしても会場が騒《ざわ》めきました。名前も物騒極まりないですわね。竜玉といい、今日は不思議ワードが次々と出てきて、もはや知らない世界に迷い込んだような気分です。獣人とは本当に不思議な種族なのですね。

「馬鹿馬鹿しい。番殺《つがい》しはもう何百年も前に禁忌薬となり、今や製造法すらもわからぬと聞きますぞ」

宰相様の言葉に異を唱えたのはブロム様でした。

「おや、これは意外なことを仰《おっしゃ》いますな。番殺《つがい》しが今は存在しないなどと、あなたが仰《おっしゃ》るとは思いませんでしたよ」

「……何が言いたい？」

宰相様の言葉に、ブロム様の周りの空気が重くなったように感じました。声のトーンもこれまでに聞いたことがないほどの低さで、まるで威嚇《いかく》しているように聞こえますわね。対する宰相様は……こんな時でも安定した笑顔です。あの笑顔、仮面とか顔に描いたものじゃないですよね？

「では、これはどう説明なさいますか？」

「そ、れは……」

宰相様が取り出したのは、一枚の紙でした。内容が見えませんがブロム様にはわかったらしく、表情が強張ってしまいましたわ。

「これはブロム殿がトーラ国で取引した『番殺《つがい》し』の売買契約書です。いやぁ、驚きましたよ、まさかトーラでこの薬が製造されていたなんてね」

「どうして、それを……」

「かの国に尋ねたのですよ、我が国でこの薬について問い合わせた者はいなかったか、と。そうしたらあっさり教えてくれましたよ。我が国で問い合わせたのは三人です。医療局の研究者と最近番《つがい》をなくした者の家族、そしてブロム殿、あなたです」

「……っ！」

「あなたは、我が国でも研究したいと言って、研究のベースになっている番殺《つがいごろ》しを譲り受けたそうですね」

「……」

「そしてあなたは研究には使わず、ロヴィーサ殿に使った。陛下の番《つがい》になりたいと言っていた彼女にね」

薬がどういうものかさっぱりわからないせいか、話がほとんど見えません。ただ、番殺《つがいごろ》しというものは禁止されていて入手困難だということはわかりました。そして……それをブロム様が手に入れたことも。

ブロム様の余裕のある態度は霧散《むさん》し、今では辛うじて平静を保っているようです。先ほどから宰相様にやられっぱなしですわね。そして何気に楽しそうに見える宰相様、えげつない、との単語がよぎったのは気のせいでしょうか……

「ばっ、馬鹿馬鹿しいっ！　仮にそうだったとしても、そう簡単に陛下には飲ませられまい。陛下には毒見役がついているのだからな」

「そう、陛下には毒見がついています。ですが、毒見役には子を成す能力がなくなった高齢の者がつくのが慣例です。だから仮に飲んだとしても効果が感じられる可能性は低い」

「……」

「あなたは、陛下の寝酒用のワインに薬を仕込んだ。献上したワインも、そのワインを管理する者もあなたの手の者ですから容易《たやす》かったでしょう。その甲斐《かい》あって陛下はロヴィーサ殿を意識するようになったけれど……想定外だったのは、そのワインを飲んだのが陛下お一人ではなかったということです」

「何を……」

にっこり笑う宰相様と、その宰相様を睨みつけるエリック様、そしてエリック様に憐《あわ》れむような視線を向けたレイフ様。三人の間に何かあったみたい、ですわね。

「あの寝酒をエリックも飲んだのですよ。そうしたら、不思議ですよねぇ。これまでロヴィーサ殿に何度も会っていて何の関心も持たなかったエリックまでが、ロヴィーサ殿が番《つがい》だと騒ぎ出したのです。そうですよね、ロヴィーサ殿？」

宰相様の笑顔の問いかけに、ロヴィーサ様がピシッと効果音入りで固まった気がします。

「番《つがい》殺しの効き目は、飲む頻度と薬への耐性によります。しばらく飲まなければいずれその効果も薄れていきます」

「それでエリック殿は……」

「ええ、エリックは陛下よりも薬への耐性が低いからすぐに効果が出た。そして飲まなくなると効果は消えたのです」

なるほど、エリック様がロヴィーサ様を番《つがい》だと言って陛下に襲いかかったのは、薬の効きが強かったせいなのですね。

「で、でも陛下は……」

「陛下は竜人なので元より薬に耐性があります。それにロヴィーサ殿に再会する前に番《つがい》を見つけ、竜玉が現れましたからね。それでより効果が薄れたのでしょう」

「う、嘘……！」

「番《つがい》が見つかっていただと⁉」

宰相様の言葉に、ロヴィーサ様とブロム様がそれぞれに驚きを露《あら》わにしました。

「ええ、そうですよ。陛下はあの夜会より一月《ひとつき》ほど前に番《つがい》を見つけていました。ただ……まだ、どこの誰かはわからないのですけれどね」

「……そ、んな……」

宰相様の説明に、ロヴィーサ様が力なく呟き、ブロム様は眉間に深く皺《しわ》を刻んでいます。

「……ふん！　確かによく出来た話だが、所詮《しょせん》は宰相殿の想像の域を出ないだろう。私がその薬を手に入れたのは、両親のことがあったためだ。それに私はこの前の夜会の日に帰国したばかり。ロヴィーサ嬢のこともこの前の夜会で初めて知ったくらいだからな」

そう言われれば、確かにブロム様の仰《おっしゃ》る通りかもしれませんわ。陛下がロヴィーサ様を気に留められたのはあの夜会からですが、ブロム様はその日に帰ってきたと言っていましたわね。確かにこれだけでは証拠としては弱いのかもしれません。

「ところでロヴィーサ殿、体調はいかがですか？」

「……体、調？」

ブロム様と対峙されていた宰相様でしたが、今度はロヴィーサ様に声をかけられました。質問されたのが意外だったのかきょとんとしていますし、先ほどまでの勢いはすっかり失われています。

「……それは……」

「体調がすぐれないのではありませんか？　あの薬は副作用も酷く、あれを飲み続けた者は長くは生きられません」

「え……？」

その説明に、ロヴィーサ様は目を見開いて宰相様を見上げていました。

「ふ、副作用、って……」

「あの薬はまだ試作段階で副作用が強いそうです。竜人でも二年から四年、草食獣人だと……一年もつかどうか、だそうですよ」

「一年って……そんなことッ！　聞いていないわ！　ブロム様、どういうことですか！　そんな話、仰《おっしゃ》っていなかったではありませんか!!」

突然ブロム様に噛みつくようにロヴィーサ様が叫び始めました。これでは自分たちが犯人だと告白しているも同然です。彼に掴みかからんばかりのロヴィーサ様と、その剣幕に圧《お》され気味のブロム様、そして爽《さわ》やかに口の端を上げてほほ笑む宰相様。三人の間にカオスを見た気がしたのは気のせいでしょうか。そして渦中《かちゅう》の人であるはずの陛下の存在感が、一番薄い気がします。

「う、煩《うるさ》い！　私は知らん！」

「そ、そんな！　陛下の番《つがい》になりたいと言ったら、そうしてやると仰《おっしゃ》ったのはブロム様ではありませんか！」

「何を馬鹿なっ！」

あらまぁ、公衆の面前で痴話喧嘩《ちわげんか》……じゃない、内輪揉《うちわも》めが始まりました。二人のあまりの剣幕に、周りの者も呆気《あっけ》に取られています。ロヴィーサ様は獣人では最弱の兎人と聞きましたが、気の強さだけなら竜人に負けていませんわね。

と、その時です。何か小さな玉のようなものが私の足元に転がってくるのが見えました。ロヴィーサ様のアクセサリーの一部でしょうか。その小さな物体は、ちょうど私のドレスのスカートの裾に触れて止まりました。

皆さん、ブロム様とロヴィーサ様に気を取られて気がついていませんね。高価なものならなくしては困るでしょう。そっと指を伸ばしてそれを拾い上げてよく見ると、その玉は青銀色の中に金色が交じり合っていて、とても複雑で神秘的ですらありました。

（……これって、もしかして、陛下の？）

はっきりとはわかりませんが、色が陛下を思わせるものですし、大きさも先ほどロヴィーサ様が手にしていたものと同じくらいなので、これが竜玉でしょうか？　だとしたら陛下には大切で必要なものですわね。

（……え!?）

竜玉が揺らめいたように見えた途端、光とも靄《もや》ともつかないものが輪郭を覆《おお》い始めました。こ、これって下手に触ってはいけなかったでしょうか……

「陛下、お、お手を……」

私は慌てて陛下に渡そうとしましたが……肝心の陛下が竜玉の変化に驚いて固まっています。

(は、早く手を出してください、陛下ぁ！)

そんな私の心の声などお構いなしに、竜玉は一層揺らめきを増していきました。竜玉の向こうで宰相様たちもその様を見ているのが見えましたが……私は大事なものを壊してしまったのではないかと、もはやパニック寸前です。もし竜玉が壊れたら番《つがい》を見つけるのが困難になってしまうのではないでしょうか？　そうなったらお詫びのしようもないのですが……

「……りゅ、竜玉が……」

背中に嫌な汗が流れ始めました。陛下は固まっていらっしゃるし、竜玉の輪郭が消えていくし、なぜか周りの注目を浴びるし、ブロム様とロヴィーサ様はまだ揉《も》めていますが、ブロム様の視線がこちらに向いたように感じます。何というカオス状態……！　こんな場で注目されるなんて、私、遠慮したいのですけど……！

(……ひえぇっ⁉)

そうしている間にも竜玉の輪郭は薄れ、とうとう指先にあった固い感触がなくなると、光とも靄《もや》ともつかないものが一瞬広がって……消えてしまいました。

(ど、どうしましょう、私……取り返しのつかないことを……？)

周りの皆様は驚きの表情で私を見ています。

「……う、うそよっ！　そんなはずないわ!!」

状況が呑み込めず、そして周りもしん……と静まり返っていた中、突然叫んだのはロヴィーサ様でした。声のした方に視線を向けるとロヴィーサ様は私をまっすぐに見ていました。視線もそれだけで射殺されそうなほどの強さですが……私、何かしたでしょうか？

「……ふ、ふははははは!!」

静寂に包まれた会場で、今度はブロム様が急に大声で笑い始めました。何でしょう、この状況で笑う要素があったとは意外です。陛下と仲が悪かったので、竜玉が壊れたのを喜んでいるのでしょうか……それ、笑っていいところじゃないですよ。会場にいる方もブロム様の思いがけない様子に呆気《あっけ》に取られているようです。

「ああ、陛下。灯台下暗しとはよく言ったものですな。余計な手間をかける必要などなかったというわけか……」

言っている意味がさっぱりわからないのですが、何か妙に納得したらしいブロム様は、数歩揺らめくように下がると、軽食などがのったテーブルにぶつかって踏みとどまりました。

「ロヴィーサ、この役立たずが！　お前は駒にすらならなかった！」

「な、なんですって⁉　へ、陛下、私は、私はこの男に騙《だま》されていたのですっ！　本当です！　私はずっと陛下をお慕《した》いしていただけで……っ！」

いきなりブロム様にバッサリと切り捨てられたらしいロヴィーサ様は、陛下に縋《すが》りつきました。

こうなっては自分も被害者だと主張しないと極刑……でしょうから必死です。

ブロム様はロヴィーサ様たちを見ていましたが……急に視線をこちらに向けてきたため、目が合ってしまいました。その視線はどこかぞっとする色を含んでいて、目の奥は暗く濁っているのにやけに光って見えます。

次の瞬間、私の視界に映ったのは、一直線にこちらに向かって駆け出すブロム様でした。危険を感じて逃げなければ……と思ったのですが、あの目に縫い留められたように動けません。しかも、いやにゆっくりと動いているように見えるブロム様の手に、銀色の何かが光るのが見えました。あれはもしかして……

「……っ！」

「エリサ様っ！」

前から来ると思われた衝撃は、ベルタさんの叫ぶ声と共に横からやって来ました。どうやらベルタさんが私を付き飛ばしてくれたようですが、その衝撃で私はバランスを崩して倒れ込んでしまいました。そのお陰《かげ》で金縛りから解けたものの、ドレスなのですぐに起き上がれません。何とか立ち上がりかけたところで、再びブロム様の姿が迫ってきました。

「エリサ様っ！」

（ああ、もう無理……）

ベルタさんの叫び声を聞きながら目を閉じて、来るであろう衝撃に備えた私でしたが……衝撃は、予想していたものではありませんでした。身体に感じたのは細く固いものではなく、何か大きくて

重たくて固いものに包み込まれる感触です。強い力で押しつぶされそうですし、顔や頭に何やら固いものが当たって痛いのですが……

「陛下⁉」

「さっさとブロムを捕らえろ‼」

「くそっ！　離せぇ‼」

「誰か、早く医者を呼べ‼」

刺されなかった？　と疑問を覚えた瞬間、周りのけたたましい悲鳴や叫び声が耳に届きました。

「ジーク！」と陛下を呼ぶ宰相様の声が一際耳に響いて、私が恐る恐る目を開くと……

目の前にあったのは、濃青紫色でした。ところどころに金や銀、赤や青などの飾りや刺繍《ししゅう》が見えます。これって、もしかして……

「……陛、下？」

「エリサ王女、大丈夫か？」

「……え？　ええ……」

「そうか……よかった」

陛下が私の顔を覗きこんで心配そうな表情を浮かべていました。ベルタさんや陛下のお陰《かげ》でどこも怪我していませんし、ちょっと……いえ、かなりびっくりしただけです。視界の端に何かが光ったのでそちらに視線を向けると……落ちていたのは、赤く染まったナイフでした。あの赤いのは……もしかして……

「エリサ様、大丈夫？　陛下から離れて！」

「ジーク、エリサ様を離せ！」

「医者だ、医者を呼べ！」

「おい、誰か手を貸せ！　ジーク動くな‼」


その後、私は王宮の客間に案内されました。湯浴みをして普段着に着替え、今に至ります。もう真夜中と言っていい時間帯ですが、ラウラとベルタさん、ユリア先生が側にいてくれました。

あれから陛下はすぐに自室に運ばれて治療を受けられました。陛下は私をブロム様から庇ったせいで、背中にナイフを受けてしまったのです。しかもブロム様がナイフを抜き、かなりの出血になってしまったとか。

「エリサ様、今日はこのまま王宮に泊まって。侍女もこっちに呼んだから」

「ベルタさん、陛下は……」

「陛下は大丈夫だよ、竜人だからね。あれくらいの傷なら、すぐ塞がっちゃう」

「でも……」

「本当に大丈夫だって。食事用のナイフだから切れ味は悪かったし、傷口は小さくて深くもなかったよ」

「でも、血が……」

「あれはブロムの馬鹿がナイフを抜いたせいだよ。でも、あの程度なら大したことないよ。竜人はどの種族よりも強くて頑丈なんだから」

「そうよ、あんなの、人族にしたら転んで足を擦りむいたくらいだそうよ」

ユリア先生……ナイフが刺さって血が出たんですから、足を擦りむいたのと同列にするのはどうかと思います。

「時間も遅いし、国王だから大げさなことになっているだけだから。ホント大丈夫だって」

「そうよ、意識もあるし、さっきは夜食も召し上がったと聞いたわ。明日には歩き回っていらっしゃるわよ」

それでも、私のせいでお怪我を……と思うと申し訳なくて、今すぐにでも謝りに行きたいです。それに一国の王でもある陛下が怪我を、それも即位の記念の夜会でなんて、いたたまれなくて胃に穴が開きそうです……

でも今は、怪我をした直後で感染症の危険もあるからと会うのを止められてしまいました。宰相様も、もう夜も遅いから明日にしようと。

「エリサ様も、少しは何かお腹に入れた方がいいよ。スープくらい飲んで」

「ですが、今は……」

「エリサ様、ドレスに着替えてから何も食べていないでしょう？」

「そうね、ちゃんと食べておかないと陛下が心配されるわよ。勿論、私たちもね」

ううん、ユリア先生ったら……陛下や皆さんのことを出されると拒めないとわかって言っていますよね？　確かにそうかもしれませんが……今は本当に食欲がないのです。でも……

「ほら、ちゃんと食べて今日はしっかり寝る！　エリサ様がげっそりしていたら陛下もゆっくり療養出来ないって」

そう言って、ベルタさんに半《なか》ば強引にスープを目の前に置かれてしまったので、私は仕方なくスプーンを手にしました。みんな私が食べるのをじっと見ているので、かえって食べにくいのですが……

（でも、これは食べないと許してもらえないパターンですわね……）

皆さんの優しさが伝わってきて、今度は別の意味で胸がいっぱいになってしまいました。私は渋々ながらもスープを口にしましたが……柔らかく煮込まれたスープは絶品で、あっという間に完食してしまいました。私、思った以上に神経が図太かったみたいです……いえ、食べられる時はしっかり食べろ！　をモットーにこれまで生きてきたのもありますが……

「さ、明日には陛下にお会い出来るから、今日はもう休んで」

「あの、ベルタさん……」

「ん？　何？」

「あの、陛下の……竜玉が……」

そう、陛下の傷も気になりますが、竜玉のことも気がかりです。私のせいで壊れてしまったのですから……傷は治るかもしれませんが、竜玉が元通りにならなかったらどうすればいいのでしょうか……

「……ああ、それもまた明日ね」

「でも……」

「明日。明日にはちゃんと話せるから。今日はゆっくり休んで」

「……」

「ラウラ、エリサ様をよろしくね。私たちがいては休めないだろうから、そろそろ行くね」

「あ、はい。エリサ様のことはお任せください」

「頼んだわ、ラウラ。私たちも今夜は王宮に泊っているから。何かあったらすぐに侍女に言ってね」

「ありがとうございます、お二人もお気を付けて」

「ええ、ありがとう。それじゃ、また明日」

「はい、お休みなさい」

「……お休みなさい……」

お二人が扉の向こうに消えて、ラウラと二人きりになった私は、大きくため息をつきました。緊張がほぐれた気もしますが、慣れない場所で落ち着かないし、一層心細く感じます。ラウラがいてくれるのがせめてもの救いです。

「さ、エリサ様もお休みになってください」

「ええ、ありがとう……」

「……一緒に寝ますか？」

「え？」

「心細いのでしたら、昔みたいに一緒に寝ちゃいますか？　ここのベッド、こんなに大きいですもの」

わざとおどけたように言うラウラは、きっと私を励まそうとしてくれているのね。でも、確かに慣れない場所で一人だと何だか不安です。ここは警備が厳重だと聞きましたが……ブロム様の濁った昏《くら》い目が脳裏をよぎって、またぞくりと寒気が走りました。今になって思い出すなんて……

「……ありがとう、ラウラ。お願い……」

私がそう答えると、ラウラは一瞬だけ意外そうな表情を浮かべました。きっと私が子どもじゃないんだから！　と言い返すと思ったのでしょう。私だって、普段そんなことを言われたらそう答えたでしょう。でも、今は……

「そういうことでしたら！　さ、一緒に寝ますよ！　明日には陛下もよくなっていらっしゃいますよ。竜人の回復力は人族の五倍だっていう話ですからね！」

そう言われながらベッドに追い立てられて、私は久しぶりにラウラと同じベッドで眠りました。本当に……そう、この国に来た直後以来ですわね。あの時も、王宮の客間でしたっけ。そんなことをぼんやり考えている間に、私の意識は白い闇に落ちたのでした。

一夜明けました。最初は陛下のことが気になって全く眠れそうにありませんでしたが、いつの間にか眠っていて、しかもラウラに起こされるまで爆睡するとは思いませんでした。うう……こんな時なのに眠れてしまう自分が信じられません。昨夜だって食欲がないと言いながら、スープを完食していましたわね。私、やっぱり繊細《せんさい》とかそういうのとは無縁のようです。いえ、立派な平民になるなら、これくらい図太くないといけないのでしょうか……

「あんなことがあった直後ですし、今日も大変だと思いますよ。こんな時はしっかり食べないともちません！」

ラウラにそう言われ、そうかもと思った私は、朝食をしっかり完食してしまいました……きっと王宮の食事が美味しかったのもいけないのです。

一晩経ちましたが陛下のお怪我の様子も気になるし、何よりも竜玉を壊してしまったのです。直す方法はあるのでしょうか。既に番《つがい》は見つかっているそうですが、竜玉がないと困るのですよね、きっと……

でも、決して壊そうと思ったわけじゃありません。むしろ大事なものだろうからと拾ったのです。そこは信じていただきたいです。

「エリサ様、よろしいでしょうか？」

朝食や着替えなども済ませた私の元を訪れたのは、昨夜散々黒い笑みを浮かべていた宰相様でした。怪我をされた陛下が訪ねていらっしゃるとは思いませんでしたが、宰相様の訪問に私の緊張は一層高まりました。一瞬だけ宰相様が眉をひそめるのが見えたのですが……陛下の竜玉を壊した罪を問われたりしませんよね？　いつも通りの笑顔ですが、物凄く恐怖を感じるのは昨日の影響でしょうか……

「エリサ様、昨夜は大変お騒がせして申し訳ございませんでした」

「いえ……あの、陛下のお怪我は……」

うう、責任を問われるかもしれませんが、まずは陛下のご容態だけでも聞いておきたいですわ。私のせいで怪我をしたも同然ですもの。

「ああ、陛下の怪我はご心配なく。傷も浅くて済んだので心配いりませんよ」

「でも、血が……」

「まぁ、多少は出血しましたが、微々たるものです。熱もないし、食事も召し上がっています。最近休みがなかったので、休ませるいい口実になったくらいです」

「……そうですか」

どうやら本当に傷は浅く済んだのですね。お会いしてないけれど、宰相様に大丈夫だと言われてホッとしました。背中を刺されたら、私だったらまだベッドの上でしょうが……陛下が竜人で本当によかったです。

「あの、陛下にお会いすることは……」

そうです。無事だというのなら、一目でもお会いして謝罪したいのです。庇ってくださったこともそうですが、竜玉の件を謝らなければ……それに、修復可能かどうかも聞かないと。

「ああ、これから会っていただきます。でも、その前に一つだけよろしいですか？」

「え、ええ……」

な、何でしょうか？　もしかして、返答によっては陛下に会うどころか私も牢に繋がれる、とかじゃない……ですよね？　それとも、王妃として置いておけないから即離婚して出ていけ、と言われるのでしょうか……確かに離婚して平民になりたいけれど、こんな後味の悪い形は望んでいなかったのですが……

「これをご覧いただきたいのです」

そう言って、宰相様は一通の封書をテーブルに置かれました。これは……母国マルダーンの公文書、ですわね。私の婚姻が決まった時のものもこのような模様の用紙だったはずです。手に取っていいのかと戸惑っていると、宰相様が笑顔で頷かれたので、私はその中身に目を通しました。

（こ、これは……）

封書に書かれていたのは、思いもかけないものでした。マルダーンとラルセンの同盟は私と陛下が婚姻関係にあることが必要不可欠で、番《つがい》が見つかったからといって離婚は認めない、とありました。

「ど……どうして……」

この封書が送られてきたのは、私のお披露目《ひろめ》の夜会の後だったとか。今まで知らされなかったのは、この封書が本物かどうかわからず、マルダーンに問い合わせをしていたためだそうです。

「これは予想ですが……マルダーンは返事をする気はない、と私は見ています」

私は宰相様の予測に驚きましたが……一方でマルダーンならあり得るような気がしました。獣人を軽んじているあの国は、ラルセンも軽んじています。彼らにとってラルセンは未だに格下の国なのです。国力が既に追い抜かれている今でも、昔の強国だった頃の名残《なごり》が忘れられないのでしょう。

それに……もしかしたらこれは、私への嫌がらせなのかもしれません。番《つがい》を得たのに離婚出来ない陛下やこの国が、私に憎しみを向けるのを期待して……というのはあり得るような気がします。父王はともかく、義母や義姉は私が幸せになるのを許せないでしょうから。

「それでは……」

「ここからはあくまでも私個人の提案です。もし……陛下に番《つがい》が見つからなかった場合、婚姻を続けることもお考えいただけませんか？」

「婚姻を、続ける……」

「はい。勿論エリサ様に想う相手が出来た場合は、離婚していただいても構いません。ですが……そのような方が現れるまでは、形だけでも妃として留まっていただけないでしょうか？」

それは想像もしていなかった未来でした。てっきり陛下も周りの方々もこの結婚には反対で、私に早く出ていってほしいのだと思っていたのです。番《つがい》が見つかった時、私がいては陛下も番《つがい》も気分が悪いでしょうから。

「一つ現実的な話をしますと、三年ではマルダーンにいる獣人を救い出すには足りないのです。勿論、可能な限りの手は打ちますが、彼らの救出のためには婚姻は出来る限り長い方が望ましいのですよ」

私の戸惑いが伝わったのか、宰相様はそのように仰《おつしや》いました。確かにマルダーン国内の獣人全員を……となれば、三年で終わるなど現実的ではないでしょう。マルダーンにいる獣人を把握するだけでも時間がかかりそうです。

「でも、よいのでしょうか？　ここにいても私は何のお役にも立てませんし……」

「そんなことはありません。同盟が維持されることは、我が国にとっても非常にメリットがあるのです。我が国も盤石《ばんじやく》というわけではありませんから。それにエリサ様は贅沢《ぜいたく》をするでもなく、非常に慎《つつ》ましくていらっしゃる。これまで、浪費家で国庫に負担をかけた王の番《つがい》もいたのです。エリサ様が心配なさることは何もありませんよ」

宰相様はそう言ってくださいましたが……どうしたらいいのでしょうか。ここでの生活が快適すぎて、今の私には断る理由が浮かびません。

「それからもう一つ。もし今、誰かに突然番《つがい》だと言われたら、どう感じますか？」

「え？」

それは思いがけない問いでした。私が誰かの番《つがい》だなんて考えたこともありません。そもそも私は政略結婚でここに来たのです。私だって恋愛や結婚への憧れはありましたが、そういうことはきちんと離婚して平民になってからと思っていました。それでも、自分が番《つがい》だと言われるなんて……

「……そのようなこと、考えたこともありませんでした……」

「では、仮に今、そう言われたらどうします？」

「どうって……私は番《つがい》の感覚がわかりませんし……」

「お嫌ではない？」

「……相手による、と思います。好感が持てるお人柄なら……嬉しいかもしれません」

そうですわね。好ましく思える方だったらあり、でしょうか。

「そうですか、ありがとうございます」

「えっと……何か？」

「ああ、お気になさらず。ただ、エリサ様のお考えが知りたかっただけですから」

そう言って宰相様はにっこり微笑みましたが、今の笑顔は怖いとは思いませんでした。どうしてでしょうか……その理由を考えている間にも、宰相様が陛下の元に参りましょうと仰《おっしゃ》って、私は再び緊張感に包まれました。

その後、宰相様に伴《ともな》われて、私は陛下の私室に向かいました。陛下の私室に入るのは今回が初めてなのも相まって、緊張感に押しつぶされそうです。陛下はご無事と聞いていますが、竜玉を壊したことについてはまだ何も聞けていません。そうですわ、先に宰相様に聞けばよかったですね。でも、急にマルダーンのことや番《つがい》がどうのと聞かれて、すっかり失念していました……

「入るぞ、ジーク」

そう言って宰相様はノックした後、返事も待たずにドアを開けました。部屋に入ると、そこは私室の中でも応接用のスペースらしく、陛下がソファにかけていらっしゃいました。部屋は重厚というか、落ち着いた深みのある濃緑を基調とした部屋で、さすがは一国の王の部屋といった感じです。マルダーンと違って、無駄にキラキラしていないのも上品です。

部屋に入った途端、陛下の表情が僅かに陰ったような気がしました。返事も待たずに入室した宰相様の態度に対してだと思いたいですわ。

「エリサ王女、昨夜はすまなかった」

私が陛下の向かい側に座ると、すぐに陛下が頭を下げられました。そ、そんな、恐れ多いことです……

「あのような騒ぎになってしまったのは、我々の落ち度だ。あなたを危険な目にあわせてしまい申し訳ない」

「あの、陛下に謝っていただくようなことはございません。それに……陛下は私を守ってくださいました。私の方こそ足手まといになってしまい、申し訳ございませんでした」

うう、陛下がお怒りでないのはよかったのですが、謝罪されるのは筋が違います。それでなくてもお怪我をしたのは私のせいなのですから……私は深々と頭を下げましたが、竜玉のこともあって、いっそこのまま土下座したい気分です。

「あなたが謝る必要は何一つない。どうか頭を上げてくれ」

「でも、お怪我を……」

「怪我なら問題ない。医師も大したことはないと言っているし、これくらいなら執務にも影響はない。周りが騒ぎすぎなだけだ」

「でも、お顔色が……」

そうなのです。先ほどから陛下の表情が何となく苦しそうに見えるのは気のせいでしょうか……元より感情を顔に出さない方でいらっしゃるのですが……

「気にしなくていい。それは傷のせいではないんだ」

「そうですよ、エリサ様。竜人は種族の中でも一番頑丈に出来ていますし、治癒力も高いんです。だから気にする必要などありませんよ。顔色が悪く見えるのは、この先に待っている問題のせいでしょう」

宰相様にも重ねてそう言われた私は、それ以上の心配は無用と諭《さと》されているのだと悟り、この件については何も言えなくなってしまいました。陛下の表情は優れないどころか、少し苦しそうにも見えるのですが、ロヴィーサ様やブロム様の件はまだこれからでしたわね。ブロム様とは昔からの知り合いだったと聞いてますし、そんな方が自分を害しようとしていたのですからショックは大きいでしょう。

「ロヴィーサやブロムは牢に入れてある。あの二人が番殺《つがい》しを使ったのははっきりした。取り調べはこれからだが、既にトールがある程度調べているから、ほどなく全容が明るみに出るだろう」

「そうですか、よかったです。あの……陛下やエリック様に副作用は……」

「そちらも問題ない。気がついてからは飲んでいないし、エリックも同様だ。ロヴィーサの後ろにいる奴を炙《あぶ》り出すため、飲んでいるふりをしていただけだから」

「そうでしたか」

どうやら陛下たちはロヴィーサ様の目的に気づいて対策を立てていたようですね。薬の影響がないと言われてほっとしましたわ。そっちの心配が減って、私の気持ちも少し落ち着きました。であれば……

「あの……陛下。昨夜は申し訳ございませんでした。陛下の大切な竜玉を……壊してしまって……」

「……」

「で、でも、決して壊そうと思ったわけじゃないんです。足元に転がってきて、宝石のように見えたから、高価なものならなくしたら大変だと拾っただけで……最初は竜玉だとも思わなくて……その……」

「……そのことなら心配無用だ。気にしていたのなら……すまなかった」

「でも……ないとお困りですよね？　あの、直したりは……」

「ああ、それも問題ない。番《つがい》が……見つかったのだから」

「え……？」

今、陛下は何と仰《おっしゃ》ったのでしょうか？　番《つがい》が見つかった？　昨夜のあの場面でということでしょうか？　一体いつの間にそんなことになっていたのでしょう。そして相手はどなたなのでしょうか。番《つがい》が見つかったから竜玉が壊れても問題ないと？　いえ、あの竜玉がどういうものなのか全くわからないのですが……

「エリサ王女、番《つがい》が見つかった。契約通り……離婚しよう」

僅かな間、陛下は私をじっと見つめた後、まるで噛みしめるようにそう仰《おっしゃ》いました。

「ジーク!!　何を……！」

「もう決めたことだ」

「馬鹿を言うな！　離婚するだと？　そんなことをしたら……」

「それでも、約束は約束だ」

「だが……！」

陛下の言葉に、宰相様が珍しく驚きを露《あら》わにして立ち上がりましたが……陛下はそれを視線だけで制しました。陛下と目が合った宰相様はまだ何か言いたそうでしたが、陛下が首を横に振るのを見ると、宰相様まで小さく頭を振って再びソファに腰を沈めました。

「では……マルダーンにいる獣人はどうなる？　結婚式を終えて体裁《ていさい》を整えた後ならまだしも、今離婚すれば獣人たちの帰還事業にも影響が出るのは必至だ。彼らを……見殺しにする気か？」

「そんなことはしない」

「では、どうする気だ!?　何か策があるんだろうな？」

「……元より番《つがい》が見つかったら離婚を認めるという条件だったのだ。国同士の同盟の条件を、勝手に変える方が問題だろう？」

「それが通じる相手だと本気で思っているのか？」

「手がないわけではない。他国と同調しての働きかけも効き始めている。尚《なお》も拒むなら、力ずくで取り返すまでだ。元々そのつもりだっただろう？　番《つがい》が見つかるまではと、そうしなかっただけで」

「だが……！」

今まで見たことがないほどの陛下と宰相様の厳しい応酬に、私は酷く居心地の悪さを感じました。お二人が揉《も》めている大元は私の母国で、陛下や宰相様だけでなく、母国にいる獣人の皆さんを苦しめているのです。全く、あの国は……いえ、父やその周りの人々は、どうしてあんな風になってしまったのでしょう……

「……トール、今はエリサ王女がいる。この話は後だ」

「だが、エリサ様も無関係ではない。第一、お前の番《つがい》は……」

「トール!!」

宰相様の言葉を遮《さえぎ》った陛下の声は、これまでで最も大きく、威圧感に満ちていて、私は思わず身を固くしました。これが……獣人の王なのですね。私の父も一応王で威厳があると思っていましたが、陛下のそれは比較にならないほど力強く、息をするのも苦しいほどです。

「ああ、エリサ王女、すまない。あなたのせいではないんだ。どうか気にしないでほしい」

「いえ、でも、元はと言えば母国のせいですし……」

「それでも、あなたが望んだわけではないし、あなたも知っていたら止めようとしただろう？」

「も、もちろんです」

「だったら、やはりあなたのせいではない」

そう言っていただけたのは嬉しいのですが……やはり、母国のことでお心を煩《わずら》わせてしまっているのが申し訳ないです。だからといって、私がどうにか出来るはずもありません。あの国では、私などいないも同然の存在なのですから……

それに、竜人にとって番《つがい》はもっとも大切な存在です。私が王妃としてここにいるだけでも、もしかしたら嫌な思いをさせている可能性があります。だとしたら一刻も早く出ていった方がいいのですよね……つい先ほど、宰相様から婚姻を継続する可能性を示され、まだ番《つがい》は見つかっていないと思っていたせいか、陛下のお言葉は現実味がなく、夢の中にいるような不思議な感覚です。

「今まで国の都合で縛り付けて申し訳なかった。契約では一年間は療養していることになるから、まだ完全に自由とはいかないが……今後の生活については私が責任をもって保証しよう。私が庇護者になってもいいし、エリサ王女が希望する者がいるならその者にしよう」

「いえ、今までも十分すぎるほどでしたから……」

「もし王宮が窮屈で居心地が悪いというなら、別の離宮を用意しよう。療養に向いたものがいくつかあったはずだ」

「……そうですか」

「細かいことはトールやケヴィンと相談してくれ。頼んだぞ、トール」

そう仰《おっしゃ》る陛下の表情はいいものとはいえず、何だか早く話を切り上げたそうにも見えました。まだ傷が痛むのでしょうか……それとも、早く番《つがい》になった方の側に行きたいのでしょうか……

「ジーク、だが……」

「もう決めたことだ。番《つがい》が見つかったら離婚するのは、最初に取り決めていたことだろう？」

宰相様はまだ何か言いたげでしたが、陛下は決定を変えるおつもりはないようで、早々に会話を打ち切ってしまいました。私は何も言えないまま、宰相様と共に陛下の部屋を辞したのでした。

陛下の部屋を辞した私は、来た時と同じく宰相様に伴《ともな》われて元の客間に戻りました。部屋にはベルタさんとユリア先生が来ていらして、ラウラと一緒に私を待っていてくれました。

「エリサ様、陛下とは話が出来た？」

「え？　ええ……」

「浮かない顔だね。陛下はなんて？」

「それが……番《つがい》が見つかったから、離婚すると」

「はあぁ!?」

私が答えると、ベルタさんとユリア先生が驚きの声を上げたため、私の方が驚いてしまいました。ラウラも目を大きく見開いています。

「ええっ？　どうして？」

「ちょっと、トール様！　どういうこと⁉」

「そうですわ、どうして離婚する話になるのです⁉」

何だかベルタさんとユリア先生の反応が予想外なのですが。どうされたというのでしょうか……

「あの、陛下に番《つがい》が見つかったらすぐに離婚するというのは、最初に約束を……」

「それは知っているよ。でも、だからって……」

ええと……どうしてベルタさんもユリア先生も憤《いきどお》っていらっしゃるのでしょうか。最初の約束通りなので、むしろ想定内なのですが……

「トール様、どういうことです？　どうして離婚なんて話になるのですか？」

「そうだよ！　だって陛下の番《つがい》は……」

「ベルタ！　陛下の、ご判断です。陛下のご命令を、忘れてはいないでしょう？」

「…でもっ！」

反論しようとしたベルタさんでしたが、陛下に何かを命じられていたのか、それ以上は口にすることが出来ないようでした。それでも、言いたいことが山のようにある様子に見えましたが……それに、陛下の命令とは何でしょうか。

「ああ、エリサ様、申し訳ありません。番《つがい》に関しては、今は誰とは公表出来ないのです」

「どうしてですか？」

「番《つがい》は竜人にとって最愛の者ですが、同時に最大の弱点でもあります。王を害そうとする場合、王本人を狙うよりも番《つがい》を狙う方がずっと容易《たやす》いのです。だから番《つがい》の安全が完全に確保出来るまでは公表しないのですよ。昨夜の夜会に出席した者やあの場にいた者には、厳しい箝口令《かんこうれい》を敷いてあります」

「そうなのですね」

なるほど、それは納得ですわね。竜人はもっとも強く丈夫だそうですが、ベルタさんの話では、竜人の番《つがい》は不思議と弱い獣人や人族が多いとも……だとしたら、番《つがい》を狙った方がずっと簡単ですわね。

「まぁ、私も陛下があんなことを言い出すとは思っていなかったので、正直どうしたものかと思っているのですよ」

宰相様がため息をついて額に指を当ててしまわれました。いつも余裕の笑みを崩しませんのに、これは珍しいですわね。本当に想定外だったのでしょう。

「でも、どうするんですか？　このままじゃ、陛下は……」

「それはこれから考えます。まぁ、もしかしたらとは思っていましたから……完全に想定外ではないので……」

「だったら……」

「問題は番《つがい》のお気持ち次第です。番《つがい》の方が陛下を受け入れてくだされば……万事解決なのですが……」

「あ〜、それは……」

「……」

宰相様の言葉に、ベルタさんもユリア先生も黙り込んでしまわれました。これは……番《つがい》の方は陛下に興味がないということでしょうか……

「陛下の番《つがい》は、陛下を番《つがい》だと感じていないのですか？」

「ええ、そうなのです」

「じゃ、その方が陛下を好きになってくれるようにしなきゃいけないんですね。その方には恋人とかはいないんですか？」

「想う相手はいないようです」

「だったら、よかったんじゃありませんか？」

「は？」

「え？」

何でしょう、宰相様もベルタさんたちも驚いていらっしゃいますが、何か変なことを言ったでしょうか……

「だって、好きな人がいないなら、陛下が頑張って振り向かせればいいのですよね？　だったら、まだ見込みはあるじゃないですか」

「そうね、私も人族だからエリサ様の仰《おっしゃ》ること、わかるわ。人族の恋愛では互いに一目惚れなんて滅多にないわ。片方が好きになって、相手を振り向かせて両想いになるのがほとんどだもの」

「そうですよね。だから陛下も番《つがい》の方に好かれるように頑張ればいいじゃないですか。ああ、でも私がお邪魔ですわね。だったら……」

「いいえ、エリサ様が邪魔なんてことはありません」

「でも……」

「同盟のためにも、エリサ様にはここにいていただきたいのです。今は詳しくお話出来ませんが、私はこのままエリサ様には王妃の座にいていただきたく思っております」

「うん、私もそう思うよ」

「ええ、私もだわ」

宰相様もベルタさんもユリア先生もそう仰《おっしゃ》いますが……今も、陛下は番《つがい》のことで悩まれているのではないでしょうか？　番《つがい》の方がその気がないのだとしても、後で知ったら複雑な気分になるでしょう。それはあまりいいことではないと思うんですが……

「陛下とはこれから話をしてきます。どうかエリサ様は気になさらないでください。それと……あのような事件があった直後ですから、しばらくは王宮でお過ごしいただけますか？」

「え、ええ。それは構いませんけど……」

「ベルタとユリアも、どうかエリサ様をお願いします。少しの間、部屋からも出ないようにしていただけますか？　まだブロムの仲間を全て捕らえたわけではないので」

「わかりましたわ」

王宮の客間に缶詰めはちょっと辛いですが、今はそんなことを言っている場合ではないですわね。

ブロム様が私を狙った理由はわかりませんけれど、王妃である私を改めて狙う可能性がないとはいえません。今はベルタさんやユリア先生もいらっしゃるので、何とかなるでしょう。それに今後について具体的に考えないといけませんわね。楽しみにしていたはずの離婚ですが……居心地がよすぎて残念に思ってしまう日が来るなんて、思いもしませんでした。

宰相様が部屋を出ていかれると、ベルタさんもユリア先生も大きくため息をつきました。何か言いたいことがあるようですが、命令のせいで言えないという感じでしょうか。気にはなりますが……聞けばお二人の迷惑になってしまいますわね。

「エリサ様はどうしたいの？　やっぱり今でも平民になりたい？」

何となく重い空気が漂《ただよ》っている中、ベルタさんがそう尋ねてきました。ユリア先生も同じことをお聞きになりたいのか、私の答えを待っています。私がラウラに視線を向けると、ラウラはいつもの笑みを浮かべました。この笑みは、私の好きなようにしていいと言ってくれる時のものです。ラウラも今の生活を楽しんでいるので、このままでもいいと思ってくれているのでしょう。

「平民になりたいと、ずっと思っていました。私の家族は、母とラウラと、その母の乳母だけで、家族の団らんなどとは無縁でしたから……」

「そうだったね」

「ここだけの話にしてほしいのですが、実はマルダーンが、同盟の条件を一方的に変えてきて……」

「え？」

「同盟の維持には、陛下と私が婚姻関係にあるのが絶対だと……」

「ええ？　何、その勝手な言い分は……」

「そんなことを言ってきたんですか、あの国は！」

「宰相様が婚姻の継続を望まれているのは、それもあったのね」

「それがあるので今は、無理にとは……それに、ここは居心地がよくて……」

そうなのです。同盟の件は言い訳でしかなく、陛下には申し訳ないのですが、私はここが気に入ってしまったのです。勿論、約束なので出ていく覚悟は出来ていますが……最初の頃のように、即出ていきます！　と言い切れない自分に、もしかしたら私は戸惑っているのかもしれません。

ラウラと二人きりになった時、私は今後のことをラウラに相談しました。ラウラは侍女という立場ではありますが、私にとっては姉妹も同然であり家族なのです。彼女の気持ちを無視して行動することなど考えられません。

「ラウラはどう思う？　今でもここを出て平民になりたいって思ってる？」

何となく、この問いはラウラを裏切るような気がして言い出しにくかったのですが、聞かないわけにもいきません。私はずっと、早く平民になりたいと思っていました。生まれた時から決められていた王女とその侍女という関係は、私たちの間に壁を作っているように感じていたからです。

「私ですか？　う～ん、そうですねぇ……ここは安全だし、居心地もいいし、正直出ていくとなると残念かなって思います。平民になれば危険は増えますし、誰も守ってくれませんから」

「そうね」

「最初はあの意地の悪い侍女のような人ばっかりで、この国も居心地が悪いと感じていたんです。だから、さっさと出ていきたいと思っていました」

「ええ、私もそうだったわ」

「でも……今は居心地いいんですよねぇ～、ここ。嫌味を言う人もいないし、ベルタさんたちと過ごすのは楽しいいし、お菓子を作ると凄く喜んでもらえますし。そう思うと出ていくのは……あんまり、ですね」

　確かにラウラの言う通りです。ベルタさんたちの存在は言うまでもなく、ここにいると生活費もお菓子の材料もタダで、キッチンも使い放題です。母国では決して使えなかったちょっと豪華な材料を頼んでも文句を言われませんし、むしろこんなものがありますよ～と侍女や業者の方が教えてくれるのです。それでお菓子のレパートリーが広がって、また皆さんに喜ばれるという好循環は、ここにいるお陰《かげ》です。

「それにここを出たら、ルーベルト様に会えなくなっちゃいますし……」

　ラウラはそう言って両手で頬を押さえてしまいました。そうですよね、ラウラはルーベルト様をお慕《した》いしているので、今はそこが一番引っかかっているのでしょう。私としても、「お姿を見ているだけで幸せです」というラウラを応援したいと思いますもの。

　これまでずっと苦労をかけてきたのに、私を見捨てずに側に寄り添ってくれたラウラなのです。ラウラの幸せも、今の私にとってはとても大切なことです。となれば、陛下には申し訳ないのですが、まだここにいた方が……いいのでしょうか……そうはいっても、それはそれで陛下に申し訳ないですし……う〜ん、困りましたわ……

「……くだ……！」
「……っ……け！　……を……」
「……せぇ！」

何でしょうか？　急に廊下の方から人の声が響いてきました。ここは限られた人しか入れない王宮なので、人の声が部屋まで届くことは滅多にありません。そのような無作法な方はいませんし、そもそも多少の声や靴音は部屋には聞こえないしっかりした造りなのです。昨日の件があっただけに、私とラウラにも緊張が走りました。奥の控室に下がっていた侍女も、それに気がついたのか戻ってきましたわ。どうしたことでしょうか……

「何、かしら？」
「ええ……男の方の声、ですわね。何だか言い争っているような……？」

はっきりとはわかりませんが、聞こえるのは男性の声です。まぁ、元々王宮に女性は少ないですし、そこは不思議じゃないのですが、こんな風に廊下で言い争うのは珍しいですわ。

バッターン!!

どうやら用があったのは、私の部屋だったみたいです。突然ノックもなしに部屋の扉が開いて、そこに現れたのは……レイフ様でした。どうしたのでしょうか。ベルタさんなら先ほど帰られましたが……

そしてその向こうには騎士が二人、レイフ様を必死に押さえようとしているのですが、それでも止められないみたいです。狼人は竜人に次いで強いと聞いていますが、なるほど、納得です。……って、今はそんな悠長《ゆうちょう》なことを考えている場合ではないですわね。レイフ様の様子からして、ただことではなさそうです。

「あの……どうされましたか？　ベルタさんなら先ほど……」

「ベルタはどうでもいい！」

え？　どうでもいいって……ご本人が聞いたらお怒りになるのではないでしょうか？　それでなくても普段から、レイフ様はベルタさんに頭が上がらないように見えましたが……

レイフ様は必死の形相で部屋の中を見回し……ある方向に視線を固定して、驚きの表情を顔いっぱいに浮かべました。ど、どうしたのでしょうか。私とラウラは何だか不穏な空気を感じて、手を取り合ってレイフ様を眺めることしか出来ません。この部屋にご用があるとも思えないのですが……

「見つけた！　俺の番《つがい》！」

そう叫んだかと思ったら、レイフ様はこちらに向かってきて、視線を固定していた相手に思いっきり抱きつきました。

「きゃああ！　な、な、何するんですか～」

「ちょっと、バカ兄貴！　何やってんのよっ‼」

そこに飛び込んできたのはベルタさんでしたが、室内の光景を目にすると固まってしまわれました。あの、これは一体……何が起きているのでしょうか？　ラウラを抱きしめるレイフ様と、部屋に飛び込んだものの固まってしまったベルタさん……私は目の前で起きていることが理解出来ず、しばらく動けませんでした。

「……ちょ、苦しいです……！　い、息がっ！　で、出来ませんっ‼」

「ラウラッ⁉」

「このバカ兄貴！　ラウラを離せ！」

「いい加減にしろ、レイフ！　ラウラ殿を殺す気か！」

そこにルーベルト様まで加わって、お二人が抵抗するレイフ様からラウラを奪還してくれました。ラウラは本当に苦しかったのか、赤い顔をして必死に息をしています。そのラウラの腕をベルタさんが引いて、私の方に引き渡してくれました。

「ラウラは俺の番《つがい》だ！　返せっ！」

「「「はあぁ⁉」」」

「ラウラ、大丈夫？　驚いたでしょう？」

翌日、朝からベルタさんとユリア先生が来てくれました。話題の中心はラウラです。それもそうでしょう、獣人にとって番《つがい》は一大事ですが、選ばれる方だってそうです。人生がかかっているのですから当然ですよね。

「ええ、びっくりしました……」

ラウラも突然のことに、さすがにまだ戸惑っているようです。そうでしょうね、いきなり番《つがい》だ！なんて言われたら私だってびっくりしますわ。それに……

「でも、昨日は番除《つがいよ》けを使っていたはずなのに、どうしてわかったんでしょう？」

「変ね、侍女が忘れたのかしら？　昨日は急にこっちに泊まったから」

「それはあるかも。急だったからね。それにあの薬草も使っていなかったんでしょ？」

「薬草って？」

「ほら、エリサ様に貰った、肌によくてお風呂に入れているって言ってたやつだよ。あれ、匂い消しにもなるんだよね」

「ええっ？」

それは知りませんでした。あの薬草にそんな効果があったなんて。

「あれ使ったら、兄貴にどっか悪いのかって聞かれたくらいだからね。効果はばっちりだよ」

「……じゃ、もしかして……」

ユリア先生は思いついたことがあったのか、そう呟かれると、ベルタさんも何かを感じたのでしょうか、二人で顔を見合わせていました。どうしたのでしょうか？

「え？　あ～何でもないよ。でもラウラ、番除《つがいよ》けはしておいてね。匂いがなければ理性は保てるはずだから」

なるほど、これはラウラのためにも欠かさないようにしなければいけませんわね。

◆　◆　◆

そんなことがあってから、十日ほどが経ちました。私はいつもの離宮に戻り、今は離婚に向けたカモフラージュの最中です。というのも、陛下との契約では番《つがい》が見つかったら離婚し、一年間の病気療養の後、死亡したことにして王女の私の存在を消し、平民エリサになるからです。そのため、今の私は体調不良で静養中という名目なので、庭の散策も出来ない状態です。

宰相様の計画では、二、三か月はここで静養して、その後、王都外の離宮へ移動するのだそうです。すぐに引っ越しかと思いましたが、それだと追い出したように見えてマルダーンが難癖をつけてくる可能性があるのだとか。マルダーンにだけは絶対に知られたくないので、ここは仕方ありませんわ。

「レイフ様も頑張るわねぇ……」

「まぁ、番《つがい》だからね」

「思った以上にマメな方だったのですね。意外でしたわ」

ラウラを番《つがい》認定したレイフ様ですが、あれから毎日ラウラに贈り物が届くようになりました。主に小さな花束やお菓子などです。最初は持ちきれないほど大きな花束や高価なアクセサリーが贈られてきたのですが、さすがにラウラが「こんな高価なものはいただけません！」と断り、ベルタさんからも「考えなし！」と叱られたのだとか。それからはベルタさんが色々ご教授なさったのでしょう、女の子が喜ぶ小物の類《たぐい》が届くようになりました。聞けば獣人には、番《つがい》への贈り物を専門に扱うお店もあるのだとか。そのお店には相手の種族に合せた商品が置いてあるそうです。あのレイフ様が女の子のプレゼントを買いに行くなんて、想像出来ませんわね。ちょっと見てみたい気もします。

「でも、ラウラはどう考えているの？　ルーベルト様が好きだったんでしょ？」

そうなのです。ラウラはルーベルト様に一目惚れしたので、これは困った状況です。勿論ルーベルト様の番《つがい》はラウラじゃないので、ラウラの想いが叶うことはないのですが。

「う〜ん、ルーベルト様は憧れというか、恋愛感情って言うよりもファンって感じでしたし。結婚とかって対象じゃないんですよね……」

「ええ？　そうなの？」

「はい。だって……素敵すぎて一緒にいたら寛《くつろ》げないじゃないですか。離れたところから見ているくらいがちょうどいいかな、って」

「はぁ……それってつまり、舞台俳優に憧れるようなものってことね」

「ああ！　そうですね、そんな感じです」

なるほど、以前ユリア先生が恋に恋しているみたいなものと言っていましたが、本当にそうだったみたいです。

「じゃ、レイフ様は？」

「う〜ん、今は特に。でもエリサ様、もうすぐここを離れるんですよね？」

「え？　ええ。二、三か月先にはそうなると思うわ」

「だったら難しいですね。私はエリサ様のお側を離れる気はこれっぽっちもありませんし。レイフ様は王宮にお勤めなんでしょ？」

「そうだけど……兄さんなら、仕事辞めてでもついていきそう……」

「ええ？　それはダメでしょう？」

「でも、番《つがい》と一緒にいるためなら獣人は何だってやるわよ」

「……そこはぶれないんですねぇ」

「まぁ、獣人だからね」

そう言ってベルタさんが苦笑し、ラウラも少し呆れたような表情を浮かべました。そこまでするなんて、獣人は本当に番《つがい》のことになると一途なのですね。人族と違って浮気も絶対にないから安心ですし、レイフ様は大らかというか、面倒見のいいお兄さんって感じなので、悪くないかも？　と思ってしまいますわ。ラウラがこの国で生きていくなら、こんなに心強い後ろ盾はないでしょう。陛下の側近ですから将来は安泰な気がしますし、レイフ様なら食いっぱぐれることはなさそうです。そうはいっても、一番大事なのはラウラの気持ちです。私のことは気にせず、まずは自分の気持ちを最優先で考えてほしいですわ。

◆　◆　◆

夜会から一月《ひとつき》が経ちました。私は今も離宮で大人しく過ごしていますが……庭の散策もお茶も出来ないため暇で仕方ありません。でも、王都外の離宮に移動した後はここにいる時よりは自由に過ごせるそうです。それまでの辛抱ですわね。

そして、あれから一度も陛下にお会いしていません。王宮にいた時は怪我をされていたのもありますし、今はロヴィーサ様たちの事件の後始末などでお忙しいそうです。ブロム様はかなり大がかりに裏工作をしていた上、罪が発覚しても全く取り調べに協力しないのだとか。王宮の仕入れ業者や勤め人も絡んでいたので、そちらも見直すそうです。

それに……やはり番《つがい》が見つかったので、きっとそのお相手に忙しいのでしょう。竜人はどの種族よりも番《つがい》至上主義ですから、今頃はレイフ様のように番《つがい》になった方に贈り物をしているのかもしれません。あの陛下が番《つがい》にプレゼントを選ぶなんて、ちょっと想像が出来ませんわ。レイフ様は真っ赤になったりニヤニヤしたりしながら選んでいそうですが、陛下は……無表情で淡々と選んでいそうですわね。

そのレイフ様からのラウラへのプレゼントアタックも、相変わらず進行中です。本当に獣人は番《つがい》のことになると一生懸命なのですね。人族でも一目惚れして猛アタック……なんて話もありますが、私の周りには獣人がいなかったのでレイフ様の行動には驚くばかりです。

「兄さんったら、陛下に異動申請を出したらしいよ」

「異動申請？」

「うん、エリサ様が王都外の離宮に引っ越すだろう？　そこの警備をさせろって陛下とトール様に詰め寄ったんだ」

「ええっ？」

「それって、もしかして……」

「勿論、ラウラと一緒にいるため、よね」

「そうなるよね。まぁ、予測はしていたけど……」

ベルタさんとユリア先生がそう言いましたが、そこまでするとは思いませんでした。だって国王の側近ですよ？　一般的に考えたら栄誉な職で皆が憧れる立場です。

でも、元々レイフ様は出世や地位などにはほとんど興味がないのだそうです。今の地位も仲間がいるから一緒にいるくらいの感覚で、どうしてもなりたかったわけじゃない、ラウラと一緒にいるためなら捨ててもいいとお考えなのだとか。離宮の警備につけば仕事中もラウラの側にいられるから……というのが本音のようです。

そのレイフ様を最初は警戒していたラウラですが……毎日プレゼントが届けば気になっても仕方ないでしょう。しかもプレゼントはどれも、女の子が喜びそうな可愛いものばかりなのですから。最初は考えられないと言っていたラウラも、最近は話をするくらいなら……に変わってきました。

まぁ、一番の安心要素は『ベルタさんのお兄さん』であることでしょう。これがあのお腹の黒い宰相様やその縁者なら私も警戒しますが、レイフ様は裏表がないというか、嘘をついても即バレてしまう方なので、ある意味安心なのです。

「本当にレイフ様も懲《こ》りないわね」

「獣人の、それも狼人が番《つがい》のことで懲《こ》りることはないよ」

ユリア先生が感心していると，ベルタさんがきっぱりそう言い切りました。そういうものなのですね、人族にはわかりませんが。

「でも、あんなに一生懸命好意を示されるのは、ちょっと羨《うらや》ましく感じますわ」

「ええ？　エリサ様が？」

「私だって恋愛とかに憧れはありますわ。そりゃあ、今は王妃だからそんなこと出来ませんけど。誰でもいいってわけじゃないですが、レイフ様みたいに好感が持てる人柄の素敵な男性だったらいいな、って思いますわよ」

「あれが素敵って……」

「あら、ベルタはそう言うけど、ああ見えてレイフ様のファンって結構いるのよ。人族の中にはファンクラブもあるくらいだし」

「えええ？　あれにぃ？」

ベルタさんは実のお兄様なのもあってかレイフ様への評価が辛いですが、ユリア先生の言うことが私にはわかる気がします。確かにファンクラブがあってもおかしくないくらい、レイフ様はかっこいいですし、陛下の側近ともなれば超優良物件ですから。

それから数日後、私たちはレイフ様を交えてお茶をしていました。テーブルにはレイフ様が買ってこられた王都で人気のお菓子屋さんのケーキが並んでいます。これは……私たちの分もあるので、外堀を埋める作戦でしょうか。

「レイフ様、王宮のお仕事を辞めると聞きましたが……」

「え？　ああ、うん、そうだよ」

ラウラの質問に、レイフ様が滅茶苦茶優しい笑顔で、いかにも当然といった風に答えました。うわ、何ですか、今の表情は……！　ラウラもそうですが、ベルタさんまでビックリしています。きっとベルタさんも初めて見る表情なのでしょう。そして……何の迷いもなく言い切ってしまうレイフ様、天晴《あっぱれ》ですわね。

「エリサ様がここを出ると聞いたから。ラウラも一緒に行くんだろう？　だから、そこの警備にしてくれって頼んだんだ。そうしないとラウラの側にいられないだろう？」

「そ、それは……」

糖度の高い笑顔でそう言われると、ラウラだけでなくこっちまで照れてしまいますわ。こういうことに慣れないラウラは既に真っ赤です。か、可愛いすぎますわ、ラウラ！　これではレイフ様が余計にメロメロになりそうですわね。案の定……

「……っ！　ラウラ……その表情反則……！」

レイフ様まで真っ赤になって固まってしまいました。ラウラの愛らしさに心臓を鷲掴《わしづか》みにされていますわね、レイフ様。実際、ラウラはとっても可愛いですが。

しかし、何でしょう、この甘酸っぱいような、どこかこそばゆい感じのする空気は……もう、やるなら二人きりの時にやってください！　と言いたくなりますが、それはダメですわね。二人きりにするのは危険ですし、まだ早いです。そう簡単に私の大事なラウラは渡せませんわ。こういうことはちゃんと見極めが必要なのです。

「あ～もう、見てらんない……」

「……全くね」

ベルタさんもユリア先生もさすがにこの空気にはお困りのようです。でも、確かに目のやり場がないというか、居心地が悪いですわ。ただ、皆さんラウラが襲われないかと心配で同席しているので、席を外すのは難しいのです。幸いと言うべきか、今のところレイフ様が暴走しそうになった場面はありませんが……

「仕方ないだろう？　こうでもしなきゃラウラと一緒にいられないんだし。ったく、ジークのせいなんだぞ。あいつが番《つがい》を諦めるなんて言うから面倒なことに……」

「兄さん！」

「え？」

レイフ様の発言に被せるように、ベルタさんがレイフ様を呼びました。ラウラは驚きの表情ですが、ベルタさんとユリア先生は何だか気まずそうで視線が泳いでいます。そしてレイフ様はもっとわかりやすく、口を手で覆《おお》っています。陛下が番《つがい》を諦めると、今言いました、よね、レイフ様？　一体どういうことでしょうか。

「……え、あ、あの……い、今の……はその……」

しどろもどろになっているレイフ様ですが、それでは口を滑らせたと認めたも同然ですわ。こういう素直というか、隠し事が出来ないところがレイフ様の長所ですが、今はそんなことはどうでもいいのです。それよりも……

「陛下は、番《つがい》を諦めるおつもりなんですか？」

「あ……いや、その……」

じ～っと見つめて問いただすと、レイフ様はますます焦ってしまわれました。ああ、これは間違いなさそうです。

「どういうことなんですか？　陛下の番《つがい》は見つかったんですよね？　なのに、どうして諦めることになっているんですか？」

「そ、それは……」

「それは？」

「つ、つまり……」

「つまり？」

「あ、あの……」

「陛下の番《つがい》って、どなたなのです？」

「しょ、しょれは……」

あらら、レイフ様ったら、終いには焦りすぎたのか噛んでしまわれましたわ。じーっと窺《うかが》うように目を見ていると、レイフ様が目をそらしました。

「ベルタさんやユリア先生も……ご存じなのですね？」

レイフ様では埒《らち》が明かないので、今度はお二人に尋ねました。今まで聞いたことはありませんけれど、きっとお二人はご存じなのでしょう。お二人とも、また目が泳ぎましたが……

「……ベルタ、こうなってはもう隠し切れないと思うわ」

「でも……」

「だって、既に竜玉は反応したのよ。ここを出たらあっという間にばれるわ」

「……それは……」

「それに、陛下のためにもならないわ。第一、私は陛下のやり方には納得出来なかったの。今のままじゃ、誰も幸せになれないわ」

「それは、まぁ……」

どうやらベルタさんもユリア先生も陛下の番《つがい》が誰なのかご存じで、陛下の方針には反対のようです。竜人にとって番《つがい》は必要不可欠の存在で、番《つがい》なしでは生きられないと聞いています。せっかく番《つがい》が見つかったのに諦めるなんて、陛下は一体どういうおつもりなのでしょうか……

「エリサ様、知りたい？」

「おい！　ベルタ！」

私に問いかけたベルタさんをレイフ様が止めに入りましたが、ベルタさんが一瞥《いちべつ》するとレイフ様は黙ってしまわれました。この状況を作り出した張本人なので、それ以上は何も言えなかったのでしょう。

そして、知りたいかと聞かれれば知りたいですわ。私には関係ないにしても、いきなり番《つがい》が訪ねてきて文句を言われる可能性もないとは言い切れません。いざという時に番《つがい》や陛下に嫌な思いをさせないためにも、相手を知っておくのは必要だと思います。

「ええ、知りたいですわ」

「でも……知ったら後悔するかもしれないよ？」

「……後悔？」

それは、どういう意味でしょうか。何だか知らない方がいいと暗に言われている気もします。私は知らない方がいいような相手なのでしょうか。でも……

「でも、いずれはわかってしまうんですよね？」

「多分、平民になったらわかると思う」

「では、今聞いても変わらないのではありませんか？」

「……」

王宮では番《つがい》の件については箝口令《かんこうれい》が敷かれていると聞いていますが、それもいずれは市井《しせい》にも広まるのでしょう。私が平民になるまでにはまだ一年以上かかりますが、その頃には広まっているということですわね。

「じゃぁエリサ様。例えば、陛下の番《つがい》がエリサ様だと言われたら……どう感じますか？」

「……は？　私……ですか？」

ユリア先生の示した可能性は、これまで考えたこともありませんでした。だって初めてお会いした時、番《つがい》除けの香水を使っていなかったのに私は番《つがい》だと言われなかったのです。そんな可能性は……

でも、ふとその時、脳裏を掠《かす》めるものがありました。あれは……

「……謁見《えっけん》の時にわからなかったのって、もしかして……」

「……多分、あの薬草のせい、だろうね」

「それでは、陛下の番《つがい》って……」

「エリサ様が誰を思い浮かべたのかはわからないけど、多分、それで合っていると思う」

つまり、陛下の番《つがい》は私……ということでしょうか……言われてみれば確かに、竜玉は私が手にした時に反応していました。ロヴィーサ様の時は何ともなかったのに、です。であれば、私が番《つがい》だと……それでは、あの夜会にいた方はみんなご存じということですわね。陛下の番《つがい》は私で、陛下は諦めると？　どうしてでしょう……

「陛下は……どうして何も……」

仰《おっしゃ》ってくださらなかったのでしょうか……いえ、急にそうだと言われても、私も困ったとは思います。だってそういう対象として見たことがありませんでしたから。でも、だからといって、何も言わずに諦めるなんて……もしかしてマルダーンの王女である私では都合が悪い、ということでしょうか……獣人でも相手に問題があれば番《つがい》であっても諦めると聞きます。それでは……

「陛下は……私が番《つがい》には相応《ふさわ》しくないと……」

「そ、そんなことはないよ！」

「ええ、それはないわ、エリサ様」

「でも……」

でも、獣人が番《つがい》を諦めるのはそういう時だけ……ですよね。だとしたら私は……そこまで陛下に厭《いと》われていたのでしょうか……これはマルダーンが同盟の条件を一方的に変えてきたことも影響しているのかもしれません。そんな国の王女が番《つがい》だなんて知れたら、ラルセンにとってはよろしくないでしょう。番《つがい》のお願いを断れない陛下に、マルダーンが私を使って無理難題を押し付ける可能性もあります。でも……

「……どうしたの、エリサ様？」

私が立ち上がると、ベルタさんが戸惑いを多分に含んだ声で尋ねてきましたが……今はそれどころじゃありません。

「……陛下に、伺ってきます！」

そう告げると、私は陛下にお話を聞くために王宮へ向かいました。後ろでベルタさんたちの声が聞こえましたが、それを振り切るように走ります。どういうことなのか、どうして何も仰《おっしゃ》らなかったのか、どうしても聞かなければいけない気がしたからです。マルダーンとの同盟の件もあります。仮に番《つがい》としては失格でも、形だけでも結婚して、同盟を維持することも出来るのではないでしょうか？　宰相様だって今は同盟維持が一番望ましいのだと仰《おっしゃ》っていたのですから。

私が王宮の陛下のいらっしゃるエリアまで行くと、護衛の方々が驚いてこちらを見ました。それもそうでしょう、体調不良で寝込んでいるはずの私が走ってやって来たとなれば、驚かれても仕方ありません。

「……エリサ様？」

陛下の執務室の近くまで来た時、私は誰かに呼び止められました。声の主は宰相様で、その後ろにはケヴィン様が立っていました。予告もなしに私がここに来たことなど一度もなかったので、お二人とも驚かれていますわ。

「どうされましたか？　ご用ならば侍女に言っていただければお伺いしましたのに」

優しそうな笑みでそう仰《おっしゃ》る宰相様ですが……もしかしたら陛下が番《つがい》を諦めると判断された件には、この方も絡んでいらっしゃるのでしょうか……でも、だったら尚更《なおさら》聞いておかなくてはいけませんわ。同盟のこともですが、あの封書のことも結局あれからどうなったか、聞いていませんもの。

ここで立ち話もなんですから……と言われた私は、宰相様の執務室に案内されました。陛下に会いに来ましたが……まずは宰相様でもいいですわ。むしろ宰相様の方が本当のことを話してくれるかもしれませんし、そうでなければ陛下に直談判するのみです。

「陛下が……番《つがい》を諦めるおつもりだと聞きました。どういうことなんですか？　それに、番《つがい》は……」

「それを聞いて、どうされますか？」

「……え？」

そんな風に聞き返されるとは思ってもいなかったので、私は質問の意味がすぐにはわかりませんでした。どうするって……どういう意味でしょうか……まずは知った上でどうするか考えれば……

「エリサ様は、獣人の番《つがい》への執着《しゅうちゃく》を、具体的にどれくらいご存じですか？」

「それは……」

そう聞かれて、私は答えられる要素がないことに気が付きました。確かにそういう話は聞きましたが、具体的にと言われると……ああ、でも……

「えっと、レイフ様のような？」

そうです。レイフ様の例がありますわよね。あれから毎日贈り物を届け、何かと訪ねてくるレイフ様です。しかも私が離宮に移るのに合わせて異動願を出したと仰《おっしゃ》っていました。そこまでするのかと思っていましたが……あれが執着《しゅうちゃく》だと言われればその通りですわね。

「甘いですね。あんなのは執着《しゅうちゃく》のうちに入りませんよ」

「ええっ？」

私の答えは、ケヴィン様にバッサリ否定されてしまいました。えっと……あれが執着《しゅうちゃく》のうちに入らないって……あんなにマメで甲斐甲斐《かいがい》しいのに？

「一つ、私の話を聞いてもらえませんか？」

戸惑う私にそう仰《おっしゃ》ったのは、意外にもケヴィン様でした。さて、どこから話しましょうか……という前置きに続けて、ケヴィン様が話し始めました。どんな話になるのか、私は思わず身構えてしまいました。何だか……話の内容が重そうな気がしたからです。

「私の妻は……獣人なんです」

「えっ？」

ケヴィン様が既婚者だとは聞いておりましたが、まさか奥様が獣人だとは思いませんでした。

「私の妻は狼人です」

「それじゃ、ベルタさんたちと……」

「ええ、彼女たちとは別の一族ですが、彼女は両親共に狼人の、生粋《きっすい》の狼人です」

「そうなんですか……」

それからケヴィン様は、お二人の馴《な》れ初《そ》めについて教えてくれました。

奥様は今から十年ほど前にいきなりあなたが私の番《つがい》だ、結婚してほしいと押しかけてきたそうです。でもケヴィン様はその時、陛下が即位した直後で仕事が忙しく、結婚など考えられなかったため、丁重にお断りしたとか。

そうはいっても、番《つがい》至上主義は狼人も同じです。ケヴィン様の奥様は諦めるという単語をご存じでなかったのか、それはもう周りがドン引きするほどに猛烈アタックを繰り広げたそうです。しかも職場に差し入れを持ってくる、仕事帰りに待ち伏せる、家に帰れば何かしらの贈り物が届いているなど、いわゆるストーカーレベルの付きまとい。番《つがい》にこだわる獣人にはよくあることなので、ケヴィン様は諦めるまで放置するおつもりだったとか。

そんな奥様でしたが……二年も続けると、さすがにケヴィン様にその気がないことを受け入れるようになったのでしょう。ある日突然、これまで迷惑をかけたと謝罪されて、それからは姿を見ることがなくなったそうです。

それから三月《みつき》が経った頃、今度はその奥様の両親が尋ねてきました。そうして頭を下げて「どうか娘を受け入れてほしい」とお願いされたそうです。あれから奥様はショックで食事も喉を通らなくなり、衰弱していったそうです。最後の手段に番《つがい》を諦めるための薬を飲む……と言い出したため、ご両親が訪ねてきたのだとか。あの薬を飲むと、確かに番《つがい》を認識しなくなりますが、子どもは一生望めませんし、寿命も短くなってしまうのだそうです。

もっとも、獣人の女性は番《つがい》と認識した相手に合わせて身体を変化させるので、ケヴィン様の妻になっても寿命は縮みますが、それでも番《つがい》を得ることは獣人にとって最高の幸せですし、その子を産めるのは最高の栄誉なのだとか。その頃になると多少情が湧いていたケヴィン様は、ご両親の懇願《こんがん》もあって奥様に迎えたのだそうです。

「でも、今は仲良くお暮らしなのでしょう？」

「ええ、まぁ……それなりには」

「じゃ、問題など……」

「……実は、本当に大変だったのはその後だったのですよ」

そう言ってケヴィン様はため息をつくと、遠い目をされました。えっと、どういうことなのでしょうか……

「妻としては申し分ないのですが……嫉妬《しっと》が度を過ぎましてね」

ケヴィン様の妻になれるとわかった奥様はすぐに回復されたものの……その後は焼きもちが高じ

て、周りを巻き込んでの騒ぎを何度も起こしたそうです。ケヴィン様は人族なので番《つがい》の概念がありませんし、親戚や職場の女性とも会話をするのですが、それすらも気に入らず、また他の女性の匂いを付けて帰ると、浮気したんじゃないかと大騒ぎされるのだとか。実際にはそんなことはないのですが、鼻が利く狼人にはちょっとした匂いでも許せないのだそうです。一時期はまだ子どもだったユリア先生にまで嫉妬《しっと》したというのですから驚きです。

「それは……大変でしたね……」

「今でも大変なんですよ」

疲れた表情でケヴィン様はそう仰《おっしゃ》いました。嫉妬《しっと》ですか……でも、レイフ様を見ていると嫉妬《しっと》しそうな風には見えないのですよね。嫉妬《しっと》深さは性格にもよるのでしょうか……

「お陰《かげ》で未だに帰る時は、匂いを確認してから帰るようにしています」

「確認？」

「レイフやトールたちに、他の女性の匂いがついていないか確認してもらうんですよ。私では全くわかりませんから」

なるほど、獣人と結婚するとなると、色々大変なのですね。でも、ケヴィン様と宰相様によると、こんなことは獣人にはよくあることで、宰相様に至っては番《つがい》が外出するのはご自身が一緒の時限定なのだそうです。それはそれでドン引きですが、宰相様の番《つがい》は兎人で番《つがい》の概念が薄いため、他の男性に奪われないか心配で仕方ないのだそうです。

「まぁ、概《おおむ》ね獣人とはそういう生き物なのですよ。とにかく執着《しゅうちゃく》が酷くて嫉妬《しっと》深い。そのため、人族や兎人など、あまりの束縛の酷さに精神を病む者もいます」

「精神って……」

「しかも度しがたいことに、番《つがい》が心を壊しそうになっても止められないのですよ。特に嫉妬《しっと》に溺れるとね……」

それは……ホラーの域ですわね。私が一番気になったのはラウラでした。彼女がそうならないかが心配です……

「ああ、ラウラ殿も対応を間違えると危険でしょうね。レイフも狼人ですから、ラウラ殿が離れていこうとすると何をするかわかりません」

「ええっ？」

「まぁ、レイフは単純バカですし、わかりやすいのでそんな事態にはならないとは思いますが……でも、そういう危険性があるということだけは、ラウラ殿にもお伝えしておいた方がいいでしょうね」

そう言われても、今の話を聞いた後では全く安心出来ませんわ。そりゃあ、ラウラも最近はレイフ様ならいいかも……と思い始めているようですが……

「それよりもエリサ様。陛下の番《つがい》のこと、その様子ならお気づきになったのですよね」

「えっと……あの……」

実を言うと確証はありません。ユリア先生もベルタさんも、私なのだろうと思わせる口ぶりでしたが……そういえば、はっきりと私だとは言いませんでしたわね。

「エリサ様は先王の番《つがい》のこと、ご存じですか？」

「いえ、詳しくは……確か、人族で婚約者がいたのに無理やり番《つがい》にされたと……」

宰相様は、その先王と番《つがい》の件を教えてくれました。最後に起きた凄惨《せいさん》な事件と、それがきっかけで陛下が王に選ばれた経緯もです。

「……陛下は、自分もそうなるのではないかと恐れているのですよ」

「恐れ？」

「ええ。陛下は、竜人は、番《つがい》に強い執着《しゅうちゃく》を持っています。多分、あなたが想像する以上に」

「陛下が？」

「はい。竜人は番《つがい》を人前に出したがらない生き物です。大事に大事に囲って、番《つがい》の世話すらも全部自分でしたがるのです。当然、他の雄を近づけるなど言語道断で、それが番《つがい》の父親や兄弟であろうと変わりません」

「父親にまで……」

「父親や兄弟に嫉妬《しっと》だなんて変だと思うでしょう？　でも、そうなるのが竜人なのです。それに、人族は番《つがい》の感覚がわかりません。そのことが一層不安をもたらすのです。竜人にとって番《つがい》は自分の命よりも大切な存在です。だから失うことを恐れるあまり、より束縛がきつくなるのです」

確かに、それは息苦しいかもしれませんね。身内に会うことにすら嫉妬《しっと》されるなんて、それが一生続くとなると大変でしょう。

「中には囲われることに閉塞感を感じて、逃げ出そうとする者も出てくるくらいなのですよ。ですが、逃げ出そうとすれば一層執着《しゅうちゃく》を深めます。その執着《しゅうちゃく》を甘く見てはいけません」

「でも……」

「……夢を、捨てる覚悟がありますか？」

「え？」

「平民への憧れも、お菓子の店を開きたいという夢も、捨てる覚悟がありますか？」

「そ、それは……」

「番《つがい》になれば、そんな夢も諦めなければなりません。それが嫌なのであれば、このまま何も聞かなかったことにしてお戻りください。それがエリサ様のためです」

そこまで言われてしまうと、私は何も言えませんでした。平民になることも、お菓子の店のことも、母国にいた頃からの夢であり生きる希望だったのです。それを捨てる覚悟など、今の私には到底ありませんでした。

宰相様の執務室を出ると、ベルタさんがいました。私は無言で、そのまま自分の離宮に戻ることしか出来ませんでした。道中もケヴィン様や宰相様に言われた内容が頭の中でぐるぐる回っていました。

離宮では、ユリア先生とラウラが待っていてくれました。

「どうしたんですか、エリサ様？　何か言われたんですか？」

私の心情を汲《く》んだラウラが尋ねてきたので、少しためらいましたが宰相様やケヴィン様に言われたことを話しました。私も気持ちを整理したかったということもあり、話しているうちに少しだけ

落ち着いたようにも感じました。

「番《つがい》になると……夢を捨てなきゃいけないと言われました。それで、覚悟がないなら聞かなかったことにしろと……」

「そ、そう……」

「夢を……」

ベルタさんやユリア先生は言葉少なく、ラウラとレイフ様は黙っていました。ラウラは夢がどれくらい私たちの支えになっていたかを知っているだけに、すぐには何も言えないのでしょう。レイフ様は少し表情を曇《くも》らせたようにも見えますが、宰相様たちの意見と同じということでしょうか。

「多分だけど……束縛されるってこと、言いたかったんじゃないかな……」

「……そうね。実際の意図はわからないけど……確かに竜人は人前に番《つがい》を出したがらないから、番《つがい》になったらお店を出すのは難しいと言われればその通りね」

沈黙が続きましたが、ベルタさんとユリア先生が付け加えるようにそう言いました。なるほど、王妃が国事にほとんど顔を出さないというのも、このせいなのでしょう。

「他には？　何か言われなかった？」

「他ですか……そうですね、先代のようになるのを陛下が恐れていると……」

私がそう言うと、ベルタさんとユリア先生は黙り込んでしまいました。何となく心当たりはあるのでしょう。この国では有名な話だと聞きましたし。

「あ〜獣人は束縛するからなぁ……トールだってアルマのこと、家から出さねーし。まぁ、あそこはアルマが家から出たがらないからいいんだけど。外に出るのが好きなヤツだったらきついだろうなぁ」

「……え？　じゃ、レイフ様も……？」

「ええ!?　い、いや、俺はそこまでは……いや、そんなことしないよ！」

ラウラが戸惑いながら呟くと、慌ててレイフ様が否定しました。ラウラとしては大事なことですよね。家から出してもらえないなんて言われたらさすがに怖いと思いますわ。ベルタさんはじとっとした目でレイフ様を見ていますが……もしそうなったら、ベルタさんが何とかしてくれそうな気がします。

「しっかし、ジークも変な意地張ってないで素直になりゃいいのに。俺だって頑張っているんだから、あいつならもっとうまく出来そうなのに……」

「陛下にだって事情があるんだろう？　仕方ないじゃないか」

「それが変だって言うんだよ。第一、竜人が番《つがい》を諦めて大丈夫なのかも怪しいのに……」

「それは……」

レイフ様の指摘に、ベルタさんも何も言えませんでした。ということは、レイフ様の言う通りなのでしょうね。

「諦めると……どうなるんです？」

「あ～大半は自殺するか、おかしくなるか、衰弱死かなぁ……」

「え？　薬を飲めば大丈夫じゃ……」

「あ～あれ、ジークは竜人だからなぁ、あんま意味ないし……」

「ちょ！　兄さん！」

「いてっ！」

レイフ様をベルタさんが小突きました。確か番《つがい》を諦める時は薬を飲むと聞きましたが、意味がないって……それじゃ、陛下は……

「……私なんかが番《つがい》だったせいで、ご迷惑を……」

「エ、エリサ様……それは違うわ」

「そ、そうだよ！　陛下はそういう意味で言っているんじゃ……」

「でも、マルダーンの王女の私では、この国のためにもなりませんし……それに……」

「それも違うと思うよ。そんなの、番《つがい》だったら気にもしないレベルで……」

ユリア先生やベルタさんがそう言ってくださいましたが……でも、陛下が私をお認めにならないのは番《つがい》として不適格だから、ですわよね。何というか、そこまでのリスクを負って拒否されると……ショック、です。

「ト、トール様の話からすると……推測だけど、陛下はエリサ様の夢を諦めさせたくないんじゃないかな？　夢について、陛下はご存じなんでしょ？」

「え？　ええ、そうですね。お茶の時に何度かその話はしましたけど……」

「だからじゃない？　エリサ様がマルダーンでどう扱われていたかも、ご存じだから」

そうなのでしょうか？　私が番《つがい》として相応《ふさわ》しくないからではなく、私の夢のためだと。そのためにご自身の寿命を縮めることになってもいいと？

「陛下がエリサ様を相応《ふさわ》しくないとか、嫌ってるってことはないよ」

「あ～それはない。ジークがエリサ様のこと気に入ってるの、間違いないから」

「ちょ、兄さん……」

「何だよ？」

「それ、言っちゃっていいの？」

「でも、もう今更だろう？　実を言うと、トールたちもジークにエリサ様と話し合えってずっと言ってるんだ。ジークがエリサ様を気に入ってるのはみんな知ってるから。俺だってラウラのために毎日努力してるんだし、あいつだってそうすりゃいいんだよ。何もしないで諦めるって、さっぱり理解出来ねーよ」

「そりゃあ、兄さんは能天気だから」

「しょうがね～だろう。ラウラが好きなんだから。何もしないで諦めるなんて、そんな真似、絶対無理だね」

　レイフ様がはっきり言い切ると、ラウラがまたしても真っ赤になってしまいました。うわ……不意打ちでこんなこと言われたら、そりゃあ威力倍増ですわね。レイフ様、無自覚というか、わかっていないようですが、とっても熱い告白です。同じことを感じたのか、ベルタさんは額に手を当てていますし、ユリア先生も心なしか目元を赤くして照れている様子です。ええ、相手がいない私たちには刺激が強すぎです……

「陛下と兄さんを足して……二か三で割ったらちょうどいいのかな……」

「それは同感だわ。お二人とも正反対ですもの……」


その日の晩、私はなかなか寝付けませんでした。自分が陛下の番《つがい》だという事実が意外で、実を言うと未だに現実味がありません。はっきりそう言われていないから、というのもあるのでしょう。

宰相様の話では竜玉は私に吸収されたため、私からは陛下の気配がしていて、獣人の多くはそれを感じ取れる状態なのだそうです。陛下のことは……そういう対象として見ていなかったせいもあって、急に言われても……が正直なところです。それもそうでしょう、初対面で番《つがい》ではないと否定され、最初から離婚前提だった私は、それに乗っかって夢を叶えるつもりでずっと過ごしてきたのです。急に番《つがい》だと言われても……正直困ってしまいます。

ただ、考える余地がないのかと問われると……どうなのでしょう……陛下のことは嫌いじゃないですし、むしろ母国の極貧生活から助けてくれた恩人、と感じているのです。初対面では、何この方、と思ったものでしたが、理由を聞けば納得でしたし……それに、ブロム様から庇ってくれたのは間違いありません。

一方で、夢を諦める……のもまだ踏み切れそうにありません。平民になるのはお母様が生きていらっしゃった頃からの夢でしたし、お菓子の店だって今はお店に出す商品の試作をしているくらい具体的に考えていたのです。それに、この夢は私一人ではなく、ラウラの夢でもあります。そう簡単に諦めるのは難しいでしょう。何とか両立する方法はないのか……私は一晩中考えましたが、さすがにこれといったアイデアは閃《ひらめ》きませんでした。

それから三晩、私は陛下とのことを考えましたが……やっぱり打開策が見つかりませんでした。

でも、それも仕方がないと思うのです。だって、当事者である陛下のお考えは、全部推測でしかないからです。レイフ様にも色々お聞きしましたが、陛下はあまりご自身の気持ちを話す方ではないらしく、また人の考えの裏を察するのが苦手なレイフ様は、こういうことはトールに聞いた方が早いんだよなぁ……と仰《おっしゃ》るばかりです。確かに宰相様は同じ竜人ですし、お二人は幼馴染《おさななじみ》とのことなのでお詳しそうです。

とまぁ、こんな感じで全く埒《らち》が明かないので、四日目の朝、私は陛下を訪ねることにしました。当のご本人の考えがわからないのに、そんな中で考えたって意味ないじゃないですか。こういう時は当たって砕けろ、です。

「陛下に会わせてください」

前日にお願いした通り、今朝は朝一でベルタさんにお願いして王宮に連れてきてもらいました。勿論アポなし突撃です。何というか……事前に打診してしまうと、何かと理由を付けて断られそうな気がしたのです。あ、勿論陛下がいらっしゃるのはレイフ様に事前確認済みです。今日になったのも、昨日は陛下が会議で話をする時間がなかったのもあります。

「そう仰《おっしゃ》られましても……」

突然現れた私に、宰相様は驚きを隠せず、エリック様も何事かと言いたげに佇《たたず》んでいます。うう、お二人ともさすがは国をまとめる立場の方ですわね、体格がいいのもあって、そこにいらっしゃるだけで圧に負けそうですが、ここは正念場、私も引けません。それに、これにはラウラの未来もかかっているのです。

「陛下がいらっしゃることはレイフ様に確認済みです。それに、宰相様も私と陛下が話し合った方がいいとのお考えだとお聞きしましたわ」

「それは……レイフが？」

「はい」

私がきっぱりそう答えると、エリック様が額に手を当てているのが視界の端に移りました。宰相様は相変わらず笑顔のままですが、心なしかこめかみが反応したようにも感じます。うん、やっぱり本心が見えない笑顔は怖いですわね。

「……エリサ様、この前もお話したでしょう？　覚悟がないなら……」

「でも、今のままだと陛下にとってリスクが大きすぎますよね？　番《つがい》を得られない竜人は自死するか、気が触れていずれ衰弱死すると聞きましたわ」

「ですが、それは薬で……」

「それも意味がないと聞きました」

レイフ様はそう仰《おつしや》っていましたし、あの後ベルタさんやユリア先生に確認したところ、お二人も渋々ながら認めたので間違いはないでしょう。

「……そこまでご存じでしたか……」

「はい。でも、無理やり聞き出したのは私です。誰も陛下のご命令には反していませんわ」

一応王妃ですからね、命令には逆らえないでしょう。しかも私からは陛下の気配がするらしいですから。

宰相様はしばらく何かをお考えの様子でしたが、私がある程度の情報を得たとご理解したようです。

「陛下に会って……どうされるのです？　番《つがい》になる覚悟が出来たのですか？」

「いいえ」

「覚悟が出来ていないのであれば、面会は許可出来ませんね」

「どうしてですか？　陛下のお話を聞きもしないで、覚悟を決めることこそ無理です」

「人族ではそうでしょう。ですが竜人は違います。だから……」

「違うからこそ、話し合いが必要なんじゃありませんか？　相手のことをああだろう、こうだろうと勝手に決めつけて、それで話を進めたって意味がありませんわ。竜人でも人族でも、一人一人性格も考え方も違うのですから」

「それは……まぁ、確かに」

言いたいことはわかった……という感じの宰相様でしたが、まだ納得はしがたい様子です。何か事情があるのでしょうか……そうはいっても、離婚するにしたって一度はお会いする必要があるでしょうに。

「何か……お会い出来ない理由があるのですか？　怪我がまだ治っていないとか？」

「怪我は問題ありません。三日目には執務に戻っていたくらいですから」

「じゃ、他に？」

「……あると言えばありますし、ないと言えばないのですが……」

宰相様にしては珍しく歯切れが悪いですが、どうしたというのでしょうか……宰相様がエリック様の方に視線をやっています。エリック様は小さなため息をつき、せっかくエリサ様の方から出向かれたのですから……と力なく答え、宰相様もまた、一つため息をつかれました。

「わかりました。でも、条件があります」

その条件とは、宰相様が立ち会うことでした。私としては別に困らないし、むしろ二人きりでは話しづらそうなので有難いです。夜会の翌日にお会いしたきり、もう一月《ひとつき》以上お会いしていないのでちょっと不安だったのです。

陛下は今、ご自身の執務室で執務中とのことでした。執務室の前まで来ると、相変わらず宰相様は気安く、「ジーク、入るぞ」と声をかけて返事も待たずに中に入ってしまいました。いや、これで陛下に逃げられる可能性は減りましたが……大丈夫でしょうか？　押しかけてきた私が言うのもなんですが、穏便に話し合いをするなら、最初の印象は大事だと思うのです……いえ、これはもしかしたらいつも通りで、一番いい展開かもしれませんわね……あの宰相様が話し合いを拗《こじ》らせる真似はなさらないでしょうし……

「何だ、トール。ノックくらいし……」

宰相様の向こうに、執務机に向かっている陛下の姿がちらっと見えました。私に気付いた陛下は言葉を詰まらせ、無表情なはずのお顔にさざ波のように驚きが広がるのを感じました。そ、そんなに驚きますか……何だか複雑な心境です……

「……お久しぶりです、陛下。ごきげんよう」

「……エリサ……姫……」

陛下の動揺が移った気がしますが、私は陛下の前まで歩み出ると、カーテシーをして挨拶をしました。「話し合いは気合で負けちゃダメよ」とユリア先生に言われたので、このカーテシーもその一環です。

「……どういうことだ、トール」

驚きが鎮《しず》まると、陛下は初めて聞く地の底を這《は》うような低い声で、宰相様に問いかけました。これは……かなりお怒りかもしれません。うう……事前からこれでは、話し合いになるのでしょうか……少し不安になってきましたわ……

「どうもこうも、エリサ様が話をしたいと訪ねていらっしゃったのです」

「だが……」

「エリサ様にもお戻りいただくように申し上げましたが、エリサ様が話もせずに勝手に決めつけて事を進められるのは本意ではないと仰《おっしゃ》いますもので」

えっと、その言い方だと私が我儘《わがまま》を言っているように聞こえませんか？　いえ、その通りではあるのですが……でも、もうちょっと言い方というものが……陛下の圧に負けて、早くも自信が削られていく気がします。で、でも、ここで負けてはいけませんわ……！

「エリサ王女……どうなさったかは知らないが、離婚はあなたが望んでいたことだ。準備は順調に進んでいる。何も心配いらない」

私の動揺を感じ取られたのでしょうか？　陛下は先ほどの険しい雰囲気を収めて、穏やかな声でそう仰《おっしゃ》いました。ええ、確かに離婚は私が望んだことで、そこは間違いありません。でも、それが陛下の犠牲《ぎせい》の上に、となれば話が違います。

「陛下の恩情に感謝します。確かに陛下の番《つがい》が見つかったら離婚とお約束しましたわ。でも……それは番《つがい》が私以外の第三者だった場合。私が番《つがい》となれば、話が全く変わってくるのではありませんか？」

私は緊張でふらつきそうになる足を心の中で叱咤《しった》しながら、声が震えないように努めて冷静に、陛下をまっすぐに見てそう告げました。その言葉の意味を理解した陛下が、信じられないものを見るような目で私を見上げていました。

さすがにここでは……ということで、陛下の執務室の脇にあるソファに移動しました。侍従がお茶を淹《い》れて下がると、室内には私と陛下、そしてベルタさんと宰相様の四人になりました。陛下と一対一で話がしたかったので、宰相様とベルタさんは執務用の机を挟んだ反対側のソファで待機していただいています。

この数日、私だって色々考えました。これからのこと、ラウラとレイフ様のこと、陛下のこと、自分の夢、番《つがい》になった後のことや、ならなかった時のこと。お母様だったら、乳母だったらどう言うだろうか、なんてことも。ラウラやベルタさんたちにも相談しましたが、最終的には私自身のことなので、私が決めなければいけません。王女として、王妃として、そして私一個人としてどうすべきなのか。もしかしたら……今までで一番頭を使ったかもしれません。

しかし、結局は陛下が何をお考えなのかがわからなくて結論には至りませんでした。そう、これは私一人の問題ではないのです。だからこそ私は、陛下のお考えや気持ちを聞くのは必要不可欠だと思い、こうして話をしにきたのです。

向かい合っている陛下は、相変わらず威厳があって座っているだけで絵になりますわね。でも、前にお会いした時に比べてお痩《や》せになったようにも見えます。お疲れなのか、顔色もよろしくありません。色んな問題が山積みだとレイフ様も言っていたので、実際かなりお忙しいのでしょう……そのせいなのか、いつもは綺麗に後ろで一纏《まと》めになっている青く輝く銀の髪も、今日は少し乱れた印象です。

「どうして……私が番《つがい》だったと、教えてくれなかったのですか？」

一番聞きたかったことを、まず尋ねました。陛下に何を尋ねるかは、この三日間ずっと考え、聞き逃しのないようにとリストを作って吟味《ぎんみ》してきたのです。ただ……緊張しすぎて、半分くらいはもう頭から抜け落ちている気がしますが……

「……隠したつもりはない」

無表情で私と視線を合わせようとしない陛下が、ようやくそう一言仰《おっしゃ》いました。長く待った割にそれだけですか……しかも、微妙に答えになっていない気がします。

「でも、私が知ったのはつい先日です。これは知らなくて済むような軽いことではないと思いますが？」

「……あなたが手にしたことで竜玉は消えていった。その事実がある以上、説明など不要だろう」

「……でも……」

「あの会場にいた者は全て理解していた。当たり前のことをわざわざ口にしないだろう」

なるほど、確かにそう言われてみればそうかもしれません。夜の後には朝が来るなんて、誰だってわざわざ言ったりしませんわね。でも、それはこの国の常識であって、私の常識ではありません。

「陛下、常識は国によって違いますわ。マルダーンの常識がこの国でも常識ですか？　そんなことありませんよね？」

「確かに……一理あるな」

「だったらなぜ、何も仰《おっしゃ》らなかったのです？　国同士の同盟だって関係しているのですよね？　マルダーンにいる獣人たちの生命もかかっているのでしょう？　なのに、どうして相談もなく……」

「……相談したら、何かが変わるのか？」

「え？」

陛下から逆に問われて、私は一瞬何を言われているのかわかりませんでした。

「仮に相談したとして、あなたは夢を捨てられるのか？　あなたの方こそ離婚を望んでいただろう。なんせ初めての顔合わせであれだけの条件を提示されたのだ。この国に来る前から、離婚するつもりだったのだろう？」

「そ、れは……」

そこを指摘されると、何も言えませんでした。確かに最初から白い結婚と三年後の離婚を望んでいたのは私ですし、この婚姻を利用してマルダーンから逃げることを計画していたのも間違いありません。番《つがい》しか愛せないという竜人の陛下の特性を利用して、ちゃっかり目的を果たそうとしていました。

「あ、あの時は……そう思わなくて……だから……」

「そう、あなたは望んでいない、最初から一貫して。だったらこのままで何か問題が？」

突き放すように放たれたその冷たい言葉は、確かにその通りでした。私は一貫して陛下と離婚する気満々でいました。だって、私がいても邪魔になるだけですから……でも……

「でも、私が番《つがい》なのですよね？」

「……望んでいない番《つがい》だ……」

望んでいない……その言葉は淡々としたものでしたが、なぜかとても私の心を抉《えぐ》りました。迷惑だとばかりの言い方をされるなんて、想定外でした。

「でも……それじゃ、陛下は……」

「……別にあなたが気に病む必要はない。竜人には時折あることだ」

つまらなさそうに、どうでもいいことのようにそう仰《おっしゃ》った陛下に、私は何だかたまらない気持ちになりました。私には、その言い方は自分の身体や人生などどうでもいいと言っているように聞こえたからです。

「……気に病むなって……ほ、本気で仰《おつしや》っているんですか？」

思わず出た声は、震えて情けないものでした。ああもう、どうしてこんな時に私の声は震えてしまうのでしょう。しかも、色々伝えたいことがあるのに、思うように言葉が出てこないのも腹立たしくすらあります。

「あなたとは同盟のために仮の婚姻を結んだに過ぎない。最初に言っただろう、愛することはないと。だったらあなたも私のことなど気にせず――」

「気にするに決まっているじゃありませんか!!」

自分から出た声は思った以上に大きくて、私は立ち上がっていました。私が急に大声を出したせいでしょうか、陛下が面食らっています。

「気にするなって、本気でそんなこと出来るって思っているんですか!?　出来ないからこうして話をしにきたのに！」

「……」

「そ、そんな後味の悪いこと、出来るはずないじゃないですか！　聞きましたよ、竜人は番《つがい》を失うと耐えられなくて自死するか、気が触れて衰弱死してしまうと。薬だって意味がないって！　それがわかっているのに気にしないなんて、寝覚めの悪いこと、出来るはずないじゃないですか！」

「だが、あなたのせいではない」

「当たり前です！　私のせいにされても困ります。でも、陛下のせいでもないでしょう？　自分で選べるものじゃないんだもの」

「そうだ。だからあなたも気にせずに――」

「だから、それが出来ないんです！」

もう、どうしていちいちそっちの方に話が行くのでしょうか？　私、話し合いに来たのであって、全否定を聞きに来たわけじゃないんですが。後ろ向きな話は苦手なのです。

「とにかく、このまま知らん顔なんて出来ません」

「だが……」

ここまで頑《かたく》なに否定するということは、私をそこまでお嫌いなのでしょうか……そりゃあ世の中には、どう頑張っても生理的に受け付けない相手はいると思いますが……ああもう、この際ですからここでハッキリしてください！

「……陛下は……そこまで私がお嫌なのですか？」

「……な……何を言って……」

「だって、そこまで否定されたら、そうとしか思えませんわ。生理的に無理なら無理と、受け付けないと、そうはっきりそう仰《おっしゃ》ってください！」

「誰もそんなことは……」

「じゃ、私のこと、どう思っていらっしゃるんです？　好きか嫌いか、はっきり言ってください‼」

「好きに決まっているだろう‼」

陛下が叫ぶようにそう言って立ち上がりました。シン……と室内から音が消えて、時間が止まったような感覚さえしました。私は今、何と言ったのでしょうか？　そして陛下は、何とお答えになったのでしょう……目の前の陛下は呆然《ぼうぜん》としています。何だか勢いでとんでもないことを口走ってしまった気がして、背中を嫌な汗が流れるのを感じました……

「いや〜素晴らしい！」

互いの発言に固まってしまった私と陛下でしたが、その間に割り込んできたのは宰相様の明るい声と拍手でした。ギギギ……と音がしそうなぎこちなさで私が宰相様の方を向くと、満面の笑みで拍手をしながらこちらに向かってくる姿が見えました。そ、そういえばここには宰相様とベルタさんもいらっしゃいましたわね……しかも今の会話もばっちり聞かれていたのですね……

宰相様は陛下の側まで行かれ、私はその様子を唖然として見ていました。今後の展開が全く読めず、しかもあの宰相様ですから不安しかありません。素晴らしいなんて言っていますが、恐ろしいですわ……

一方の陛下は立ち上がったまま、宰相様の方を向いています。変わらず呆然としていますが……こちらも感情が全く読めなくて怖いですわ。も、もしかして不敬だ！　なんて言われるのでしょうか……確かに途中からは陛下に対する言葉遣いじゃなかった気がします……

「ジーク、いい加減諦めろ」

「……トール……だが……」

しみじみと告げる宰相様に、陛下はまだ動揺から抜け出せないようにも見えました。いつも冷静沈着な陛下のこんな姿は……初めてです。

「たった今、自分で言っただろうが。エリサ様が好きだと、好きに決まっていると。そうだったな、ベルタ？」

「はい、確かに陛下はそう仰《おっしゃ》いました」

ベルタさんは立ち上がると、騎士らしく右手を胸の前に添えてそう答えました。これは騎士が自身の名にかけて発言をしているという証《あかし》で、裁判で証言するレベルの重みがあります。

「そういうわけだ、ジーク。お前の本音は俺とベルタが聞き届けた」

お二人にそう言われてしまった陛下は、まだ戸惑っているようでした。えっと、陛下、私のこと好きだったんですか……？　それもビックリです。えっと……

「エリサ様、色々お手を煩《わずら》わせて申し訳ございませんでした」

「いいえ、今まで誰もジークから本音を引き出せなかったのです。さすがは番《つがい》ですね」

「いえ、私は何も……」

「番《つがい》……だからなのですか？」

「そうです。竜人にとって番《つがい》は至上の存在。番《つがい》から命令されれば何だってしてしまうのが竜人の業なのです」

「命令したわけでは……」

「まぁ、確かに命令ではなかったでしょう。でも、獣人は番《つがい》に嘘はつけませんからね。結果こうなったということです。しかし、エリサ様の前向きな行動力は素晴らしいの一言に尽きますね」

「は、はぁ……」

「それに、ジークは考えすぎる上に、どうにも後ろを向きがちなのです。その前向きな勢いでどうかジークを頼みます」

そう言って宰相様が頭を下げられましたが……えっと……

「あの……陛下は私を嫌っていたのでは……」

「そんなはずありませんよ。今お聞きになったでしょう？」

「ええ、聞きましたが……」

「ジークがエリサ様を好きなのは間違いありません。前にもお話しましたが、そうですねぇ……他の者の目に触れないように閉じ込めて独り占めし、食事や入浴など全ての世話を自分の手でやりたいくらいには、好きですよ」

「……なっ！」

にっこり笑って、当然だと言わんばかりの宰相様でしたが……な、何ですかそれは。あまりにも重すぎてドン引きです。それに陛下がそんな風に思っているなんて、とても信じられないのですが……

「竜人の愛はそれくらいが普通ですよ。まぁ、社会生活が送れるくらいに抑える理性はありますからご心配はいりません」

「……心配しかないのですが……」

「それが竜人ですから諦めてください」

「諦めてって……」

「だから申しましたでしょう？　覚悟もなく近づかないようにと。でも、どうやらエリサ様もジークのことは憎からず思っているようですし、問題なさそうですね。いやぁ、こうも上手く収まるとは思いませんでした」

　宰相様はこの上なく上機嫌ですが……上手く収まったって、どこら辺がでしょうか？　全く丸く収まったようには感じません……

「ああ、後はお二人でゆっくり話し合ってください。陛下も、今日の執務はお気になさらず。では、ごゆっくり」

「え、あの……」

「トール……待て！」

　私たちが引き止めるのも構わず、宰相様とベルタさんはさっさと出ていってしまいました。ベルタさんは少し不安そうな表情を見せましたが……それでも異議を唱えなかったので、気持ち的には宰相様と同じなのでしょう。

　しかし……お二人がいなくなってしまったせいで、酷く、ええもう、息をするのも苦しいほどいたたまれない空気になりました。陛下は何も仰《おっしゃ》いませんし、私もこういう時、どうしたらいいのか皆目見当が尽きません……

「……エリサ王女……」

「……は、はいッ！」

「……ひとまず……座ろうか」

「そう、ですわね……」

急に名を呼ばれて、思わず声が裏返ってしまいました。陛下の方に視線を向けると相変わらず無表情ですが……とりあえず私たちは座り直しました。気持ちを落ち着けようと目の前のお茶を一口含みます。冷えてしまったお茶ですが、今の私にはちょうどいいですわ。でも、は、話し合うって何を話せばいいのでしょうか……宰相様はゆっくり話し合えと仰《おっしゃ》いましたが、陛下と話が弾んだ記憶がないだけに、私は何と話しかけていいのかわからず、胃が痛くなりそうです。

「……その……すまなかった……」

重くて気まずい沈黙の後、いきなり陛下が謝ってこられましたが……

「それは……何に対しての謝罪なのでしょう……」

そうです。正直言って、謝っていただく理由が全く思い浮かびません。情況が呑み込めていませんし、まだ混乱している、のでしょう。

「……正直、一言で片付けられるものではないと思っている……謝って済むレベルではない……」

力なくそう仰《おっしゃ》ると、陛下は目元を手で覆《おお》って項垂《うなだ》れてしまわれました。う～ん、でも、本当に謝っていただくことはない気がします。まぁ、望んでいない番《つがい》だと言われたのはちょっとショックでしたが……私の方も失礼な発言を繰り返していましたし。むしろ仕事中に突撃して、言いたい放題だったのは私です。でも……今の陛下を見ていると、もっと違う意味のようにも感じますわね。

「謝っていただくことは、特にないと思うのですが……」

「だが……私はあなたを傷つけただろう。あなたのことをずっと避けていた……」

「……私もそうでしたが……」

「大事なことを何も話さなかったし……」

「……私もですわ……」

「自分の……都合を押し付けていた……」

「そこも……同じですわ」

えっと、何というか、これってお互い様で、やっぱり謝っていただくことじゃないと思うのですけど……いえ、むしろ放っておいてほしいと最初に念を押したのは私の方です。それを謝られるのはちょっと、いえ、大分違うように思います。

「それに……閉じ込めて自由と……夢を、奪ってしまうかもしれない……」

「それは……」

う～ん、今のところ夢を捨てるつもりはありませんし、これからも閉じ込められる人生は勘弁です。そこは全力で遠慮したいですが……

「でも陛下、まだそうなっていませんよ？　どうして最初からそうなると決めてしまうのです？」

「それは……」

「陛下には陛下のご希望があるでしょうけど、私だって閉じ込められるのは全力でご遠慮しますわ。けれど、そういうことって話し合って、お互いの妥協点を見つければ何とかなるんじゃありませんか？」

「……」

「人間関係って、お互いにちょっとずつ歩み寄りながら、適度な距離を見つけていくものだと思うのです。そりゃあ、最初から上手くなんていきませんから、時には喧嘩《けんか》することもあるでしょうけど……でもそうやって仲良くなるものではありませんか」

そう、ここに来た時だって周りはみんな敵みたいなものでしたが、今は仲のいい友達も出来たし、侍女や護衛とも親しくなって楽しく過ごしています。ラウラだってレイフ様とは全く交流がなかったのに、今ではいい雰囲気です。

「……私はただ、傷つけたくないのだ……」

「傷つけるって……私を、ですか？」

「……ああ。私は……自分が恐ろしいのだ……」

「それは私が人族で、先王様の番《つがい》のようになるかもしれないから、ですか？」

私がそう尋ねると、陛下はハッと顔を上げて私を凝視《ぎょうし》しました。しばらく私を見つめていた陛下でしたが、そうだ……と呟いてまた俯《うつむ》いてしまわれました。宰相様やベルタさんたちから聞いていましたが……陛下はかなり先王様と番《つがい》のことに囚われているようです。これは恐れ……なのでしょうか……

「でも陛下。私は先王様の番《つがい》ではありませんよ？」

「だが、あなたは人族だ……」

「……だけど、無理やり連れてこられたわけじゃありませんし……」

「そうだが……」

「婚約者どころか、恋人もいませんし……」

「……」

「それに私、まだ陛下の妃なんですけど？」

私がそう言うと、陛下は再び顔を上げられました。何だか酷く驚かれていますが……変なことを言ったでしょうか……でも、何も間違っていません……よね？

「あの、ですね。いきなり番《つがい》だと言われても困ると言えば困るんですが……いえ、嫌という意味ではなくて、急でビックリしたって意味です。だからって最初から全否定するつもりはなくて……」

「……」

ええと、困ると言ったら陛下が酷くショックを受けた様子なので、そこは否定します。陛下って、何事にも動じない方だと思っていましたが、その捨てられた子犬のような反応は意外すぎです。何だか私が苛《いじ》めているみたいなんですけど？

「私の侍女、あ、ラウラというんですけど、あの子が今、レイフ様に番《つがい》だって言われまして……」

「ああ、らしいな……」

「実を言うと、彼女も最初は引いていたんですが……」

「そうだろう。人族からしたら理解しがたいものだ」

「でも、一月《ひとつき》以上も毎日プレゼントを貰ったりして、最近はちょっと絆《ほだ》されているというか……いいかな、って言い始めていて……」

「……そうか……レイフが……」

陛下が僅かに表情を緩めましたが、これはレイフ様がいい方向に向かっているためでしょうか。

だったら……

「だから、私たちも、少しずつ距離を詰めていけたら、と思うのです」

私がそう言うと、陛下は一瞬だけ目を見開きました。そして、しばらく何かを考え込んでいられましたが、最後に、ああ、そうだったのか……と呟かれました。

◆　◆　◆

「ああ、あなた……ただ一人、あなただけを愛していますわ……」

そう言って、既に息絶えた元婚約者の短剣で喉をかき切ったその人は、赤く血塗られた惨状《さんじょう》にそぐわない恍惚《こうこつ》の笑みを浮かべていた。どんな時も表情を変えることなく、感情など存在しないように見えていたあの人が、周りに見せた最初で最後の『生きている』姿だった。

――その人は、先王の番《つがい》で、ブロムの母親だった――

目が覚めると見慣れた寝室の光景が目に入った。いつの間にか眠っていたらしい。ブロムに刺された傷口がじくじくと疼《うず》く。夢を見たのは……ブロムと血に濡れたナイフを目にして、閉じていた記憶が呼び起されたせいだろうか……

指一本分ずれていたら致命傷だったが、運がいいのか悪いのか、重傷というほどではないと医師には言われた。現状を思えば運が悪くてよかったものを……と考えてしまう。

ブロムに刺された翌日、番除《つがいよ》けなしで会った王女は、間違いなくあの紙袋の匂いの持ち主だった。あんなにも恋焦《こ》がれたはずの相手はすぐ側にいたのだから、笑い話にもならない。どうして……との思いが何度も押し寄せるが、過ぎたことは今更どうしようもなかった。エリサ王女の匂いは、麻薬や媚薬《びやく》のように俺の理性を蝕《むしば》んだ。「あなたが番《つがい》だ、俺の唯一だ」と叫びそうになるのを何とか押し殺し、早々に話を切り上げた俺は、寝室に逃げ込んだ。あれ以上あの部屋にいたら、湧き上がる衝動を抑えきれなくなりそうだったからだ。

「どういうつもりだ！　離婚するだと！　自分が何を言っているのかわかっているのか⁉」

王女を部屋まで送り届けて戻ってきたトールは、部屋に入るなり怒気を露《あら》わにした。それもそうだろう、竜人が番《つがい》を手放すのは自殺行為に等しいのだから。それに、彼らの協力を得ながら探し続けてきたのに、それらを無下《むげ》にしたも同然だ。そしてもっとも苦労をかけたのは、私の代わりに国をまとめていたトールだった。番《つがい》との時間を割《さ》いて協力してくれたのに、俺はそれを棒に振ったのだから、彼にしてみれば完全な裏切り行為だろう。だが……俺は竜人で、何よりも優先するのは番《つがい》なのだ。

「……わかっている」

「わかっているだと？　死ぬつもりか⁉　番《つがい》を失った竜人がどんな末路を迎えたか、知らないお前じゃないだろう⁉」

「……知っている」

「だったら！」

「限界だと感じたら……あれを飲む」

「な……！」

あれとは、子を成せなくする薬だ。獣人が番《つがい》を諦める最後の手段といってもいいだろう。相手に既に伴侶がいたり、犯罪者だったりした場合、番《つがい》を諦めるために飲む薬だ。あれを飲めば番《つがい》への執《しゅう》着《ちゃく》は薄れ、自死も狂死も防ぐことが出来る。だたし、リスクも大きいが。

「だが、あれを飲めば……寿命が……」

「彼女が生きている間くらいはもつだろう？　それまでは王としての務めは果たす。彼女を守るのにはこれが最善だ」

「……本気か？」

「冗談で言っていると思うか？」

そう告げると、トールは首を振って近くにあった椅子に腰を下ろした。頭を抱えているのは、俺を思ってくれているからだろうか。その気持ちが嬉しくもあり、一方で申し訳なくもあった。トールは悪人ぶった物言いを好むが、情に厚い一面もある。子どもの頃、両親に放置されていた俺とブロムに声をかけ、裏で自分の母親に俺たちの世話を頼んだのはこいつだ。そのお陰《かげ》で、俺たちがどれほど慰《なぐさ》められたかわからない。

「エリサ王女は……望んでいない。それに……人族だ……」

そう、エリサ王女はこの婚姻を望んでいなかった。彼女の望みは離婚してここを出ていくことだ。それはここに来た日から一貫していて、疑う余地はなかった。

まして、彼女は人族だ。獣人のように番《つがい》だと言えばそれで納得してくれる相手ではない。いや、むしろこれまでのことがあっただけに、急に番《つがい》だと言ったところで困らせるだけなのは明白だ。それは仕方ない……彼らは、人族は、俺たち獣人とは違う常識の中で生きているのだ。

「……一度、ちゃんと話をしたらどうだ？　エリサ王女は番《つがい》を否定していなかった。それに三年経っても王妃でいてもらえば……」

「だが、上手くいかなかったらどうする？　彼女の愛情が得られなかったら？　今なら手放せても、これ以上側にいて彼女への想いが募ってからでは、それも出来なくなる」

「だが……」

「それに……彼女に想う相手が出来たら？　そんなことになったら……俺は相手を殺しかねない。それは……お前にもわかるだろう？」

そう、トールだってアルマが他の男に興味を持ったら、どんな真似をしてでも相手を遠ざけるだろう。前線に送って命を落とすように仕向けることだって可能なのだ。そう、俺たちは国のトップで、大抵のことは出来てしまう。私情を交えないようにしているが、番《つがい》が絡めばそれもどうなるかわからない。

「だが……竜玉が反応したからには、王女に好きな相手が出来たとしても、獣人だったら受け入れないだろう？　既にお前にマーキングされたんだ。獣人なら相手がわからずとも、竜人の番《つがい》だと感じる」

「……そこは……申し訳ないと思う……」

「王宮から離れれば、いつかは誰かに指摘されるぞ」

痛いところを突かれて、俺は返事に困った。確かに獣人なら匂いで彼女に番《つがい》がいるとわかってしまうだろう。竜玉は竜人の執着心《しゅうちゃく》を形にしたようなものだ。どんな種族でも自分と同化させて子を成せるようにする鍵となる。他の獣人なら毎日マーキングしなければいけないが、竜玉はその手間を省《はぶ》くのだ。

「……だったら……すぐにあの薬を飲もう。そうすれば……」

そう、それを防ぐためには、あの薬を飲むしかない。子が成せなくなれば竜玉の効果も薄れ、いずれなくなるだろう。

「だから！　どうしてそうなるんだ？　それこそ話をすればいいだろう？」

「話をしてどうする!?　俺は王だ。番《つがい》だと知られれば彼女に選択肢はない。拒否出来なくなるのにか!?」

そう、もし俺がただの一役人だったら、話をしただろう。彼女に想いを告げ、愛を乞い、そのための努力も惜しまなかった。だが俺は王なのだ。そんな自分の番《つがい》となれば、彼女が拒否するのは難しいだろう。俺が許しても周りが絶対に許さない。竜人の番《つがい》への執着《しゅうちゃく》を知っている獣人なら尚更《なおさら》で、それは彼女を追い詰めるだろう。既に一部には彼女が番《つがい》だと知れてしまったが、今ならまだ何とでも出来る。今が離れる最後の機会なのだ。

「時間がないんだ。……早く俺から離してやってくれ。頼む……」

最後は懇願《こんがん》だった。平民になりたいという彼女の希望を、お菓子の店を開きたいという彼女の夢を叶えるには、今すぐここから離すしかないのだ。元々離婚後は病気療養を名目に王宮を離れ、然《しか》るべき時期に死亡したと発表して王女としての彼女を消し、平民にする約束だったのだ。俺が本能に負ける前に、遠くに、簡単には手が届かないほど遠くにやってほしい。

臆病だと言われるだろうし、もしかすると周りを失望させるかもしれないが、彼女の願う未来を叶えるにはこれが最善だ。人の心の機微に聡いトールだったら、違う未来を描けたかもしれないが……自分にはそれが出来そうに思えなかった。大事なのは、俺が望むのは、彼女が心安らかで幸せな人生を送ることだ。人族の一生は短い。彼女がその生を全うする日まで、王として彼女を守れたらそれでいい。それまでは耐えられるだろうし、耐えてみせる。だからどうか、と切に願う。彼女が、一刻も早く自分の元から去っていくことを。

夜会から二日後、俺は執務を再開した。背中の傷はまだ痛んだが、王としての仕事は待ってくれないし、傷自体も出血は止まっている。寝ていたからといって早く治るわけでもないし、座り仕事なら問題ない。それに……何かをしていないと余計なことを考えてしまう。それが怖かった。

「どうしてどいつもこいつも、揃って面倒事ばかり起こすんだ……」

俺の執務室に入るなり、静かに怒りを露《あら》わにしたのはトールだった。

「面倒って……ひでぇな〜、俺の番《つがい》が見つかったんだから喜んでくれよ！」

「時期と相手が悪いんだよ。今はジークのことで手一杯だっていうのに！」

「何言ってんだよ、二人まとめて番《つがい》が見つかったんだから、手間が省《はぶ》けてよかったじゃないか」

「相手が問題なんだよ！　よりによってエリサ様の侍女だなんて……」

「ラウラのことを悪く言うな！」

「言っていない。ついでに了承も得ていないのに亭主気取りはよせ」

「て、亭主気取りなんか……」

そう言って真っ赤になったレイフは、まるで初心《うぶ》な少年のようだ。図体がでかいから可愛らしいものじゃないし、むしろいい年して……と言いたくなる。だが、こいつが気持ちのいい奴だと知っているから不快感はない。

そんなレイフをトールは冷めた目で一瞥《いちべつ》すると、俺の前にやって来た。エリサ王女と離婚すると言ってからの彼はすこぶる機嫌が悪い。それもそうだろう、彼女が番《つがい》に収まれば万事上手くいくというのに、それを知りながら蹴ったのは俺だ。そのせいで事態は彼が想定した中でもっとも面倒な方向に向かったのだ。それがわかるからこそ、俺も医師が止めるのを無視して執務に戻った。彼の負担を少しでも減らすために、そして彼女を守れる状況を一日でも早く作り出すために。

「これがエリサ様の療養先の候補リストです。もっとも遠いのはマルダーンとは反対方向のリュレですね。気候がいいのは南のファレサ、店を開くのなら交易都市ベリエ辺りかと。どれも我が国の直轄地なので陛下が在位中は自由に使うことが出来ます」

「そうか……すまない」

「あとでエリサ様の意向を伺います。行き先が決まれば……そうですね、一月後《ひとつき》には移動可能かと。むしろ最低でもそれくらい時間を置かないと、療養という言い訳も難しいでしょう」

「そう、だな」

具体的に彼女がここを離れると聞くと、心が抉《えぐ》られるようだ。だが、これも彼女の幸せのためだと思えば耐えられる。耐えるしかない。

「は？　ちょっと待てよ、トール。移動って何のことだよ？」

「お前……人の話を聞いていなかったのか？　エリサ様とは離婚すると決まった。まずは体調不良で療養するとの名目でここを離れるんだ」

「何だよそれ！　じゃ、ラウラもか？」

「彼女がそう望むならそうなるだろうな」

「何で……だ、だって王女さんはジークの番《つがい》だろ？　どうして離婚になるんだよ」

「だからその話もこの前しただろうが！　側近のくせに聞いていなかったのか？」

脳筋のレイフはどうやら番《つがい》が見つかったことで頭がいっぱいで、俺たちが離婚する話を全く聞いていなかったらしい。まぁ、念願の番《つがい》が見つかったのだから仕方ないだろう。人生最大級の慶事なのだから。

だが、お陰《かげ》でトールの機嫌は谷底だ。そんなトールの剣幕に、レイフが怯《おび》えた表情を見せた。竜人の怒気を直接受けたら、まぁそうなるだろう。

「ああ、それからこの書類は今日中に目を通してサインをお願いします。今までこちらでやってきたことも、今後はご自身でやってください。こっちは色んな手配で忙しいので」

そう言って大量の書類を目の前に置くと、それではまだやることが山積みなので、とトールは出ていった。残された俺とレイフ、ケヴィンは彼の姿が消えるとそれぞれの思いを抱えながらほっと息を吐いた。

「トール様は……相当お怒りですね」

「ったく、何だよ。いっつもへらへら笑顔だったくせに」

「まだブロムたちの件も片付いていませんからね。マルダーンの動きも読めませんし、色々想定外のことが重なって余裕がないのでしょう。そのせいでアルマ殿との時間も取れないようですし」

「だからって俺たちに当たることないだろうが……」

レイフはぶつぶつ文句を呟いていたが、半分は俺のせいだと思うと何も言えなかった。しかし、トールや仲間には悪いが、彼女に関することは俺も譲れなかった。レイフの番《つがい》がラウラだったと聞かされた時は驚いたが……こうも身近に番《つがい》が続けて現れるとは皮肉なものだ。

彼女が王妃でいる間は、他の獣人に番《つがい》と認定されるのを防ぐために、あの香水を使うようにと頼んであった。多分あの侍女も彼女に同調して使っていたのだろう。平民になるまでは、と。あんなことをしなければよかったと思うのは、結果がこうだったからに過ぎない。万が一、他の獣人の番《つがい》だとわかれば、それはそれで厄介な問題になったのだ。例えばエリックやレイフの番《つがい》だった場合、彼らも頭では理解していても本能は止められなかっただろう。そうなれば、彼女が醜聞《しゅうぶん》に晒《さら》される可能性もあったのだから。

「だがジーク、本当にいいのかよ。番《つがい》を諦めるなんて自殺行為だぞ」

「……そこは何とかする。それよりも自分の心配をしろ。ラウラ殿のこと、どうするんだ？」

「どうって……今は気持ちを整理する時間が欲しいって言われて近づけないんだよ。自分勝手な人は嫌いだって言われたら……押しかけることも出来ないだろう？　俺は毎日でも会いたいのに……」

狼人で番《つがい》への執着《しゅうちゃく》が強いレイフがそう言うとは意外だった。押して押して、最後まで力技で押し倒しそうなイメージが強いからだ。元より考えるより行動するタイプだったので、正直今回も問題が起きないかと心配していたのだが……

「何だよ、変な顔して」

「いや……お前がそんな風に言うとは思わなくて……」

「俺だって番《つがい》に嫌われたくないから仕方ないだろう。しかも相手は人族だからなぁ……でも、だからって諦めるなんてぜってー無理だし、だったら長期戦覚悟で口説《くど》くしかないだろう？」

「……それは、そうだが……」

「まぁ、俺って気の利いたこと言えないし、女の気持ちとかも全くわからね～し、時間かかるかもしれないけど……あ、でもちゃんとアピールはしてるぞ。毎日ベルタに頼んで菓子やら花やら贈ってるんだから」

「レイフがですか……」

驚きの声を上げたのはケヴィンだった。俺も口には出さなかったが同感だ。そんな気の利いたことが出来る奴だったとは……意外だった……

「あ〜でも、これも全部ベルタに教えてもらったんだけどな。ベルタが言うには、こういう小さい積み重ねが大事なんだと」

「まぁ、確かにその通りですな」

なるほど、ベルタのアドバイスか。彼女は兄想いの優しい性格だからな。それに番持《つがいも》ちのケヴィンがそう言うのなら、そういうものなのだろう。

俺も……こうなる前に何かしておけばよかったのだろうか……そういえば時々菓子を貰ったが、礼をしたことがなかった。あの時は、今の生活のお礼なのにお礼を貰ったらまたお礼しなきゃいけないから困ります、と言われたのだが……それを真に受けず、何か贈った方がよかったのかもしれない。そう、こういうところが俺は足りないのだ……

相手が人族だとか、自分は気が利かないとか言いながらも、まっすぐに番《つがい》にアピール出来るレイフが心底羨《うらや》ましかった。自分もあんな風に出来たら……と思うが、それでも踏み出す勇気がでなかった。そう思う度《たび》にあの惨状《さんじょう》が、先王の番《つがい》の何の感情も宿らない目が思い出されるのだ。彼女が自分のせいで、あのようになるのが、心底恐ろしかった。

だが……そんな俺の懸念《けねん》は杞憂《きゆう》に終わることになった。エリサ王女によって。

◆　◆　◆

夜会の直後、俺はブロムの事件も含めて箝口令《かんこうれい》を敷き、あの場で起きたことは全て口外禁止とした。一番の目的は……エリサ王女が俺の番《つがい》であることをこれ以上広めないためだ。皆の前で竜玉が反応してしまったのだから隠しようがないが、それでも実際に見たのは近くにいた者だけだ。

幸いブロムが起こした騒ぎに気を取られていたのもあり、誰も箝口令《かんこうれい》に疑問を抱かなかった。番《つがい》を害されそうになったから、俺が番《つがい》の安全を最優先にそうした……との認識が広まったが、番《つがい》至上主義の竜人だからこそ、そういうものだと皆が納得したのだ。

あとはエリサ王女の耳に入れないようにして離婚するだけだ。いずれわかることとはいえ、離婚が成立するまでの一年、隠し通せば何とかなる。彼女は私に対しては知人程度の感情しか持ち合わせていない。平民になった後で知ったとしても、その頃には新しい生活に慣れるために忙しくて、俺のことなど気にしないだろう。

そう思っていたのに……全てはエリサ王女の行動で一変した。まさか直談判に来るとは予想もしなかった。トールの話でも離婚には素直に応じ、特に異論もなかったと聞いている。むしろ早く出ていかなくてもいいのかと、そちらを気にかけていたという。なのに、どうしてこうなった……

「好きか嫌いか、はっきり言ってください！」

「好きに決まっているだろう!!」


自分のことが嫌いなのかと問われて動揺したせいか、彼女のストレートすぎる問いに思わず本音を叫んでしまった。いや、番《つがい》にあんな風に聞かれて正直に答えられない者などいないだろう……嫌いだと番《つがい》に面と向かって言うことなど不可能だ……そんな真似が出来る獣人がいたら会ってみたい。

だが、結局その一言で全ては変わってしまった。俺の不安も恐れも、彼女はあっさりとひっくり返していったのだ。これまで悩んでいたのが何だったのか……と思うほどに。

それでも、未だに不安は消えない。不安も恐れも完全に消えたわけではなく、更にはこれまで抑えていたドロドロした執着《しゅうちゃく》心や嫉妬《しっと》心が、急速に湧き上がってきた。諦めていたせいで心の奥底で凍り付いていたはずのものが氷解して、不安や恐れを凌駕《りょうが》したのだ。

ああ、自分はやはり先王と同じなのだ……と己に慄《おのの》いたのに……それを収めたのも彼女だった。

俺は先王と違うと、そう言ってくれたのだ。自分は攫《さら》われてきたわけでもなく、恋人もおらず、何よりも俺の妃だと。そして、最初から話もせずに決めつけないでほしい、とも。彼女は話し合いながら互いの妥協点を見つけて、少しずつ距離を縮めていけばいいと言ってくれた。

そして、その言葉を聞くまで、そのことが頭になかった自分に呆れた……思った以上に余裕を失っていたらしい……

あれからの俺は、世界が違って見えるようになった。ずっと番《つがい》を求めながらも、心の奥底で恐怖を抱えていた。早く番《つがい》を見つけたかったのも、相手が人族ではないと安心したかったのだろう。父と同様に、番《つがい》至上主義の番《つがい》を得られたと安心したかったのだ。母の父への執着《しゅうちゃく》は度を過ぎてはいたが、俺にとってはある意味理想だった。自分だけを見てくれる番《つがい》、心変わりの絶対にない番《つがい》、先代のように……壊れてしまわない番《つがい》。

だが結果は……言わずもがな、俺の番《つがい》は人族で、全く自分に興味がない相手だった。それでも彼女は俺の正妃で、簡単に壊れるような弱い女性ではなかった。しっかりと自分を持ち、突撃してくる強さと、俺を受け入れる余地があると柔軟に考える前向きさを持っていた。何という幸運だろうか……

「よかったな、ジーク。エリサ様に受け入れてもらえて」

エリサ王女との話し合いの後、そう言ってトールは祝福してくれたが……実のところ、あれは受け入れてくれたのか、疑問が残る……彼女の言い方は人間関係の一般論でしかなく、番《つがい》の立場を、俺を受け入れるとは一言も言っていないのだ。それでも、仲間たちの間では既に受け入れてもらった話になっているのは、感覚の違いなのだろうか……

「受け入れてもらったわけじゃない。これからは話し合って距離を縮めていこうと言われただけだ」

「それのどこが違うんだ？」

「ああ、それだと友人から、というノリですよね。確かに受け入れたとは言い難いです」

そう冷静に断じたのはケヴィンだった。人族の彼がそう言うのだ、俺の感覚は間違いないのだろう……

「はぁ？　何だそれ？」

「それって……飼い殺しじゃないか？」

「ジーク、大丈夫か？　絶対に襲うなよ？」

「襲ったら好感度は急落、挽回《ばんかい》は至難の業《わざ》ですな」

好きなことを好きに言っている仲間に呆れたが……それでも俺は晴れ晴れした気分だった。あのまま一生、彼女への想いに焼かれて焦《こ》がれ死ぬのだと思っていたが、今は一緒に生きていく可能性が残っているのだ。それの、何て稀有《けう》で幸せなことか……

「ま、ジークもエリサ様に気に入られるように頑張るんだな。いい店教えてやるぞ？」

「……そうだな。まずは贈り物、だったか……」

「そうこなきゃな！　ああ、最初は大げさなものは厳禁だ。相手がドン引きするからな。まずは花やお菓子なんかのちょっとしたものから始めて……」

「お前、それ、ぜ〜んぶベルタの受け売りだろう？」

「うっせーな、いいじゃねぇか。でも、これでラウラも少しは意識してくれるようになったんだぞ」

そう言って屈託なく笑うレイフが眩しく見えた。まさか彼にこのようなことを教わるとは思わなかった……俺は考えすぎてしまう性質《たち》だから、レイフのまっすぐで迷いのない態度は参考にしたい。いつかあんな風に好意を示せたら……と思う。もっとも、今はまだ難しいだろう。手のひらを返す真似はしたくなかった。

「エリサ王女に……どう接したらいいと思う？」

仲間がそれぞれの仕事に向かい、最後に残ったケヴィンに俺はそう尋ねた。あれから色々考えたが、正直言ってどう彼女に接したらいいのか、わからなかったからだ。レイフのやり方が俺に出来る気がしないし、あんなに押してばかりでは嫌がられるとしか思えなかった。だからといって、今まで通りでは何も進まない。番《つがい》に会いたいと願っていたが、番《つがい》が人族である可能性を無意識に避けていた俺は、同じ人族のケヴィンに聞いたのだ。

「そうですねぇ……」

ケヴィンはそう呟くとしばらく考え込んでしまった。何だ、そんなに難しいのだろうか……不安が胸に広がるのを感じて、俺は視界が暗くなるような気すらした。俺の動揺を感じたのか、ケヴィンは「ああ、ご心配なく……」と、彼なりの考えを語り始めた。

ケヴィンも、レイフのやり方は人族ではあまり受け入れられるものではない、と言った。レイフほどの上位種で実力もあり顔がよくても、あんなに押すと人族の女性はドン引きするというのがケヴィンの考えで、彼自身もその被害者だった。確かに彼の番《つがい》はレイフなど目じゃないほどに押しが強かった。あれは竜人の自分でもやりすぎだと思ったほどだ。

「ですが……あれくらいのパワーがなければ、私はセルマを気にも留めなかったでしょうね……」

そう言ってケヴィンは苦みのある笑みを浮かべた。それでも瞳には優しさが見えて、今の彼がセルマと子どもたちを大切に思っていることは伺えた。

「私は結婚も恋愛も興味がありませんでした。きっと私を動かすには、セルマのような有無を言わせぬパワーが必要だったのでしょう。でなければ今頃の私はまだ独身で、子どもなどとうに諦めていたでしょうから」

「そうか……」

二人の間には周りの者にはわからない何かがあるのだろう。最初の頃、ケヴィンが彼女を鬱陶《うっとう》しく思っていたのは間違いなかったが、セルマはそんなケヴィンをも変えてしまったのだ。であれば、俺も変えられるのだろうか……

「まぁ、セルマくらいのことをしても上手くいく時はいきます。ですから陛下も、それくらいの意気込みで行動なさればよろしいかと」

「だが、それじゃ嫌われてしまうだろう？」

「……私から見たエリサ様は、それくらいでもちょうどいいかと……」

「まさか……」

「いえいえ、エリサ様は年頃の娘の割に恋愛への興味が薄そうです。それに、マルダーンでの扱いのせいか自己評価が低く、ご自身への好意に気づかない傾向がおありの様子です。そのような相手を振り向かせるなら、相応の押しが必要ですよ」

「……」

確かにエリサ殿が全くこちらへ興味がないのは確かだった。人族の女性は俺の外見で言い寄る者が多かったが、彼女はそんな素振りが全くない。だからこそ好感を持ったのだが……今はそれが仇《あだ》となっている気がする。

「陛下、エリサ様の言うことを真に受けすぎてもダメですよ。エリサ様がいいと言うまで待っていたら十年経っても現状維持かもしれません」

「まさか……」

「いいえ、他の者に聞いてもらっても構いませんが、その可能性は低くないでしょう。そこは様子を見ながら加減してください。時には勢いも大事だということです。まぁ、我慢しすぎていきなり爆発されるよりは、ガス抜きしながらの方がいいでしょうな」

そう言うと、ケヴィンは明日の会議の準備がありますので、と出ていった。正直に言おう……ますますどうしていいのかがわからなくなった、と。俺の物思いは当分解消されそうになかった。

◆ ◆ ◆

あれから陛下との関係は、大きく変わったような気がします。話し合いをした翌日、私がいつものメンバーで女子会を楽しんでいると、侍女が陛下の訪れを告げました。

「陛下、どうかされましたか？」

「いや、特に用というわけではないのだが……これをあなたにと思って」

そう言って陛下が差し出されたのは、手のひらにのるくらいの小さな包みでした。それを私が受け取ると、ではまた、と言って足早に行ってしまいました。私はいきなりのことに呆然としていましたが、三人の視線に我に返りました。

「え？　それってもしかして……」

「陛下、とうとう行動に？」

「やっとですか……」

三人三様の反応を受けながら、私がその包みを開くと、そこには私の瞳の色である新緑色の玉がついた髪飾りが入っていました。小さいけれど繊細《せんさい》なデザインは、とても可愛らしくて上品でもあります。

「わぁ、すっごく綺麗」

「やぁっと陛下も行動する気になったんだね」

「ふふ、これから贈り物攻撃が始まるわね」

どうやら先日の会話で、陛下の中で何かが変わったようです。三人の話ではスイッチが入ったとのことですが……もしかしてこれが、あの番《つがい》への贈り物攻撃というものでしょうか。

実際、この日を境に陛下は毎日必ず私の部屋を訪れ、何かしらの贈り物を持ってこられるようになりました。スケジュールに余裕がある時は一緒にお茶をいただき、いつしかそれは日課となっていました。

「エリサ殿、これを」

「これは？」

「昨日、視察に行った先で見つけたものだ。あなたに似合うと思って」

包みを開けると、その中にあったのはブローチでした。青銀色の繊細《せんさい》な細工の上に、赤い小さな石がいくつかのっていて、とても可愛らしい品です。

「まぁ、素敵！　いつもありがとうございます」

「あ、いや、喜んでくれて……その、私も嬉しい」

こんな感じで陛下は、数輪の花や焼き菓子、花を飾るための器や小さなアクセサリーなどをくださいます。皆さんの話では、失敗をしないようにと神経を使い、同時に周りの方に相談していらっしゃるのだとか……相手が同じ人族ということで、レイフ様が主な相談相手になっているようです。


あれから陛下とお話ししてわかったのですが、周りが想像していた通り、陛下はご自分が先王様のように、私がその番《つがい》のようになるのを恐れていたのだそうです。陛下は宰相の息子という立場もあってブロム様と一緒に過ごす時間が長く、先王様と番《つがい》を間近で見る機会も多かったのだとか。そのせいで一層人族の番《つがい》への不安を育ててしまったようです。

更に陛下のお母様は狼人で、番《つがい》への執着《しゅうちゃく》が特に強かったそうです。小さい頃から陛下はお母様に、あなたにも番《つがい》がいるのだからと言われて放置されたため、一層番《つがい》への憧れを強め、この二つが重なって不安定になってしまわれたようです。

私は陛下に、急に番《つがい》だと言われて驚いたけれど、全否定する気はないことを改めて伝えました。種族が違うのですから理解出来ないことも出てくるでしょうが、宰相様やケヴィン様だって種族の違いを超えて夫婦として仲良くしていらっしゃいますし、ラウラとレイフ様だっていい感じで

す。私たちも時間をかけてそうなればいいんじゃないかと思うとお伝えしたところ、陛下もそうだな、と仰《おっしゃ》ってくれました。

◆　◆　◆

「じゃ、エリサ様、陛下の番《つがい》になるんですね？」

「……え？」

その日も陛下がお帰りになった後、いつものメンバーでおしゃべりを楽しんでいると、不意にラウラにそう聞かれました。

「いえ、今は相互理解から始めようという話で、番《つがい》になると了承したわけでは……」

「ええっ？　でもこの流れだったら、陛下は受け入れてもらえたと思っていそうですけど……」

「ええ？　そ、そうなの？」

そんな話だったでしょうか？　私はまずはお友達から、くらいの感覚だったのですが……

「エリサ様、それはないよ。陛下からしたらイエスの返事と同じだよ」

「私でもそう思うわ、エリサ様」

何と、ベルタさんだけでなくユリア先生にまでそう言われてしまいました。そういえば……

「……どうかした、エリサ様？」

「いえ、この前の話し合いの後、陛下にお礼を言われたので……」

「ええ？　それってもう、確実に陛下はそのつもりだよ」

「……というか、その流れでお友達からは、さすがにお気の毒ですわ」

な、何てことでしょう……私ったら陛下に勘違いさせてしまったのですね。うう、どうしましょう。今更あれは間違いでしたと言いに行くわけにもいきませんし……

「陛下もあれだけど、エリサ様も大概だね……」

「……そうね。陛下もこの先、苦労されそうね……」

お二人は僅かな呆れを含んだため息をこぼしましたが……そんなこと言われても、私もこういうことは初めてなので、どうしていいのかわからないのです。

「エリサ様はどうなの？　相手として陛下はあり？　なし？」

……ベルタさん、直球ですわね。でも……

「ありかなしかで言えば……あり、でしょうか？　そういう対象に見たことがなかったので急に言われても、とは思いますが」

「じゃ、陛下も希望はあるんだ」

希望、ですか。確かに最近は笑顔を向けられると、心臓が落ち着かないのですよね。

「じゃ、次は結婚式だね」

「……え？」

「え、って、エリサ様、一月後《ひとつき》には結婚式だよ」

「もしかしてエリサ様、忘れてた？」

「い、いえ、そんなわけでは……」

嘘です、完全に忘れていました。離婚することばっかり考えていましたし、その後は陛下の番《つがい》の件でバタバタしていましたから……

「忙しくなるよね。何といっても正式な番《つがい》だってわかったんだから」

「そうね。同盟のこともあるし、久しぶりに盛大な式になりそうね」

「ええっ？」

「当然だよ、エリサ様。陛下の番《つがい》なんだから。きっと先代様以来の派手な式になるだろうね」

「同盟を周辺国に知らしめるためにも国力を示すためにも、そうなるでしょうね」

「うわぁ～楽しみ！　ドレスも気合入れて準備しなきゃ！」

「エリサ様、これから忙しくなるから、覚悟しておいてよ！」

え、えっと、皆さん、ものすごくやる気で盛り上がっていますが、いいのでしょうか……それでも、私の結婚式をそんな風に喜んでもらえるのは、とても嬉しくて心が温かくなるものですね。

ふと、陛下にいただいた髪飾りやブローチの存在を思い出して、私はそっとそれに触れました。

私と陛下の色のそれに何だかくすぐったい気持ちになり、思わず笑みが零れました。

「そうですね。陛下のことは……好きになれそうな気がします」

私がそう言うと、ベルタさんとユリア先生が、控えめにホッとした表情を浮かべました。まだ先のことはわかりませんが、陛下のお気持ちを嬉しいと感じている自分がいるのも、また本当ですから。この気持ちが最終的にどこに向かうのかはまだわかりませんが、きっといい方向に向かう、そんな予感がします。

ラルセンにやって来てから半年余り、未来は私が思い描いていた形とは全く違う方向へ向かっています。番《つがい》が見つかったら離婚するはずだった未来は、番《つがい》とわかって結婚へと変わりましたが……その先には特別な存在になりそうな人がいて、私がその道を好ましいと思っていることは間違いありません。一月《ひとつき》後の結婚式にはまた何かが変わる予感に、私は不安よりももっと温かい何かを感じたのでした。

この作品に対する皆様のご意見・ご感想をお待ちしております。

おハガキ・お手紙は以下の宛先にお送りください。

【宛先】

〒150-6008 東京都渋谷区恵比寿 4-20-3 恵比寿ｶﾞｰﾃﾞﾝﾌﾟﾚｲｽﾀﾜｰ 8F
（株）アルファポリス　書籍感想係

メールフォームでのご意見・ご感想は右のＱＲコードから、
あるいは以下のワードで検索をかけてください。

アルファポリス　書籍の感想　検索

ご感想はこちらから

本書は、Web サイト「アルファポリス」（https://www.alphapolis.co.jp/）に掲載されていたものを、改稿のうえ、書籍化したものです。


番《つがい》が見《み》つかったら即離婚《そくりこん》！

～王女《おうじょ》は自由《じゆう》な平民《へいみん》に憧《あこが》れる～

灰銀猫（はいぎんねこ）

2023年 7月 5日初版発行

編集ー反田理美
編集長ー倉持真理
発行者ー梶本雄介
発行所ー株式会社アルファポリス
〒150-6008 東京都渋谷区恵比寿4-20-3 恵比寿ｶﾞｰﾃﾞﾝﾌﾟﾚｲｽﾀﾜｰ-8F
TEL 03-6277-1601（営業） 03-6277-1602（編集）
URL https://www.alphapolis.co.jp/
発売元ー株式会社星雲社（共同出版社・流通責任出版社）
〒112-0005 東京都文京区水道1-3-30
TEL 03-3868-3275
装丁・本文イラストー霧夢ラテ
装丁デザインーAFTERGLOW
（レーベルフォーマットデザイン—ansyyqdesign）
印刷ー図書印刷株式会社

価格はカバーに表示されてあります。

落丁乱丁の場合はアルファポリスまでご連絡ください。

送料は小社負担でお取り替えします。


ISBN978-4-434-32208-2 C0093